CRYSTAL MAY

CHASE

DARK ROMANCE

CHASE
Dark Romance

Bildmaterial: Shutterstock
Korrektorat: Diana Maier

Bestellung und Vertrieb: Nova MD GmbH, Vachendorf

ISBN: 978-3-96966-524-4

Druckerei Smilkov Print Ltd
Pokrovnishko shose
2700, Blagoevgrad

Federherz Verlag
Süntelstraße 70
31848 Bad Münder
www.federherzverlag.de
Instagram: @federherz.verlag

VORWÖRTLICHE WARNUNG

Hier sind wir nun.

CHASE.

Diese Geschichte ist der dritte Band vom „Adler-Kartell“.

Eine in sich abgeschlossene *Dark Romance*-Geschichte mit Happy End, *aber* mit einigen Parallelen zu dem Buch SNYPER und auch zu ADLER.

Um das optimale Lesevergnügen zu erhalten und die Reise nach New Juarez beschwerdefrei zu überstehen, ist es meiner Meinung nach nicht verkehrt, SNYPER und ADLER schon zu kennen – aber nicht zwangsläufig notwendig.

Übrigens findest du am Ende des Buches statt eines Epilogs ein *Bonuskapitel.* Es spiegelt zwei Szenen aus SNYPER wider – nur diesmal aus Chase’ Sicht.

Bitte vergiss außerdem nicht die Bedeutung des Genres *Dark Romance.*

Es könnte sein, dass einige der hier angeschnittenen Themen dich triggern und deiner Meinung nach nicht hinreichend abgehandelt und ausgearbeitet werden.

Die Liebesbeziehung zwischen Chase und Mia ist toxisch und moralisch fragwürdig, so wie die Handlungen der Charaktere teilweise moralisch fragwürdig sind.

Falls CHASE also dein erstes Buch in diesem Genre ist, überlege dir bitte genau, ob du wirklich bereit bist, dich auf die Dark Romance einzulassen.

Alles Liebe,
deine Crystal

»Would you like an adventure now,
or shall we have our tea first?«
- Lewis Carroll

PROLOG

Mia.

Ich habe dich zerstört.

Deine Familie hat dich verstoßen.

Deine Freunde haben sich von dir abgewendet.

Und du verstehst nicht, warum.

Du weißt nicht, warum.

Du weißt nicht, wie.

Du hast keine verfickte Ahnung, was hier passiert.

Du bist einsam. Du quälst dich.

Du spielst das Unschuldslamm – doch das nehme ich dir nicht ab.

Ich verachte dich für alles, was du mir angetan hast.

Dafür musst du büßen.

Für immer.

CHASE

»Was ist das?«

»Was ist was?«

Absolut unbeeindruckt von seinem üblichen *Ich-bin-total-angepisst*-Blick grinse ich Adler hämisch an. »Na, das.«

»Na, *was?!*« Genauso gebieterisch wie so ein bescheuerter Imperator sitzt er auf seinem ledernen Chefsessel an seinem hochherrschaftlichen Massivholz-Schreibtisch und starrt mich beharrlich an, ohne meinem Fingerzeig zu folgen. Wahrscheinlich kotzt es ihn gerade ziemlich an, dass sein Badass-Getue wie immer keinen großen Eindruck auf mich macht.

Nicht mein Problem.

Er braucht sich gar nicht zu wundern, wenn ich ihn und seinen angepissten Augenaufschlag nicht mehr ernst nehmen kann. Langsam nutzt sich das echt ab. Bei Thorne, der alten Pussy, zeigt dieses Getue eventuell noch Wirkung. Der Typ ist aber auch gefühlt gerade erst fünfundzwanzig geworden und sieht zu Adler auf, als sei dieser sein wahrgewordener feuchter Traum von einem

Mentor. Und das, obwohl Thorne die größten Probleme mit Autoritäten hat.

So wie ich.

Wie ich empfindet er das dringende Bedürfnis, jeden zu provozieren, der sich provozieren lässt. Nur bei Adler reißt er sich zusammen.

Im Gegensatz zu mir.

Dabei lässt unser Boss sich gerne provozieren. Ziemlich gerne sogar.

Ich grinse ihn noch breiter an. »Das in dem schwarzen Glitzerding.«

»Das schwarze *Glitzerding* nennt man Schachtel, Chase.«

»Und?«

»*Was* willst du schon wieder, du kleiner Pisser?!« Blitzartig springt er auf die Füße und umrundet mit einem wütenden Schnauben den Schreibtisch, der übrigens eigentlich Blair Ramirez gehört. Bloß hat Adler alles, was sie betrifft, innerhalb von wenigen Tagen für sich vereinnahmt. Nicht nur die Frau selbst, die ihn offen gesagt bis aufs Blut hassen sollte. Er hat auch ihren gesamten Besitz für sich beansprucht. Alles, wofür sie steht.

Es ist alles seins.

So ist er. Was er besitzen will, reißt er an sich.

Es ist krank.

Aber genau das bewundere ich an ihm.

Allerdings hat er ein echtes Aggressionsproblem. Und das reizt mich. Das reizt mich sehr.

Lachend mache ich einige Schritte rückwärts und hebe ergeben die Hände über den Kopf. »Bleib ruhig, *Boss.*«

Nur eine Handbreit bleibt Adler vor mir stehen und durchbohrt mich mit seinem stechenden Augenpaar.

»Geh mir nicht auf den Sack, Chase. Das ist mein verdammter Ernst.«

»Okay. Ich verstehe.« Sofort lasse ich das zugegeben ziemlich dämliche Grinsen aus dem Gesicht fallen und kehre innerhalb von Sekundenbruchteilen die Seite von mir heraus, mit der man zumindest ansatzweise etwas anfangen kann. »Die Schachtel ... Da geht's um Blair, richtig?«

Fast rechne ich damit, dass Adler mir allein schon aus Prinzip einen Kinnhaken verpassen wird – das wäre bereits der zweite in dieser Woche. Allerdings funkelt er mich lediglich einen weiteren Moment lang an und flippt mir dann vollkommen unerwartet den Zeigefinger gegen die Stirn.

Irritiert zucke ich zurück.

Krass. Der Typ hat in den Untiefen seines schwarzen Herzens tatsächlich eine Portion Humor versteckt. Womöglich war sein halber Wutausbruch eben sogar gespielt. Ein verzweifelter Versuch seinerseits, den Respekt aus mir herauszukitzeln, der ihm gebühren sollte.

Recht hat er.

»Natürlich. Es geht *immer* um Blair. Ich habe das Gefühl, mein gesamtes beschissenes Leben dreht sich nur noch um diese Frau.«

Willkommen im Club, Alter.

Frauen. Glücklicherweise dreht sich mein Leben *nicht* um Blair Ramirez. In dem Fall hätte Adler mich längst umgelegt.

»Also willst du ihr Sextoys schenken?« Das hämische Grinsen findet seinen Weg zurück in mein Gesicht.

Prompt baut er sich wieder vor mir auf und verschränkt mit einem verblüfften Stirnrunzeln die Arme vor der Brust. »Wie kommst du darauf?«

Ich zeige zum Schreibtisch. »Na, ein schwarzglitzernder Karton. Ich kann mir nichts anderes außer Sextoys vorstellen, das man in einer solchen Verpackung vorfinden würde.«

Adlers Kopf folgt meinem Fingerzeig, als wüsste er in der Tat nicht, wovon ich rede – oder als müsste er sich davon überzeugen, dass diese bescheuerte Schachtel wirklich existiert. »Sie kommt von Blair.«

»Blair schickt dir Sextoys?« Überrascht lache ich auf.

»Nein«, knurrt er drohend. »Sie hat mir ihre Haarspange per Express schicken lassen.«

»Was für eine Spange denn? Ist das ... irgendein ekelhaftes Spiel, das nur verliebte Pärchen verstehen?« Noch während meiner Aussage stutze ich irritiert. »Meinst du etwa ... das Ding, das das Nervengift enthielt? Was ...? Hat sie sich umentschieden und will dich doch kaltmachen?«

Das bringt mich tatsächlich etwas aus dem Takt. Antonio Ramirez hat seine eigene Tochter dazu gebracht, tagein, tagaus mit einer verdammt hässlichen Libellenspange herumzulaufen, in dessen Hohlkörper sich ursprünglich ein pulverförmiges Zeug verbarg, das sich bei Luftkontakt in ein schwer toxisches Gas verwandelt und alle Umstehenden innerhalb von Sekunden tötet.

Nach wie vor bin ich nicht vollständig davon überzeugt, dass Blairs Gefühle gegenüber Adler aufrichtig sind. Sie könnte genauso gut eine Art Schläferzelle sein, die nur auf einen Befehl vonseiten ihres Vaters wartet, die halbe Stadt in die Luft zu jagen.

Nichtsdestotrotz macht meine Schlussfolgerung keinen Sinn. Adler hat ihr schließlich die Spange abgenommen und das Nervengift meines Wissens entfernen lassen – vor allem, um seine Zusammensetzung zu analysieren und herauszufinden, ob es sich um einen neuen

Kampfstoff handeln könnte, von dessen Existenz wir bisher nichts ahnten.

Eigentlich haben wir unsere Mittel und Wege, um über jeden Schritt der Waffenlobby und des Kriegsministers informiert zu sein. Auch bei anderweitigen, *externen* Forschungen sind wir normalerweise auf dem neusten Stand.

Diesmal waren wir es nicht.

Angespannt balle ich die Hände zu Fäusten. Mein Vorhaben, Adler mit meinen Provokationen an die absolute Schmerzgrenze zu treiben, hat sich unverzüglich in Luft aufgelöst.

Ich bin fokussiert. Alles in und an mir macht sich dazu bereit, in den Krieg zu ziehen. Am Ende zählt doch nur meine Loyalität gegenüber meinem Boss.

Na, okay. Verwirrt bin ich trotzdem. »Wie ist sie denn überhaupt so schnell an die Spange herangekommen? Ich hatte gehofft, dass sich sämtlicher Scheiß zwischen euch beiden geklärt hat. Trotz des Brandings, das du ihr verpasst hast. Ich kapiere bis heute nicht, wieso sie es so ganz ohne Nervenzusammenbruch hingenommen hat.«

»Entspann dich. Sie hat mir eine Botschaft zukommen lassen.« Adler lässt einen Mundwinkel zucken, begibt sich wieder zu seinem Imperator-Thron, greift in die Box und holt einen Zettel heraus, etwa in der Größe eines Post-it. Als ich vor den Schreibtisch trete, hält er ihn mir direkt vor die Nase.

»*Ich* soll mich entspannen? Machst du Witze?« Ein klein wenig zu hastig entreiße ich ihm den Zettel und habe Schwierigkeiten, die Sauklaue zu entziffern: *Ich vertraue dir.*

Schön für Blair.

»Langsam solltest du mich gut genug kennen, um zu wissen, dass ich keine Witze mache, Chase.«

Gepflegt ignoriere ich sein unverwechselbares Adler-Gebrumme, das er in der Regel von sich gibt, um uns Schatten auf Abstand zu halten. Eine seiner größten Horrorvorstellungen ist es wohl, dass wir anfangen, ihn nicht mehr als unseren Boss anzusehen, sondern als großen Bruder, oder was auch immer. »Für eine Frau hat sie eine verdammt hässliche Handschrift.«

Ich will ihm die Notiz zurückgeben, aber er winkt augenrollend ab. »Die Rückseite, du Vogel.«

Neugierig lasse ich eine Augenbraue emporschnellen und drehe den Zettel um. *Ich gehöre dir.* Das klingt doch schon viel besser. »Ah ja. In Schönschrift. Fehlt nur noch ein Herz anstelle des i-Punktes.«

Mit einem eingeschnappten Schnauben nimmt er mir die Notiz wieder weg. »Fick dich, Chase.«

»Oh, okay. Du bist echt zartbesaitet, was deine kleine *Rica* betrifft.« Ja, ich treibe es gerne auf die Spitze. Vor allem bei Arschlöchern wie Adler, die eine verdammt kurze Zündschnur haben.

Wenn wir uns in einem Comic befänden, würde er jetzt nämlich nach und nach blutrot anlaufen, bis ihm schließlich der Dampf aus den Ohren schießt. Vielleicht würde er sogar wortwörtlich an die Decke gehen.

Hier, in der Realität, lässt er lediglich die Kiefermuskeln zucken und durchbohrt mich mit besagtem Adler-Blick. »Wenn ich nicht wüsste, dass du diesen Bullshit bloß von dir gibst, damit ich dir meine Faust in die Fresse ballere, würde ich dir diesen Gefallen auch tun.« Kopfschüttelnd lässt er sich auf dem ledernen Imperator-Thron nieder. »Allerdings habe ich einen Rat für dich: such dir eine Domina, damit die dich mal so richtig gründlich auspeitscht. Oder gründe einen Fight Club. Aber lass mich mit deinem Borderline-Scheiß in Ruhe.«

»Gerne. Unten im Club? Seitdem du das El Paso an dich gerissen hast, wird die Stammklientel ohnehin dauerhaft wegbleiben. Allen voran die bescheuerten Rich Kids aus dem Norden.« Mit verschränkten Armen schlendere ich zu einem der Fenster und schaue direkt in den von einer drei Meter hohen Mauer umgebenen Hinterhof. »Ist auch besser so. War eh nur eine Frage der Zeit, bis Snys verzogene Kackbratze von einem Sohn hier aufschlägt.« Teilnahmslos lasse ich mein Augenmerk über meinen Range Rover und Adlers Raptor schweifen, die wir dort geistesgegenwärtig abgestellt haben. Am Straßenrand vor dem Eingang des El Pasos wären sie sicher nicht so gut aufgehoben.

Sofern man – egal aus welchem Grund – seinen Wagen loswerden will, muss man ihn nur hier irgendwo in der Gegend stehen lassen und schon verschwindet er wie von Zauberhand.

Na ja. Habe ich zumindest gehört. Allerdings ist meine Motivation, herauszufinden, ob dieses *Gerücht* auch der Wahrheit entspricht, ziemlich begrenzt.

Zufrieden mustere ich den glänzenden Lack der beiden Fahrzeuge und daraufhin den ungewohnt gepflegten Zustand des Grundstücks: Noch nie habe ich einen derart hygienisch sauberen Hinterhof gesehen. Erst recht nicht im südlichen New Juarez. Von den eigentlich vorprogrammierten Ratten, Kakerlaken und streunenden Katzen, die sich an übervollen Müllcontainern bedienen, keine Spur.

Hier habe ich das Gefühl, dass die besagten – grundsätzlich gähnend leeren – Müllcontainer ausschließlich zu Dekorationszwecken dastehen. Quasi als ein Must-have eines Nachtclubs. Ich bin mir sogar sicher, dass sie in regelmäßigen Abständen von innen und außen mit Desinfektionsmittel geschrubbt werden.

Fehlt echt nicht mehr viel, bis jemand anfängt, in diesem Hinterhof einen aparten Feng-Shui-Garten einzurichten. Ich weiß bloß nicht, ob sich so ein Garten mit der texanischen Hitze verträgt. Auch heute ist es schon wieder so brütend heiß draußen, dass die Luft zu flirren beginnt, als ich meinen Blick auf die grau verputzte Mauer hefte. Nichts mit Feng-Shui. Oder Garten. Die Pflanzen würden bei Luftkontakt umgehend zu Asche verbrennen.

»Blair wird damit klarkommen müssen, dass ich meine Geschäfte ab sofort von hier aus regele. Dementsprechend wird sich der Kundenstamm ändern. Das gesamte Ambiente wird sich verändern. Aber das ist nichts, worüber *du* dir Gedanken machen musst. Vielleicht solltest du lieber mal darüber nachdenken, warum du mir ständig mit deinem Scheiß auf den Sack gehst.«

Einen Atemzug lang starre ich in den wolkenlosen Himmel und überlege, ob ich ihn endgültig zur Weißglut treiben oder es für heute dabei belassen werde.

»*Ambiente.* Soso.« Feixend drehe ich mich zu ihm um. »Du hast mir verboten, Demon auf den Sack zu gehen. Von daher muss ich ...«

»Schnauze, Chase. Du musst *gar nichts.*« Augenscheinlich genervt greift er nach seinem Autoschlüssel, der bisher unbeachtet auf der Tischplatte herumlag. »Ich dachte ja, dass Sny und Demon die Einzigen sind, die ich besser in die Klapse stecken sollte, aber du bist ebenfalls ein ziemlich heißer Kandidat.«

»Das sagt der Richtige. Wir sollten alle mal zur Gruppentherapie, wenn du mich fragst. Blair gleich mit. Jeder,

der etwas mehr Zeit mit uns verbringt.« Ich zeige auf den Schlüssel, als er aufsteht und an mir vorbeimarschiert. Normalerweise ist es ein Zeichen für mich, dass das Gespräch aus seiner Sicht beendet ist, aber ich bin nicht grundlos hier. »Wo willst du hin?«

Auf dem Treppenabsatz bleibt er stehen und schenkt mir ein weiteres Stirnrunzeln. Ist möglicherweise heute schon das fünfte. Oder sechste. »Seit wann bist du so anhänglich?«

Achselzuckend fahre ich mir durchs Haar und lasse ihm ein verschämtes Grinsen zukommen. »Sny hat sich mal wieder abgeschossen und ist zu nichts zu gebrauchen.«

»Du langweilst dich also.«

»Japp.« Nochmals zucke ich mit den Achseln.

»Ich bin kein Babysitter. Was ist mit Noyce und Thorne?« Er verschränkt die Arme vor der Brust und macht eine Kopfbewegung in Richtung seines Notebooks, dass er auf Blairs Schreibtisch abgelegt hat. »Oder mit dem Mädchen, das du stalkst.«

Ich merke regelrecht, wie sich meine Miene innerhalb von Sekundenbruchteilen versteinert. *Niemand* hat mich auf Mia anzusprechen. Absolut niemand. Auch mein Boss nicht. »Was soll mit ihr sein?«

Offensichtlich interessiert mustert Adler mein Gesicht. »Aha.«

»*Was?*« Okay. Das kann ich gar nicht ab: das Gefühl, durchschaut worden zu sein.

Er wiederholt die auffordernde Kopfbewegung, nur dieses Mal in Richtung Treppe. »Dann komm mit.«

»Wohin denn?!« Ich klinge angepisster als beabsichtigt. Ich hasse es, wenn jemand mir den Eindruck vermittelt, mich besser zu kennen, als ich mich selbst. Sogar bei meiner Gran werde ich ungenießbar, sobald sie anfängt, mich zu analysieren. Wenn Adler nicht gleich mit der Sprache herausrückt, was er in mir zu erkennen glaubt, werde ich eine Seite an mir herauskehren, die er noch nicht besonders oft zu sehen bekommen hat.

»Ich gehe mir mein Eigentum zurückholen.«

CHASE

»Adler. Du sollst auf die Straße gucken und nicht zu mir.« Seit zehn Minuten starre ich stur aus dem Fenster und betrachte die tristen, lehmfarbenen Bürogebäude, die im südlichen New Juarez aus irgendeinem Grund zur Allgemeinausstattung zu gehören scheinen. Die meisten von ihnen stehen leer, was einfach beweist, wie recht Adler mit seiner Überzeugung hat, Antonio Ramirez hätte den Süden komplett heruntergewirtschaftet.

Ich frage mich, wie Blair so blind durchs Leben gehen konnte. Ob sie nun seine Tochter ist oder nicht. Ein bisschen gesunder Menschenverstand sollte ihr eigentlich innewohnen. Obwohl ... sie ist schließlich *irgendwie* mit meinem Boss liiert. Ein gewisses Maß an Hirnrissigkeit muss ich ihr wohl oder übel zugestehen.

Aus dem Augenwinkel erkenne ich, wie Adler schon wieder zu mir schaut; ich schätze mal mit einem irritierten Stirnrunzeln. »Du bist heute komisch drauf. Hast du deine Tage?«, ist seine nüchterne Antwort.

Das Gleiche könnte ich ihn fragen. Auch wenn er wie gewohnt Probleme hat, seinen Jähzorn in den Griff zu bekommen, wirkt er wie ausgewechselt. Für seine Verhältnisse nahezu *beschwingt.* Das, trotz der von ihm ausgehenden Nervosität den Drang in mir hochkochen lässt, unverzüglich das Fenster zu öffnen, um die schwere Atemluft aufzufrischen. Nur würde die Hitze draußen die Atmosphäre nicht gerade verbessern. Da muss ich schon auf die Klimaanlage vertrauen.

Für einen Moment beiße ich fest die Zähne aufeinander, bevor ich den Blick von dem einfarbig grauen Panorama abwende und zu meinem Boss sehe, nur um festzustellen, dass er seine Aufmerksamkeit längst der Straße zugewandt hat. Ohne in den Rückspiegel zu gucken, wechselt er die Fahrspur, um uns endlich auf den Highway zu bringen, der aus dieser Geisterstadt herausführt.

»Ich rede nicht über das *Mädchen.* Auch nicht mit dir«, halte ich ein für alle Mal fest.

Während Adler das Gaspedal abrupt durchtritt, sodass der Pick-up laut aufröhrt und einen merklichen Satz nach vorn macht, zieht er die Brauen zusammen und scheint tatsächlich zu überlegen, wovon ich spreche. »Aha.«

Natürlich. Meine Anmerkung war vollkommen überflüssig. Das Thema Mia ist für ihn zum gegenwärtigen Zeitpunkt weitestgehend irrelevant, da es für ihn einfach keine Dringlichkeit hat. Schließlich ist er mit seinen Gedanken komplett bei Blair. Wie immer. Seit ein paar Tagen sogar noch intensiver als sonst. Sie ist nicht bei ihm und das macht ihn rasend.

Zwar hat er am laufenden Band zu mir geschaut, wahrscheinlich, weil es ihn verwundert, dass ich nicht wie gewohnt ohne Punkt und Komma vor mich hin schwafele, aber das war wohl der einzige Grund. Indem ich Mia zurück ins Spiel geholt habe, habe ich mir im Prinzip ein Eigentor geschossen.

»Gut«, brumme ich genauso wortkarg und zusammenhanglos wie Adler, verschränke die Arme, lege die Füße auf dem Armaturenbrett ab und schaue wieder aus dem Fenster. Diesmal direkt in den orangefarbenen Streifen am Horizont, der von der Sonne übrig geblieben ist. Wenn wir in der sogenannten Sommerresidenz des Ramirez-Clans ankommen, wird es stockdunkel sein. Keine Ahnung, warum Adler nicht bis morgen warten kann. Er wird jedenfalls seine Gründe haben.

»Ich bin nicht der richtige Ansprechpartner, Chase. Momentan sowieso nicht. Ich muss mich erstmal um meinen eigenen Kram kümmern.« Er räuspert sich, ganz so, als würden ihm diese Worte ordentlich Unbehagen bereiten. Er ist es nicht gewohnt, mit mir über sentimentalen Scheiß zu reden. Das macht er normalerweise nur mit Sny. Wenn überhaupt.

Ich zucke mit den Schultern und ziehe mein Handy aus der Hosentasche. »Mir ist nicht klar, was du meinst.«

Adler stößt ein entnervtes Seufzen aus. »Keine Ahnung, wozu ich dir raten soll. Für gewöhnlich sage ich den Schatten, dass sie zu dir gehen müssen, wenn sie mal wieder Aftersausen oder ähnliche Wehwehchen haben.«

Teilnahmslos lasse ich das Display meines Smartphones aufleuchten und checke meine Nachrichten. Nicht einmal Noyce geht mir heute mit irgendetwas auf den Sack. Ich hätte mich betrinken und mir dann irgendeine Schlampe zum Vögeln suchen sollen. »Ich brauche niemanden zum Ausheulen, falls *du* deswegen an Aftersausen leiden solltest. So verweichlicht bin ich auch schon wieder nicht. Ich langweile mich bloß. Der Süden ist scheiße.«

»Ihr werdet euch einleben.«

»Sag das Demon.« Mein Daumen scrollt sich durch die Kontaktliste und bleibt an *Heaven* hängen. Eine der Tänzerinnen, die sich in den paar Tagen, seitdem wir das El Paso übernommen haben, bereits an jeden von uns Schatten rangemacht hat. Einschließlich Adlers Cousine. »Was meinst du, wie lange es heute dauern wird?«

»Du hast doch gerade wegen deiner Langeweile herumgejammert.« Wieder wirft er mir dieses irritierte Stirnrunzeln zu. Langsam macht es mich aggressiv.

»Ich würde mir sonst was zum Ficken suchen.«

»Rede mit Sny. Oder Noyce. Vielleicht können die dir helfen.«

Jetzt fängt er wieder damit an! Ich habe doch gerade das Gegenteil behauptet! »Beim Ficken? Nee.«

»Wenn ich wüsste, was genau dein Problem ist, könnte ich dir auch eher sagen, was zu tun ist, Chase.« Nun klingt er selbst angepisst.

»Ich habe kein Problem, *Adler*. Keine Ahnung, was du von mir willst.« Augenrollend öffne ich Heavens Kontakt und klicke das Nachrichtensymbol an. »Wird das denn heute Nacht noch was? Keinen Bock, was klarzufahren und mir dann nachher 'ne hysterische Kleine antun zu müssen, weil ich sie sitzen lassen habe.«

»Ich kann es dir nicht sagen. Ich werde mir Blair zurückholen und falls ich ihren Vater zu fassen bekomme, kann ich für nichts garantieren. Das weißt du.«

»Okay.« Das klingt doch schon besser. Seufzend stecke ich das Handy wieder weg. »Wie wäre es, wenn du sie vögeln gehst, und ich mache in der Zeit ein paar von ihren Familienmitgliedern kalt?«

»Tu, was du nicht lassen kannst.« Er schaltet den Tempomat ein und scheinbar sichtlich entspannt lehnt er sich in seinem Sitz zurück. »Sie heißt Emilia. Emilia Stevens, richtig?«

What the ... »Fuck, Adler!« Ruckartig reiße ich meine Beine von der Armatur und würde direkt nach meiner Walther P99 greifen, wenn diese sich wie gewohnt im Handschuhfach befinden würde und nicht in einer Tasche auf der Rücksitzbank hinter mir. Dafür ist mir der Aufwand doch zu groß. Abdrücken würde ich ohnehin nicht. Ich würde sie meinem Boss lediglich an die Schläfe halten, in der Hoffnung, ihm dadurch Mias Klarnamen für immer aus dem Kopf zu treiben.

Allerdings wäre er durch diese Aktion kaum beeindruckt. Ich würde damit einzig und allein meinen Status als einen seiner Schatten riskieren.

Verdammt. Ich kenne ihn einfach zu gut. Und er mich.

Dennoch merke ich, wie sich meine Hände unwillkürlich zu Klauen formen – wie dafür geschaffen, um sich um Adlers Kehle zu schließen und Stück für Stück zuzudrücken.

Augenblicklich erstarrt seine Miene zu Eis. Unheimlich. Es ist, als könnte er richtiggehend nachvollziehen, was in dieser Sekunde in mir vorgeht. Ihm scheint klar zu sein, dass er mich bis ins Bodenlose gereizt hat. Sein eisiges Mienenspiel ist eine stumme Warnung an mich, gar nicht erst auf die Idee zu kommen, handgreiflich zu werden. Vor allen Dingen nicht hier im Auto.

Natürlich. Wir haben sozusagen die Plätze getauscht. So muss es sich also anfühlen, wenn ich ihm auf den Sack gehe.

Diese Erkenntnis reicht aus, um mich zur Ruhe zu bewegen und den Blick von Adler abzuwenden, um scheinbar gelangweilt die Straße vor uns zu betrachten.

Nur wenige Autos sind zu dieser Tageszeit in diesem Bereich von New Juarez unterwegs. Von daher ist es kaum nötig, sich derart auf den Verkehr zu konzentrieren, wie Adler vorgibt, es tun zu müssen – spätestens, seitdem er unsere Unterredung auf Mia gelenkt hat. »Du weißt, dass ich meine eigenen Mittel und Wege habe, um etwas herauszufinden«, führt er nun ungerührt fort. »Vor allem, wenn es sich um Personen handelt, die es wahrhaftig geschafft haben, meine Aufmerksamkeit zu erhaschen. Ich muss dir ja nicht sagen, dass ich durch Blair jahrelange Erfahrung im Observieren gesammelt habe – und auch Demon und Sny überwache ich vierundzwanzig Stunden am Tag.«

»Fuck!« Wütend balle ich meine Hände zu Fäusten und presse sie vorsichtshalber neben meinen Oberschenkeln in den Sitz, damit ich meinem Boss nicht doch noch aus dem Affekt heraus eine scheuere. Das wäre äußerst ungünstig. Kinnhaken mit Unfallgarantie, wenn man so will. »Sie geht dich nichts an!«, brülle ich ungehemmt und komme mir sofort wie ein spätpubertierender Vollpfosten vor. Ich weiß, dass ich mir für diese Respektlosigkeit früher oder später meine Quittung abholen werde – nichtsdestotrotz hat Adler soeben eine Grenze überschritten, die er nicht zu überschreiten hat.

Observieren nennt er es! Jeder gewöhnliche Mensch würde es Stalking nennen.

Na ja. Adler ist ganz und gar nicht *gewöhnlich.* Und ich bin es genauso wenig.

»Doch, Chase. Ich fürchte schon. Ich musste wissen, ob sie – besser gesagt deine kranke Verbindung zu ihr – eine Gefahr für Blair darstellen könnte.« Einen Moment lang sieht er mich an, allerdings weiterhin mit versteinerter Miene. »Meine Prioritäten haben sich vor ein paar

Tagen ziemlich verschoben, wie du wohl bemerkt hast. Blair ist meine Schwachstelle. Ein wunder Punkt, den vor allem ihr Vater gegen mich einsetzen wird. Ich muss dir hoffentlich nicht vorbeten, wie viel für mich auf dem Spiel steht.«

Sein verdammtes Imperium. Die komplette Stadt. Er würde sein letztes Hemd für diese Frau geben, um ihre Sicherheit zu gewährleisten, schätze ich.

»Ich werde sie an mich binden. Mit allem, was dazugehört. Sny und Demon stellen längst eine Gefahr für sie dar und ich kann es nicht gebrauchen, wenn du, der bisher der Normalste von uns zu sein schienst, mir eine Frau anschleppst, die mindestens genauso gestört ist wie meine Cousine.«

Aufgebracht presse ich die Lippen zusammen. Inzwischen balle ich die Fäuste so fest, dass sich meine Fingernägel scharf ins Fleisch bohren. »Ist sie nicht.«

»Was soll der Stuss dann, den du da veranstaltest?«

Das geht dich einen Scheiß an, verdammt! »Nichts.«

»Sie kommt, genau wie du, ursprünglich aus Großbritannien. Aus derselben verfickten Kleinstadt, in der du aufgewachsen bist. Ihr habt sogar dieselbe Schule besucht – auch, wenn du drei Jahre vor ihr den Abschluss gemacht hast.« Wieder sieht er zu mir und scheint vollkommen zu ignorieren, dass ich zum zweiten Mal kurz davor bin, ihm mit meiner Faust das Maul zu stopfen, ungeachtet der Konsequenzen, die das auf seinen Fahrstil haben würde. »Wie kommt es, dass sie inzwischen ebenfalls in die Staaten ausgewandert und neulich ausgerechnet nach New Juarez gezogen ist? Weiß sie von deiner Existenz? Weiß sie, dass du hier wohnst und für mich arbeitest?«

Natürlich weiß sie von meiner Existenz. Nur wird sie

in all den Jahren keinen Gedanken an mich verschwendet haben, weil sie davon ausgeht, dass ich nicht mehr am Leben bin. Wundert mich, dass Adler diese Umstände nicht zu kennen scheint. Da hat er wohl nicht tief genug gegraben.

»Nein.« Ich bohre die Fingernägel noch fester in mein Fleisch, schaffe es jedoch mit reichlich Anstrengung, den Blick von ihm abzuwenden. Sobald ich eine Waffe in der Hand halte, werde ich wohl leider zum Berserker mutieren. »Du hast selbst gesagt, dass ich mit meinem Scheiß nicht bei dir anzukommen brauche. Also was, verfickt nochmal, soll jetzt dieses beschissene Verhör, Adler?«

Er schüttelt den Kopf, als wüsste er nicht so genau, was er eigentlich erreichen will. »Stellt sie eine Gefahr für Blair dar?«

»Nein, verdammt.« Es sei denn, Mia kann mal wieder ihre verfluchte Klappe nicht halten.

»Könntest *du* zu einer Gefahr für Blair werden, falls ... die Dinge, die diese Frau betreffen, unerwünschte Auswirkungen haben?«

Fuck. Ehrlich gesagt, kann ich für absolut nichts garantieren. »Ich habe es im Griff.«

»Nein, hast du nicht. Solange du kurz davor bist zu explodieren, sobald ich auch nur ihren Namen erwähne, nehme ich dir das nicht ab. Werde sie los.«

»Das kann ich nicht.«

»Wieso nicht? Sie soll von deiner Existenz nichts wissen, habe ich recht?«

»Richtig. Sie weiß nicht, dass ich sie beschatte.« Wahrscheinlich hat sie seit ihren A-Levels – und dem, was danach kam – tatsächlich nicht einmal an mich gedacht.

»Alles klar. Du hast drei Tage. Entweder wirst du sie los oder du klärst das mit ihr.«

»Da gibt es nichts zu klären.«

»Gut. Dann werde *ich* sie für dich los. Ich kann so einen Scheiß nicht gebrauchen.«

»Okay. Ich regele das.«

Er schenkt mir einen zweifelnden Blick. »Sicher?«

»Sicher. Es ist wohl an der Zeit, dass ich es tue.«

Er nickt. »Was immer das mit ihr ist. Es ist nicht gut, Chase. Und wenn du sie nicht ficken willst, solltest du sie loswerden. Sonst wird sie dir bloß Probleme bereiten.«

Du bereitest mir keine Probleme, Mia.

Du bist das Problem.

Natürlich will ich dich ficken.

Das wollte ich immer.

Doch war ich niemals gut genug für dich.

Im Gegenteil.

Du hast mein Leben zerstört und dafür werde ich deines zerstören.

Langsam und qualvoll.

Ich bin noch längst nicht fertig.

CHASE

Endlich erreichen wir die schier endlose Auffahrt zum Grundstück der ramirezschen Sommerresidenz.

Erneut tritt Adler ungehemmt das Gaspedal durch, sodass die durchdrehenden Reifen des Raptors sich im ersten Moment knirschend in den schneeweißen Kies graben – doch schon in der darauffolgenden Sekunde geht ein Ruck durch das tonnenschwere Fahrzeug. Der Pick-up kämpft sich frei und schießt augenblicklich nach vorn, wobei er vereinzelte lose Steine in gemeingefährliche Wurfgeschosse verwandelt.

Skeptisch schaue ich aus dem Fenster. Weit und breit keine Security, die uns eigentlich hätte aufhalten müssen. Es ist, als habe man mit unserer Ankunft längst gerechnet.

Man dürfte in diesem Fall Antonio Ramirez sein. Im Prinzip wirkt es fast so, als wäre es eine Art höfliche Botschaft an uns, dass er den Sicherheitsdienst abgezogen hat. Eine Einladung.

Doch die tatsächliche Botschaft zwischen den Zeilen entgeht mir genauso wenig, wie sie vermutlich meinem

Boss entgeht: Wir dürfen Blairs Vater nicht unterschätzen. Niemals.

Unvermittelt dringt ein leises Ping aus den Lautsprechern des Autos. »Demon anrufen«, kommt es von Adler.

Unter normalen Umständen hätte er mir den Befehl erteilt, dieses Telefonat zu führen, aber … na ja. Demon würde aller Wahrscheinlichkeit nach keinerlei Hemmungen zeigen, mich einfach wegzudrücken. Schätzungsweise ist ihr Cousin ohnehin der Einzige, bei dem sie überhaupt das Gespräch annimmt.

»*Vaughn, sag mir bitte, dass einer von den beschränkten Flachwichsern auf dem Weg hierher ist, um mich endlich abzulösen*«, werden wir von einer weiblichen Stimme begrüßt.

Mit *beschränkten Flachwichsern* meint sie selbstverständlich Sny, Noyce, Thorne und mich.

»Chase und ich sind in einer Minute da, um Blair abzuholen. Sieh zu, dass uns keine netten Überraschungen erwarten.«

»*Was?! Wie soll ich …*« Er lässt sie gar nicht weiter zu Wort kommen und würgt sie einfach ab.

So muss das sein. Demon ist nämlich von Haus aus unausstehlich und da Adler ausgerechnet sie bei Blair abgestellt hat, um ihre persönliche Leibgarde zu spielen, wird ihre Laune richtig beschissen sein. Jetzt kommt noch hinzu, dass er mich anschleppt: Mir will sie aus unterschiedlichen Gründen mindestens genauso dringend an die Gurgel gehen, wie jedem einzelnen Familienmitglied des Ramirez-Clans.

Ich schätze, Adlers Cousine verwandelt sich gerade in eine tickende Zeitbombe.

Gut für mich. Falls ich gleich niemanden finden sollte, an dem ich meine schlechte Laune auslassen kann, wird Demon sich mit Sicherheit auf eine gepflegte Prügelei mit mir einlassen.

Der Abend verspricht doch noch einigermaßen spaßig zu werden.

Allerdings scheint diese beschissene Zufahrtsstraße echt kein Ende zu nehmen. Soweit man dank der großzügig ausgeleuchteten Umgebung erkennen kann, durchqueren wir gerade ein für diese von starker Dürre betroffene Landschaft überraschend grünes Parkgelände.

»Guck dir den Scheiß hier an«, knurrt Adler. Wegen der aktuellen Trockenheit wurde den Bewohnern des Südens das Trinkwasser rationiert, während hier mehrere Hektar Land aus purer Sinnlosigkeit heraus täglich bewässert werden. Einfach nur, damit diejenigen aus Blairs verdammter Sippe, die spontan die Sommerresidenz besuchen *könnten*, es hübsch haben.«

Auf Anhieb gebe ich ein geringschätziges Schnauben von mir. »Worüber regst du dich eigentlich auf? Fass dir doch mal an die eigene Nase. *Deine* Sippe ist im Besitz von mehreren Golfplätzen, die derzeit kaum genutzt werden, weil die Hitze unerträglich ist.«

»Allerdings wird im Norden niemandem das Trinkwasser rationiert«, entgegnet er erwartungsgemäß und schenkt mir ein irritiertes Stirnrunzeln.

»Klar, aber das Wasser muss ja trotzdem irgendwo herkommen. Du weißt doch selbst, dass gegenwärtig die Reserven aus benachbarten texanischen Territorien angezapft werden. Das klappt nur, weil du entweder gewisse Gefallen einforderst oder weil die entsprechenden Leithammel sich wiederum fürstlich dafür entlohnen lassen.« Eine Sekunde halte ich inne, um mich von meinem Boss anmotzen zu lassen, ob ich ihn denn hinter seinem Rücken ebenfalls als Leithammel bezeichne. Doch es kommt nichts. »Der wohlhabende Norden von New Juarez ist natürlich bereit, die ansteigenden Kosten zu bezahlen, damit weiterhin mehrmals täglich geduscht werden kann«, setze ich also leicht verwirrt fort. »Die Bewohner des Südens können es sich nicht leisten. Von daher war Antonio Ramirez' Entscheidung im Grunde richtig, das Trinkwasser zu rationieren, damit er nicht irgendwelche Gefallen einfordern muss oder sogar auf den Beschaffungskosten sitzen bleibt, da die Leute ihre Rechnungen eh nicht begleichen können.«

»Scheiße, du hast recht.«

Dies ist einer der Momente, die ich mir definitiv rot im Kalender markieren sollte. Adler gibt offen zu, dass er im Unrecht ist. Wow. »Mit dem Süden von NJ hast du dir eine ganz schön schwere Bürde auferlegt, was?«

Er gibt ein erschöpftes Seufzen von sich. »Solange du nicht anfängst, Blair als schwere Bürde zu bezeichnen, ist mir das verdammt egal.«

»Sie ist eine Frau. Bei denen ist doch von vornherein klar, dass man sich mit ihnen gleich mehrere Probleme einfängt«, bemerke ich mit einem humorlosen Lachen, während mein Boss mich durchdringend anfunkelt. »Außerdem befinden wir uns gerade außerhalb der Stadtgrenzen. Dieses Grundstück bleibt in Ramirez-Besitz. Was den Wasser- und Stromverbrauch betrifft, kannst du also nichts machen, würde ich sagen«, finde ich unverzüglich zum eigentlichen Thema zurück. »Es gehört irgendeinem von Blairs fetten Onkeln. Ihr Daddy gibt bloß gerne vor, als wäre der Familienbesitz *sein* Besitz.«

Als Antwort erhalte ich lediglich ein angepisstes Brummen, womit die Angelegenheit wohl auch endgültig abgehakt ist: Direkt vor dem Eingangstor zu dem Gebäude, das mich in Aufmachung und Stil an eine verfickte überdimensionale Finca erinnert, macht er eine Vollbremsung. Wieder spritzen Kieselsteine zu allen Seiten – und während ich noch damit beschäftigt bin, mich abzuschnallen, springt Adler bereits aus dem Wagen.

Mit ausgreifenden Schritten wühlt er sich durch den Kies und denkt offenbar nicht im Traum daran, vor der verschlossenen Massivholztür haltzumachen. Möglicherweise spielt er sogar mit dem Gedanken, sie einfach einzurennen. Jedenfalls scheint er sein Tempo nicht reduzieren zu wollen; wobei sich ein unrealistischer Teil meines Gehirns durchaus vorstellen kann, dass diese Tür einem missgestimmten Vaughn Adler niemals standhalten würde. In wenigen Sekunden wird das Geräusch von splitterndem Holz zu vernehmen sein und gleich darauf nur noch ein Loch in Form seiner Silhouette davon zeugen, dass meinen Boss absolut nichts aufhalten kann, sobald er sich etwas in den Kopf gesetzt hat.

Dieses Mal wird er sich sein Eigentum in Gestalt von Blair Ramirez zurückholen und niemals wieder loslassen.

In der Realität wird die Tür jetzt allerdings wie von Zauberhand aufgerissen, sodass Adler augenblicklich – und ohne innezuhalten – in den Schatten der Eingangshalle verschwindet.

Augenrollend erwache ich aus meiner nahezu faszinierten Erstarrung, beuge mich hinter den Sitz und ziehe die lederne Sporttasche hervor, in der sich ein ganzes Arsenal an Schusswaffen und anderem Firlefanz befindet. Nachdem ich etwas geistesabwesend darin herumgekramt habe, zücke ich letzten Endes einen Schlagring und stopfe ihn mir in die Hosentasche, bevor ich selbst aus dem Pick-up steige und ihn mit gelassenen Schritten einmal komplett umrunde.

Ein kurzer Rundblick hat mir bewiesen, was ich mir

bereits gedacht habe: Nicht die geringste Spur von irgendwelchen Securitys. Keine Angestellten. Der Laden ist wie ausgestorben.

Dennoch stellen sich mir die Nackenhaare auf, während ich schließlich in Seelenruhe die Fond-Tür öffne, hinter der sich die Waffentasche befindet. Das Gefühl, gleich aus mehreren Himmelsrichtungen beobachtet zu werden, macht sich breit.

Scharfschützen womöglich.

Sny würde jetzt einer abgehen. Schätze ich. Viel wahrscheinlicher ist allerdings, dass er Adler spätestens bei der Grundstückseinfahrt darum gebeten hätte, ihn rauszulassen. Dann wäre er innerhalb eines Wimpernschlags mit den Schatten verschmolzen und hätte sämtliche Scharfschützen, die mich aktuell im Visier haben, längst mit seinem eigenen TAC-50 erledigt.

Gemächlich ziehe ich nun nochmals den Reißverschluss der schwarzen Tasche auf, während ich nach scheinbar unbedeutenden Bewegungen oder Lichtreflexionen im Augenwinkel zu achten beginne.

Lichtreflexionen. Witzig. Verdammt beschissene Idee, im Dunkeln ins verdammte Herz des Ramirezterritoriums zu fahren, um die verdammte Prinzessin endgültig aus den Klauen des Drachens befreien zu wollen.

Als ich das Griffstück einer Handwaffe befühle, halte ich einen Augenblick lang inne und lasse meinen Blick erneut über den in warmen Farben ausgeleuchteten Platz schweifen. Hier und da befinden sich in den Boden eingelassene Spots und in der Mitte des Rondells ragt eine monströse marmorne und vor allem theatralisch gestaltete Brunnenanlage empor.

Wahrscheinlich dient sie ausschließlich dazu, um etwaigen Besuchern dieser Sommerresidenz einen Hauch

Hollywood-Flair zukommen zu lassen – und erst recht, um den außerordentlichen Reichtum des Ramirez-Clans zu demonstrieren.

Die meisten Spots sind direkt auf die nackten Marmor-Engel mit ihren winzigen Marmor-Schwänzen gerichtet, die mit Märtyrermiene und wenig beeindruckenden Marmor-Schwertern gegen ein schlangenähnliches Meeresungeheuer kämpfen.

Wie schon so oft, frage ich mich, warum die Bildhauer ihren Figuren grundsätzlich einen endlos idealisierten Körperbau andichten, wenn ihren Schwänzen im Vergleich dazu gerade einmal die Größe einer verschrumpelten Essiggurke zugestanden wird. Keine Ahnung, ob ein großer, idealisierter Schwanz sich nur erschwert aus einem Stück Marmor herauskloppen lässt. Vielleicht ist es auch etwas Psychologisches. Penisneid, oder so. Die Befürchtung, dass die Betrachter sich nicht auf das dargestellte Geschehen, sondern zu sehr auf die wohlgeformten Proportionen ihrer Werke konzentrieren, kann es nicht sein. Ansonsten sollten die Bildhauer eventuell mal die Sache mit dem athletischen Körperbau sein lassen.

»Der Leviathan in seinem Todeskampf«, höre ich auf einmal eine männliche Stimme in meinem Rücken, die mir so aus dem Stegreif nicht bekannt vorkommt. Spontan würde ich auf eben den Mann tippen, der Adler noch weniger begegnen sollte als mir.

Angespannt drücke ich die Schultern durch. »Nehmen wir mal an, ich würde jetzt die P99, die sich gerade in meiner Hand befindet, auf Blairs Vater richten – hätte ich dann innerhalb von Sekundenbruchteilen selbst eine Kugel im Schädel?«, spreche ich meinen Gedankengang laut aus.

»Hättest du. Ja«, antwortet die männliche Stimme, deren Schmunzeln sich kaum überhören lässt.

»Okay.« Ich nicke, hebe die Hände an den Kopf, verschränke sie im Nacken und drehe mich gemächlich um. Dabei lasse ich mein Augenmerk unverhohlen über den Platz und dann über das Dach des Gebäudes schweifen.

Erst danach schenke ich Antonio Ramirez meine Beachtung, reagiere auf sein spöttisches Schmunzeln mit einem schiefen Grinsen, lehne mich an die C-Säule des Pick-ups, lasse die Hände sinken und schiebe sie in die Hosentaschen meiner Jeans.

»Du bist Chase«, stellt er mit einem Blick auf mein *Game-of-Thrones*-T-Shirt fest, auf dem ein brüllender Löwenkopf und der Schriftzug *Hear Me Roar* abgebildet sind.

»Und du bist informiert«, gebe ich zurück. »Und dabei, dich zu verpissen, vermute ich.«

Überrascht neigt Ramirez den Kopf zur Seite. »Richtig.« Er zieht das Wort auffällig in die Länge – ein Zeichen seines Misstrauens mir gegenüber.

Dennoch macht er augenblicklich mit seiner Rechten eine drehende Bewegung in der Luft. Hat wohl zu bedeuten, dass diejenigen, die ihre Waffen auf mich richten, unverzüglich abziehen sollen. »Du lässt mich also nicht gehen.«

Ich zucke mit den Achseln. Mir ist es gleich, ob ich mich im Nachteil befinde oder nicht. Heute ist mir schon so viel Scheiß untergekommen, dass sich fast eine gewisse Art von Lebensmüdigkeit in meinem Kopf ausbreitet. »Wieso sollte ich? Mein Boss wird die eine oder andere Angelegenheit mit dir klären wollen … und deine Tochter möchte sich bestimmt auch noch von dir verabschieden.«

Ramirez verschränkt die Arme vor der Brust und beginnt, mich von oben bis unten zu mustern. »Woher willst du wissen, ob ich mich von ihr verabschiedet habe oder nicht?«

»Hast du nicht«, lege ich fest, schiebe meine Finger, die sich nach wie vor in den Hosentaschen befinden, in den Schlagring, hole ohne Zeitverzug aus und lasse meine Faust zielsicher auf Ramirez' Kiefer niederschmettern.

Die Aktion geschieht so schnell und offensichtlich unerwartet, dass sein Kopf ungebremst zur Seite fliegt. Blutstropfen verteilen sich auf dem schneeweißen Kies und vielleicht sogar der eine oder andere Zahn.

Zu verdattert, um auch nur irgendeinen Laut von sich zu geben, torkelt Ramirez halb rückwärts, halb seitwärts und kann sich von der Wucht meines Schlages gerade so auf den Beinen halten. Seine Hand schnellt zum Kiefer, während er sich schließlich doch noch fluchend vornüberbeugt und den Kies mit einer weiteren Ladung Blut bespuckt.

Die Zeitspanne, die ich benötige, um den Schlagring zurück in die Hose zu schieben, in die Ledertasche hinter mich zu greifen und die P99 herauszuholen. Ich mache einen Schritt auf Ramirez zu und halte ihm die Mündung der Waffe im selben Moment an die Stirn, wie er sich wieder aufrichtet und mich aus funkelnden Augen anstarrt.

Da ist etwas in seinem Blick, das ich die ganze Zeit gesucht habe. Die Art von bösartiger Verschlagenheit, die ich in ihm vermutet habe: Antonio Ramirez ist mit allen Wassern gewaschen.

»Verdammt, ich habe dich unterschätzt«, murmelt er grimmig.

»Das tun viele.« Ich zucke mit den Schultern. »Der Kinnhaken war dafür, dass ich auf unabsehbare Zeit gezwungen bin, in dem dreckigen Nachtclub deiner Tochter zu wohnen.« Ich entsichere die P99. »Außerdem fallen mir gleich mehrere Gründe ein, um dich ruhigen Gewissens abknallen zu dürfen, Wichser. Einer davon ist meine schlechte Laune.«

Ramirez gibt ein scheinbar beeindrucktes Brummen von sich und nickt. »Du würdest dich gut bei meinen Leuten machen. Wie wär's? Ein Neustart in Austin? Dann musst du auch nicht in dem *dreckigen Nachtclub meiner Tochter* wohnen.«

Brennende Entrüstung beginnt in meinen Adern zu lodern und frisst sich einen Weg bis in mein Gehirn. Es wäre so leicht, einfach abzudrücken. So leicht, diesem Pisser zu beweisen, dass ich tatsächlich Ernst mache.

Von Zeit zu Zeit könnte ich regelrecht abkotzen, weil ich mir mit meinem ausgelassenen Getue im Grunde selbst ein Bein stelle: Sogar, wenn ich etwas genau so meine, wie ich es sage, denken die meisten, dass ich ein paar Witze vom Stapel lasse. »Wie ich sehe, ist mir mein Ruf vorausgeeilt«, gebe ich zurück. Mein Zeigefinger zuckt am Abzug. »Obwohl ich dir eine Waffe an den Kopf halte, meinst du, das sind nur Faxen. Falsch gedacht.«

»Chase!« Scheiße. Demon. Die hat mir gerade noch gefehlt.

Ich drücke ab.

Allerdings habe ich den Lauf der P99 im letzten Moment zur Seite gerissen, sodass die Kugel haarscharf an Ramirez' Ohr vorbeischrammt. Dafür trifft sie zielsicher den Schädel eines marmornen Engels, der sein Schwert erhoben hat, um dem Leviathan den Kopf abzutrennen.

Wenigstens dürfte jetzt Ramirez' Trommelfell geplatzt sein.

Wie zur Bestätigung schlägt er sich augenblicklich eine Hand ans Ohr und stolpert zur Seite.

»Sag mal, spinnst du?!«, faucht Demon mich an, die in dieser Sekunde angeschossen kommt und mir die Waffe aus der Hand reißt. »So sehr ich dein Vorhaben, den Pisser kaltzumachen, auch respektiere – diese Ehre gebührt uns Adlers. Außerdem würde Blair dich umbringen.«

»Hmm«, mache ich unbeeindruckt und ignoriere die Tatsache, dass sie einerseits ungewohnt besonnen erscheint und andererseits Blairs Namen ausspricht, ohne dabei den Eindruck zu erwecken, gleich kotzen zu müssen. »Das ist gar kein Marmor, sondern Gips.« Ich zeige zu der Engelsstatue, der durch den Beschuss der halbe Kopf weggebröckelt ist.

»Japp«, gibt Demon zurück, womöglich froh darüber, dass ich ihre Steilvorlage, sie aufzuziehen, nicht angenommen habe. »Alles Fake hier.«

MIA

Einige Wochen später

»Sorry, Süße. Ich weiß, alles, was du brauchst, ist eine gute Freundin, die für dich da ist, aber …« Betsy zögert, schenkt mir schließlich ein mitleidiges Lächeln, zieht die Klapptüren des Wäschewagens auf und greift nach einem der schneeweißen Bettlaken, die in den dafür vorgesehenen Fächern bereitliegen.

Alles, was ich brauche, ist eine gute Freundin?! Nicht.

Wie ich diese fadenscheinigen Ausflüchte hasse. Mindestens genauso, wie ich es hasse, meine Arbeitskolleginnen um etwas bitten zu müssen. Dabei habe ich es längst aufgegeben, zu versuchen, mich bei einem ihrer Ausgehabende einzuklinken. Sie wollen mich nicht dabeihaben. Sie mögen mich nicht. Ich habe es kapiert.

Wenigstens ist Betsy halbwegs ehrlich.

»Ich habe doch nur gefragt, ob ihr mich nachher ein Stück mitnehmen könnt. Wegen der ganzen Bauarbeiten und Straßensperren in Felipe Angeles fährt meine Buslinie nicht bis nach Mesita durch. Ich müsste dreimal umsteigen und wäre mindestens zweieinhalb Stunden später als sonst zu Hause.«

»Sorry.« Betsy zuckt mit den Schultern, vermeidet allerdings jeglichen Blickkontakt. »Der Wagen ist voll.«

Mit geschürzten Lippen zerre ich das Stromkabel aus dem Staubsauger und stecke es in eine der freien Steckdosen. »Warum lügst du mich an?« Okay. Es passiert nicht häufig, dass mir der Kragen platzt, doch heute ist definitiv einer dieser besonderen Tage. »Du brauchst keine Angst zu haben, dass ich mit irgendwem von euch näher befreundet sein möchte. Ihr findet mich eigenartig und macht euch hinter meinem Rücken über mich lustig – ich bin nicht blöd. Allerdings hat das nichts damit zu tun, dass ich dich lediglich um einen Gefallen gebeten habe. Sobald einer von euch mal wieder die Schicht tauschen wollte, war ich bisher immer gut genug!«

Erschrocken schaut Betsy auf. Jedoch kann ich ziemlich gut erkennen, wie es in ihren Augen bereits heimtückisch zu blitzen beginnt. Sie wird sich nachher beim Boss über mich beschweren. Die dämlichen Kröten wollen mich alle loswerden.

»Ich gebe dir auch etwas Benzingeld, wenn es so schlimm für dich ist, mich in deiner Karre zu wissen«, füge ich ein wenig versöhnlicher hinzu.

Mit einem boshaften Zischen schüttelt Betsy den Kopf und zieht ein weiteres Bettlaken aus dem Wäschewagen. »Ich habe nein gesagt. Besorg dir selbst ein Auto. Oder ein Fahrrad. Geh meinetwegen zu Fuß.«

Verbissen trete ich auf den On-off-Knopf des Staubsaugers und begrüße nahezu erleichtert das unverkennbar lautstarke Dröhnen, mit dem er auf der Stelle anspringt.

Betsy macht wohl Witze. Seit drei Jahren warte ich

auf die Bewilligung der Einwanderungsbehörde, dass ich – als weibliche Britin – eine Fahrprüfung absolvieren darf. Schlicht, um zu beweisen, dass ich mich – trotz meiner zwei X-Chromosomen und der Tatsache, dass ich bisher nur Rechtslenker gefahren bin – durchaus imstande sehe, ein Fahrzeug zu führen.

Darüber hinaus werde ich mir bei dem miesen Gehalt, das ich als Zimmermädchen verdiene, sowieso keinen fahrbaren Untersatz leisten können. Im Gegensatz zu Betsy bin ich nicht verheiratet und habe keinen Mann, der mir freundlicherweise ein Auto *besorgt* – und im Gegensatz zu Betsy würde ich niemals illegal fahren.

Hier in den USA – und vor allem im Süden – wird es ohnehin nicht gerne gesehen, wenn Frauen ein Fahrzeug führen. Das mag wohl auch der ausschlaggebende Grund sein, weshalb ich wahrscheinlich bis zum Sankt-Nimmerleins-Tag auf meine Genehmigung warten darf.

Gut, in Großbritannien haben wir Frauen ebenfalls keinen besonders hohen Stellenwert, doch dort hatte mein Familienname wenigstens noch ein nennenswertes Gewicht. Mein Familienname, den mein Vater mir vor einiger Zeit am liebsten aberkannt hätte, wenn es ihm möglich gewesen wäre.

Außerdem bin ich seit ein paar Wochen auf Bewährung. Das ist die womöglich schwierigste Hürde. Überhaupt kann ich froh sein, dass ich meinen Job behalten durfte, *obwohl* ich zu Diebstählen neige. Zu Diebstählen, die ich niemals begangen habe. Zumindest, soweit ich mich erinnern kann.

Mein Gedächtnis ist ... eigenartig. Ferner wohl auch einer der Gründe, weswegen meine Kolleginnen mich meiden. Ich hasse mein Gehirn. Es trickst mich immer wieder aus.

Mit fest zusammengepressten Lippen lasse ich die Bodendüse des Staubsaugers über den Teppich gleiten. Langsam erreiche ich jenen Status der Wut, der mir die Tränen in die Augen treibt.

Falls Betsy sich tatsächlich beim Boss beschweren wird, bleibt mir nichts übrig, als ... ihm einen Blowjob zu verpassen. Aus keinem anderen Grund hat er mich eingestellt, schätze ich. Aus keinem anderen Grund werde ich diesen Job behalten können.

Willkommen in meinem Leben. Ich habe es nötig, den Schwanz meines Bosses zu lutschen, damit ich nicht meine Arbeit verliere.

Besser, als auf der Straße zu leben.

Das ist die Welt, in der ich lebe. So ist es eben als unverheiratete Frau, die vollkommen auf sich allein gestellt ist. In regelmäßigen Abständen habe ich die Wahl zwischen Demütigung und Obdachlosigkeit.

Super.

Mein Dasein ist verflucht. Keine Ahnung, was ich falsch gemacht habe; besser gesagt, was ich anscheinend in einem vorherigen Leben falsch gemacht habe, sodass ich, wie es aussieht, ein verdammt beschissenes Karma habe.

Schweigend sauge ich durch das Hotelzimmer und ignoriere Betsys zickige Blicke, als sie schließlich den Wäschewagen an mir vorbeischiebt, um ins nächste Zimmer zu wechseln.

Na, danke. Wie immer überlässt sie mir die glorreiche Aufgabe, das Bad zu putzen, nur um sich später darüber zu empören, dass ich viel zu lange für alles brauche.

Ihr zwischendurch die Meinung zu geigen oder mich im Gegenzug einmal über sie zu beschweren, bringt nichts. Erstens stärken die anderen Zimmermädchen ihr den Rücken – weil sie sich mir gegenüber genauso verhalten – und zweitens macht Betsy ganz freiwillig die Beine für unseren Boss breit.

Wer weiß schon, ob ihre Kinder wirklich von ihrem Mann sind.

Na ja. Sie wird mich eh nicht nach Feierabend mitnehmen. Dann kann ich ebenso gut länger bleiben. Falls sie vorhat, mich noch heute beim Boss anzuschwärzen, bleibt mir eh nichts anderes übrig, als *Überstunden* zu machen.

Unbeherrscht reiße ich das Stromkabel aus der Steckdose und gehe ins Bad.

Ich könnte einfach kündigen.

Die Miete ist für die kommenden zwei Wochen bezahlt. Zwei Wochen Zeit, um mir etwas Neues zu suchen. Zwei Wochen, um New Juarez wieder zu verlassen und einen weiteren Neustart zu wagen.

Es wäre nicht das erste Mal.

Allerdings werde ich außerhalb von New Juarez nicht auf die Schnelle einen Job finden. Und selbst wenn, werden diese nur halb so gut bezahlt.

Außerdem *darf* ich die Stadt nicht verlassen. Ich bin auf Bewährung.

Wann kommst du mich holen, Fremder?

Wann?

Hat nicht jedes Aschenputtel ihren eigenen Prinzen, der auf einem weißen Ross dahergeritten kommt, um sie aus dem Dreck zu ziehen und in sein Schloss zu entführen?

Ist das hier wirklich das Leben, welches das Schicksal für mich ausgesucht hat?

»Miss Stevens?«

Oh Mann. Das ist die Stimme von meinem Boss. »Ich bin hier.«

Schnaufend wische ich mir mit dem Unterarm über die Stirn, stecke die Klobürste beiseite und betätige die Spülung.

Die Kloschüssel wurde wohl noch nie so gründlich geschrubbt wie heute. Wie lange war ich in Gedanken versunken? Eine Viertelstunde? Meine Knie tun von dem langen Hocken jedenfalls schon ziemlich weh.

Scheiße. Ich habe wieder jegliches Zeitgefühl verloren. Möglicherweise habe ich sogar Dinge getan, an die ich mich nicht erinnern kann. Wenn mein Boss verschwunden ist, muss ich dringend meine Taschen kontrollieren.

Ein Schatten erscheint in meinem Blickwinkel. Ich weiß jetzt schon, wie die Sache enden wird. »Was kann ich für Sie tun, Mister Noyce?«

»Betsy war gerade bei mir«, erklärt er mit einem Schmunzeln in der Stimme.

»Was für eine Überraschung.« Mist. Ich glaube, ich kriege meine Tage. Ich sollte mich nicht so zickig geben, denn sonst verliere ich den Job trotz des anstehenden Blowjobs.

Ich kann regelrecht spüren, wie mein Boss sich mit verschränkten Armen an den Türrahmen lehnt und meiner Seitenansicht sein unverwechselbares Stirnrunzeln schenkt. »Ach ja?«

»Ja.« Mit geschürzten Lippen schaue ich zu ihm auf und ziehe mir dabei die Gummihandschuhe von den Fingern, die ich achtlos neben die Kloschüssel fallen lasse.

Mister Noyce ist gar nicht der typische Hotelmanager,

wie man ihn sich vorstellt. Also, aus visueller Sicht. Er ist kein klassischer Schreibtischhengst. Zwar trägt er, wenn er sich denn mal hier blicken lässt, die üblichen maßgeschneiderten Anzüge, allerdings gelingt es diesen nicht, seine zahlreichen Tattoos zu verdecken, die bis über seinen Hals hinwegreichen. Eines der undefinierbaren schwarz-grauen Tribals windet sich sogar an seinem rechten Kieferknochen entlang bis zur Schläfe hinauf. Außerdem kann man selbst durch den Stoff des Zweiteilers erkennen, dass er ziemlich athletisch gebaut ist. Schlank, aber muskulös.

Und er ist stark. Das weiß ich nicht nur, weil ich ausreichend Zeit mit ihm verbringen *durfte*, sondern auch, weil ich ihn und Betsy bereits mehrfach erwischt habe. Da hat er mir allein durch den Anblick, der sich mir bot, bewiesen, wie viel Kraft er hat. Genug Kraft nämlich, um eine vollschlanke Frau wie Betsy an die Wand zu stemmen und durchzuvögeln.

Hundertmal habe ich mit mir gerungen, ihn bei Gelegenheit einmal frei heraus zu fragen, ob er nicht selbst schon einiges an Erfahrung hinter den berühmten schwedischen Gardinen sammeln konnte. Irgendwie ist Mister Noyce für mich – auch rein optisch gesehen – der perfekte Vorzeige-Knastologe. Gar nicht voreingenommen oder so.

»Dann wissen Sie also, warum ich hier bin, richtig?«

»Ich schätze schon.« Scheinbar selbstsicher drücke ich die Schultern durch und sehe weiterhin zu ihm auf – unmittelbar in seine hellen Augen. Er ist attraktiv, keine Frage. Dennoch, er ist mein Boss und diese Position nutzt er schamlos aus. Dafür hasse ich ihn.

Sein herablassendes Feixen dehnt sich zu einem breiten Grinsen aus. »Ich würde Sie ja dazu auffordern, direkt auf den Knien zu bleiben, aber … waschen Sie sich doch bitte die Hände, bevor Sie meinen Schwanz anfassen.«

Ich kündige. Sag es einfach, Mia. Dann musst du das hier nie wieder tun.

»Okay.« Sofort komme ich auf die Füße und drehe mich zum Waschbecken, um seiner Aufforderung unverzüglich nachzukommen.

Na gut. Ich sollte langsam mal anfangen, es vor mir selbst zuzugeben. Wenn ich meinen Boss wirklich so sehr verachten würde, hätte ich schon längst gekündigt. Ihn in regelmäßigen Abständen oral zu befriedigen, ist halt das geringere Übel.

Vielleicht stehe ich sogar in gewisser Hinsicht darauf, von einem Mann gedemütigt zu werden. Vielleicht will mich mein Unterbewusstsein für irgendetwas bestrafen.

Für irgendetwas, das in der Vergangenheit passiert ist, woran ich mich nicht erinnern kann.

Betont langsam und gründlich seife ich meine Hände ein und spüle sie genauso betont langsam und gründlich wieder ab.

Kein Handtuch, das ich benutzen darf. Keines, das ich benutzen werde.

Dann wird Mister Noyce halt mit einer nassen Hose dieses Hotelzimmer verlassen. Sein Problem.

Gerade will ich mich zu ihm herumdrehen, da packt er mich plötzlich im Nacken und zieht mich ein Stück zu sich heran, sodass sich mein Leib gegen seinen drängt, während ich auf einmal seinen Atem an meinem Hals spüre. »Was ist das eigentlich mit Ihnen, Miss Stevens? Was genau unterscheidet Sie von einem gewöhnlichen Zimmermädchen? Halten Sie sich für etwas Besonderes? Für eine gefallene Prinzessin?« Er riecht nach Zigarettenqualm – nicht nach kaltem, abgestandenem Rauch, sondern als habe er gerade erst geraucht. Es ist also nicht unangenehm. Es passt sogar irgendwie zu ihm.

Ich kann nicht anders, als ein leises Prusten von mir zu geben. »Ich bin bestimmt keine gefallene Prinzessin. Schon gar nicht etwas Besonderes ... mehr. Ich kann nur nicht ... mit Menschen.« Besser gesagt, können sie nicht mit mir.

»So?« Aus irgendeinem Grund klingt er neugierig. »Auch nicht mit Männern?«

Ich zucke mit den Schultern. »Hören Sie ...«, beginne ich und versuche, mich zu ihm herumzudrehen.

»Na, na«, macht er und der Griff um meinen Nacken verfestigt sich. Unsere Blicke begegnen sich in dem quadratischen Spiegelschrank, der sich über dem Waschbecken befindet. »Vielleicht sind Sie keine englische Prinzessin, aber ... ich habe mich informiert, Emilia Stevens. Sie entstammen einer uralten, vermögenden Familie, deren Stammbaum in zahlreichen Adelsfamilien verwurzelt ist.«

»Na und?« Verstimmt lasse ich die Lider sinken. »Das beschützt mich nicht vor Armut und vor allem nicht davor, vom eigenen Vater verstoßen zu werden.«

»Verstoßen also.« Seine Zähne finden meine Ohrmuschel und beißen grob hinein, sodass ich scharf aufzische.

Ein Schmerz, der sich bis in meinen Schritt zieht. »Bitte lassen Sie mich gehen, Mister Noyce«, hauche ich, obwohl ein großer Teil von mir sich wünscht, dass er diesem Flehen nicht nachkommen wird.

»Wollen Sie das wirklich?«, haucht er mir ins Ohr, drückt seinen Unterleib gegen meinen Hintern und lässt mich seine Erektion spüren. »Ich lasse Sie gehen – wenn

Sie mir eine Frage beantworten.« Abrupt packt er mich mit der freien Hand an der Schulter und wirbelt mich herum. Seine andere Hand gleitet währenddessen von meinem Nacken zu meiner Kehle, ohne dabei den Hautkontakt zu mir zu verlieren. »Und ich bestehe darauf, dass Sie mir diese Frage *ehrlich* beantworten, Emilia.« Seine hellen Iriden bohren sich in meinen Kopf und geben mir das Gefühl, dass ich absolut nichts vor ihm verheimlichen kann. »Ich werde es merken, wenn Sie mich anlügen.«

Na toll. Das glaube ich ihm sofort. »N-natürlich«, flüstere ich ihm auf den Mund, der nur noch eine Handbreit von meinem Gesicht entfernt ist.

»Macht es Sie an, wenn ich Sie dazu nötige, mir den Schwanz zu lutschen?« Seine Finger schließen sich ein wenig fester um meinen Hals. Fast bedrohlich. Wie eine verdammte Warnung. Ich sollte tatsächlich nicht auf die Idee kommen, ihn anzulügen.

Mehr passiert allerdings nicht. Er drückt mir weder die Luft ab, noch tut er mir weh.

Oh Mann. Wie soll ich ihm diese Frage wahrheitsgemäß beantworten, wenn ich mich bisher immer geweigert habe, die Wahrheit vor mir selbst zuzugeben?

»J-Ja.« Ich schlucke schwer. »I-ich ... einem Teil von mir gefällt es, glaube ich, weil ... ich denke, dass ich es nicht anders verdient habe«, wiederhole ich ihm genau den Gedanken, den ich mir eben erst eingestanden habe.

Was soll ich auch sonst tun? Aktuell befürchte ich, dass er mir weitaus Schlimmeres antun würde, sobald ich ihn anlüge. Er würde es bemerken. Ich *weiß* es einfach.

Seine Miene erstarrt zu Eis. »Scheiße.« Augenblicklich lässt er mich los und drückt mich dabei von sich, sodass ich mit dem Hintern schmerzhaft gegen den Waschbeckenrand stoße.

Einen Moment lang lässt er seinen Blick über mich gleiten. Ich trage einen mitternachtsblauen, figurbetonten Kittel, dessen Knopfleiste vom Dekolleté bis zum Saum reicht. Dazu eine weiße Schürze. Meine widerspenstige Naturkrause habe ich mir in einem Knoten am Hinterkopf zusammengebunden. Die Kleidung der Hotelangestellten ist gewollt aufreizend. Damit die männlichen Hotelgäste wenigstens etwas zu gucken haben, falls ihnen eines der Zimmermädchen über den Weg läuft.

Für einen kurzen Augenblick rechne ich fest damit, dass Mister Noyce mich dazu auffordert, mich vor ihm auszuziehen und mich von ihm vögeln zu lassen.

Das wäre … irgendwie heiß.

Aus irgendeinem Grund verwirrt mich die aktuelle Situation so sehr, dass ich nicht mehr weiß, was ich will. Einerseits wünsche ich mir nichts sehnlicher, als von ihm gesagt zu bekommen, dass ich gefeuert bin und das Hotelgelände sofort zu verlassen habe, andererseits wünsche ich mir natürlich, dass er sich wortlos umdreht und mich in Ruhe lässt. Doch dann ist da wiederum dieser Teil von mir, der einfach den Verstand abschalten möchte, um ihm *zu Diensten* zu sein.

»Sie wollten, dass ich ehrlich bin, Mister Noyce«, murmele ich und schaffe es nicht mehr, ihn anzusehen.

»Darum geht es mir nicht. Es ist nur …« Er räuspert sich. »Ich glaube, es jetzt erst zu verstehen.«

Irritiert schaue ich auf. »Was genau?«

Einen Moment lang begegnen sich unsere Blicke und es fühlt sich an, als würde da etwas zwischen uns stehen. Eine Verbindung zueinander, die absolut gar nichts mit meinem Dasein als Zimmermädchen und seiner Position als meinem Boss zu tun hat. Etwas ganz anderes, das ich nicht fassen kann. Er hat einen *wissenden* Ausdruck in seinem Gesicht, als hätte er einen Sachverhalt über mich in Erfahrung gebracht, von dem ich selbst gar nichts weiß. Eine Gegebenheit, die ich nicht einmal erahnen kann.

Doch dieser Augenblick verfliegt genauso schnell, wie die Erkenntnis, dass ich es endlich schaffe, ihm wieder in die Augen zu sehen.

Sein Blick wird erneut zu Eis. »Nichts«, knurrt er, greift sich an den Gürtel und öffnet ihn. »Auf die Knie, Miss Stevens. Vielleicht bin ich hiernach so gnädig und schicke Sie nach Hause, *obwohl* die Zimmer nicht zufriedenstellend gereinigt sind.« Seine Stimme hat den ursprünglich herablassenden Tonfall angenommen und ein Schmunzeln ziert seine Miene. Erst jetzt wird mir klar, dass er für kurze Zeit aus der Rolle gefallen ist. Für einen kurzen Moment war ich nicht mehr seine Angestellte, nicht mehr Miss Stevens, die regelmäßig vor ihm kniet, damit sie ihren Job behalten darf. Für einen kurzen Moment war ich eine andere Person für ihn.

Ich gehorche und hocke mich vor ihn. Wie gewohnt gräbt er die Finger der einen Hand in meinen Schopf, um meinen Kopf an Ort und Stelle zu fixieren, während er mit der anderen Hand seine Shorts hinunterzieht und mir seinen zuckenden Schwanz entgegenhält.

Zögerlich öffne ich den Mund und lasse seine pralle Spitze in mich hineingleiten.

»Gott verdammt«, murmelt er über mir, stößt bis zu meinem Rachen in mich vor und gräbt seine Finger noch fester in meinen Schopf. Wie immer schmeckt er sauber und ich pariere seinen Stoß mit einem leisen Keuchen. Wie automatisiert streicht meine Zunge fast zärtlich über seine Spitze, bevor er sich ein weiteres Mal tief in mir versenkt.

Ich berühre ihn nicht. Meistens will er das nicht.

Abwartend habe ich die Hände auf meinen Schenkeln abgelegt und die Augen geschlossen. Wir sind ein eingespieltes Team. Ich weiß, dass es ihm gefällt, was ich tue – und im Grunde wusste er auch schon immer, dass es mich auf eine kranke Weise anmacht, wenn er mich hierzu *zwingt*.

Ich bin nicht die Art von Frau, die sich schweigend alles gefallen lässt, weil sie denkt, dass es sich so gehört und sie sich eh nicht wehren kann. Ich habe keine Angst vor irgendwelchen Konsequenzen und ich habe auch keine Angst vor meinem Boss – obwohl er sicherlich kein ungefährlicher Mann ist. Ich tue es, weil es der Weg des geringsten Widerstands ist und weil es mich nicht stört. Ich tue es, weil es mir irgendwie *gefällt*. Weil ich dadurch mein Ziel erreiche. Ich brauche diesen Job, damit ich nicht auf der Straße lande.

NJ ist ein verdammtes Drecksloch, das von einem Drogenbaron regiert wird, doch genau genommen ist die gesamte Welt ein verdammtes Drecksloch. Vor allem für diejenigen, die sich finanziell nur knapp über Wasser halten können. Vor allem für eine Frau wie mich, die sich an einen gewissen Teil ihrer Vergangenheit nicht erinnern kann und hin und wieder beängstigende Aussetzer zu haben scheint.

Eine Hand landet an meiner Wange, während mein Boss sich zum wiederholten Mal in meinen Mund schiebt und diese Bewegung mit einem rauen Stöhnen untermalt. »Verdammt, wenn ich die Erlaubnis hätte, würde ich dich jetzt so hart ficken, dass du tagelang nicht sitzen kannst, Emilia«, raunt er mit tiefer Stimme.

Für einen Augenblick gerate ich aus dem Takt, ziehe die Stirn kraus und lasse die Lider flattern. Mein Boss hat *keine Erlaubnis,* mich zu ficken?! Wer, zur Hölle, sollte es ihm bitte verbieten?

Erneut gibt er ein raues Stöhnen von sich, als er sich mit einem harten Stoß in mich drückt und zeitgleich an meinen Haaren reißt. Warmer Samen benetzt meinen Gaumen. »Fuck!«

Nochmals gebe ich ein leises Keuchen von mir, streiche mit der Zunge ein letztes Mal über seinen prallen Schaft und entziehe mich ihm.

Mister Noyce' Aussage bringt mich durcheinander. Sie hat meinem Unterleib ein sehnsüchtiges Ziehen entlockt und den Wunsch in meinem Kopf sprießen lassen, tatsächlich richtig hart von ihm gevögelt zu werden.

Das ist nicht gut, Mia. Das wäre ein Verrat an dir selbst.

Auf der Stelle unterdrücke ich diese verhängnisvollen Empfindungen. Stattdessen warte ich wie gewohnt mit gesenktem Blick darauf, dass mein Boss mich dazu auffordert, aufzustehen und zu gehen.

»Du bist gefeuert«, gibt er schlicht von sich. »Du warst schon immer ein grauenvolles Zimmermädchen. Zeit, dass sich etwas ändert.«

CHASE

Gerade habe ich ein Mädchen kennengelernt, Mia.

Ich werde sie Ginger nennen.

Ein wenig hat sie mich an dich erinnert.

Vielleicht, weil du dir damals andauernd die Haare rot gefärbt hast.

Weißt du noch?

Das war unser Ding.

Ich habe sofort bemerkt, wenn du einen neuen Farbton ausprobiert hast und dich direkt gefragt, wie sich diese Tönung denn diesmal nennt.

Als hättest du nur darauf gewartet, es mir auf die Nase binden zu können, kam wie aus der Pistole geschossen die Antwort.

Das letzte Mal, als ich dich das fragte, sagtest du »Ginger!«.

Du hast es mir förmlich entgegengespuckt.

Nur wenige Stunden später hast du mich erstmalig bewusst gedemütigt, Mia.

Jetzt bin ich derjenige, der dich demütigt – und du weißt es nicht einmal.

Du weißt nicht, dass ich derjenige bin, der die Strippen in der Hand hält.

»Ach. Kommt die kleine Miss doch noch zur Vernunft?«, höre ich Snys Stimme neben mir, während ich unter dem Tresen nach meinem verfickten Handy suche.

Hier hatte ich es doch vorhin hingelegt!

»Geht aufs Haus«, führt Sny an die kleine betrunkene Rothaarige gerichtet fort. »Als Entschädigung dafür, dass unser echter Barkeeper seinen Job mal wieder nicht ernst nimmt.«

Fuck. Raul. Hat er es sich etwa unter den Nagel gerissen, um eine seiner drei Freundinnen anzurufen?! Ich mache ihn sowas von kalt, wenn ich ihn in die Finger bekomme. Mein Handy geht ihn einen Scheiß an!

»Hä? Was hat das denn damit zu tun? Ich muss den Alkohol doch trotzdem bezahlen«, entgegnet die kleine Zicke auf Snys großzügiges Angebot, wobei ich nicht ganz nachvollziehen kann, was sie eigentlich damit sagen will.

Liegt wohl daran, dass sie zu betrunken ist, um den Sinn hinter Snys Worten zu verstehen. Ist vielleicht auch besser so, die Einladung nicht anzunehmen, weil Adler, der alte Geizkragen, es schon extrem zum Kotzen findet, wenn wir Schatten uns an den Alkoholreserven des El Paso bedienen. Sobald allerdings einer der Clubgäste einen von uns spendiert bekommt, fängt er nahezu an, im Dreieck zu springen. Man könnte meinen, dass Blair ihn nicht oft genug ranlässt, damit er seinen verdammten Jähzorn wegficken kann.

Ich schätze, er ist einfach von uns genervt. Wir können echte Querulanten sein. Vor allem ich.

Gut. Zurück zum Thema: wenn es wieder einmal soweit ist und ich mir verflucht nochmal selbst auf den Sack gehe!

Ich sollte mein Handy schlicht und ergreifend nicht hier im Club liegen lassen. Es mir besser an den verdammten Arsch kleben.

Auf meinem Handy sind, neben dem vom Boss, mitunter sehr sensible Daten abgespeichert, die niemand hier in NJ in die Finger bekommen darf. Nicht nur, was mich betrifft, sondern auch ... Fuck.

Ich muss weniger Alkohol trinken. Seit Adlers Ansage neulich lasse ich mich ganz schön gehen. Dabei sollte ich mich echt mal am Riemen reißen und froh sein, dass er mich wegen Mia einfach machen lässt, anstatt sie eigenhändig zu erledigen – so wie er es ursprünglich angekündigt hat.

Doch wenn er erfährt, dass einer der Barkeeper ohne mein Zutun mein verficktes Handy in die Finger bekommen hat ... ich muss Raul wohl oder übel abknallen. Nützt nichts.

Erst jetzt fällt mir auf, worüber Sny und die kleine Rotzgöre sich gerade unterhalten. Sofort richte ich mich auf. »Wie? Du willst schon gehen?« Beinahe füge ich hinzu, dass ich eigentlich vorhabe, sie komplett abzufüllen und danach gründlich durchzuficken.

Sofern ich mich selbst richtig abschieße, beim Vögeln die Augen zukneife und mich auf ihren Rotschopf konzentriere, reicht es vielleicht sogar aus, um mir vorzustellen, wieder achtzehn zu sein und Mia in dem Maße ranzunehmen, wie ich es immer wollte.

»Ja, aber vorher muss ich auf die Toilette.« Die kleine Ginger stößt sich vom Tresen ab und torkelt etwas windschief in die grobe Richtung, wo sich die Keramikabteilung befindet.

Bevor ich allerdings hinter der Bar hervorkommen und sie verfolgen kann, packt Sny meinen Unterarm. »Lass die Finger von ihr, Alter.«

Shit. Der Typ kennt mich einfach zu gut.

In gespielter Verwirrung blinzele ich ihn mit hochgezogenen Brauen an und mache gerade den Mund auf, um irgendeinen Bullshit von mir zu geben, da erkenne ich etwas in seinem Blick, das ich viel zu selten zu sehen bekomme: Diese krankhafte Obsession, die hin und wieder Besitz von ihm ergreift, wenn es um Frauen geht.

Das liebe ich an ihm. Es erinnert mich daran, dass ich nicht der Einzige bin, der richtig krank im Kopf ist. »Okay, Mann«, lache ich und stoße ihn grob vor die Brust. »Sie gehört dir. Mit dir streite ich mich bestimmt nicht um die Beute.« *Ich habe meine eigene.*

Sny gibt ein angepisstes Knurren von sich. »Ich weiß nicht, was du meinst.«

»Ist klar.« Kopfschüttelnd beuge ich mich wieder unter den Tresen.

»Suchst du das hier?« Er hält mir ein Smartphone vor die Nase.

Ein wenig zu hektisch reiße ich es ihm aus der Hand. »Japp.«

»Das El Paso ist nicht dein verficktes Quartier, Chase. Wenn es dir da oben zu chaotisch ist, solltest du mal mit dem Gedanken spielen, ein bisschen aufzuräumen, anstatt anzufangen, deinen Scheiß hier unten in der Bar zu verteilen.« Noch während er spricht, umrundet er mit ausgreifenden Schritten den Tresen und schnappt sich im Vorbeigehen den 100$-Schein, der dort liegen geblieben ist.

Nicht eine Sekunde hat er den Blick von der kleinen Ginger abgewendet, die in diesem Moment nämlich in eine Gruppe von Frauen stolpert und sich dabei fast langlegt. Er will sie wohl vor ihrer eigenen Tollpatschigkeit retten.

Sieh an. Sny mutiert auf einmal zum Ritter in ... na ja. Schwarzer Rüstung. Die lasse ich ihm.

»Du sollst Noyce zurückrufen«, wirft er noch in meine Richtung und pirscht sich dann endgültig an seine Beute heran.

Meine Fresse. Dieses Mal ging es echt schnell bei ihm. Er scheint ... ausgehungert zu sein.

Schulterzuckend lasse ich das Display aufleuchten und registriere, dass Noyce offenbar zu ungeduldig ist, um auf meinen Rückruf zu warten, denn er hat mir gleich mehrere Sprachnachrichten hinterlassen. Zwar von jeweils höchstens zehn Sekunden Länge, aber das ändert nichts daran, dass ich schlagartig keinen Nerv für seinen Scheiß habe.

Augenrollend lasse ich das Display abdunkeln und schaue zu einer der sechseckigen Bühnen, die in mehreren Nischen des Clubs installiert wurden. Auf einer von ihnen räkelt sich Heaven, wenn mich nicht alles täuscht. Bloß kann ich sie nur schlecht von den anderen Tänzerinnen unterscheiden. In den abgedunkelten Ecken, in denen alle paar Minuten eine Nebelmaschine aktiviert wird – je nachdem welche Art von Playlist der DJ gerade zum Besten gibt –, sieht jede verdammte Schnalle gleich für mich aus.

Nur dich könnte ich mit hundertprozentiger Sicherheit ausfindig machen.

Mit verbundenen Augen sogar.

Ich kann deine Präsenz spüren, Mia.

Das war schon immer so.

Vor fünfzehn Jahren hätte ich mein Leben für dich gegeben.

Jetzt ist es die Rache, die mich antreibt.

Du musst leiden. So lange, bis ich genug habe.

Und dann wirst du sterben.

Durch meine Hand.

Spontan entscheide ich mich dazu, vor Heaven heute mal nicht den Gentleman zu markieren und sie von ihrer Schicht zu erlösen, indem ich sie gönnerhaft von der Bühne pflücke.

Sie mag es, wenn ich vorgebe, auf sie zu stehen. Vielleicht denkt sie sogar wirklich, dass ich einen Narren an ihr gefressen habe.

Das kann sie vergessen. Zum Ficken ist sie gut genug, aber mehr auch nicht. Außerdem hat sie es faustdick hinter den Ohren. Etwas, das ich an Frauen ziemlich zu schätzen weiß – vor allem, wenn sie wie Heaven eine sehr düstere Seite zu verbergen versuchen. Allerdings habe ich keinen Bock, mich auf andere Frauen als Mia zu konzentrieren. Eines Tages, sobald sie und mein Rachegedanke Geschichte sind, werde ich mir eventuell mal ein wenig Zerstreuung gönnen.

Nichtsdestotrotz liebt Heaven es, umgarnt zu werden. Sie liebt es, sich zu zieren, nur um sich letzten Endes an den eigenartigsten Orten durchvögeln zu lassen.

Ist mir scheißegal. Ich werde ihr schreiben, dass sie bei Schichtende gefälligst ihren prallen Arsch in mein Quartier bewegen soll. Falls sie es nicht tut, werde ich auch nicht gerade dran sterben. Muss sie selbst wissen.

Erneut lasse ich das Display aufleuchten, wähle

Noyce' Kontakt an und halte mir das Handy ans Ohr, während ich dem Geschehen im Club endgültig den Rücken zukehre und die Tür aufstoße, die sich direkt hinter der Bar befindet.

Staff Only ist in leuchtend roten dahingeschmierten Lettern auf ihr zu lesen – was im Grunde leicht irreführend ist, wenn man mal davon absieht, dass einen auf der rechten Seite geradewegs ein überdimensionaler Kühlraum erwartet, in dem konstante, sibirische Temperaturen herrschen.

Ich habe keinen blassen Schimmer, was Blair sich dabei gedacht hat, als sie diesen Raum einbauen ließ. Ursprünglich wollte sie wohl ein Restaurant eröffnen und keinen Nachtclub.

Vielleicht sind zu dem Zeitpunkt auch die Ramirez-Gene mit ihr durchgegangen und sie hat ihn für gewisse Zweckentfremdungen errichten lassen. Die Art von Zweckentfremdung, die wir in den vergangenen Wochen schon häufiger praktiziert haben. Leichen lassen sich jedenfalls ziemlich gut darin stapeln. Besser als im Hinterhof, wo man in diesen Tagen auf den verwesenden Körpern Spiegeleier braten könnte, so sehr, wie sich dort die Hitze staut.

Das heißt: Der Kühlraum ist nur Show. Eigentlich soll die *Staff-Only*-Tür die Tatsache verbergen, dass hinter ihr ein schwach beleuchteter Durchgang zu einer versteckten Wendeltreppe im rückseitigen Bereich des Gebäudes führt, über die man die ehemaligen Gästequartiere erreicht.

Ehemalig insofern, da in diesen Quartieren seit Adlers Übernahme des Südens kein einziger Gast in ihnen untergekommen ist. Wir fünf Schatten haben jeder eine dieser Unterkünfte als unser neues Zuhause angenommen – der eine mehr und der andere weniger begeistert.

Adler hat einen verdammten Narren an diesem dämlichen Club gefressen. Gut. Wahrscheinlich liegt es eher daran, dass seine kleine Blair den Nachtclub aufgezogen hat und bis heute nicht gewillt ist, diesen aufzugeben. Obwohl sie inzwischen so gut wie gar nichts zu melden hat.

Den Eindruck übermittelt Adler uns jedenfalls. Was hinter den Kulissen zwischen den beiden abgeht, kann ich natürlich nicht sagen.

Ich persönlich habe die Hoffnung, dass wir lediglich so lange die Stellung hier halten werden, bis der Süden von New Juarez voll und ganz übernommen wurde. Bis auch der letzte loyale Anhänger des Ramirez-Clans begriffen hat, dass eine neue Ära eingeläutet wurde: Vaughn Adler hält sich die Tochter von Antonio Ramirez nicht als Sexsklavin. Die beiden sind ein waschechtes Liebespaar, mit allem drum und dran.

Vaughn Adler hat tatsächlich vor, einen ordentlichen Batzen seines Familienvermögens in diesen verdammt heruntergewirtschafteten Teil von NJ zu stecken. Er schafft Arbeitsplätze, holt die Obdachlosen von der Straße, lässt nahezu überall die Abrissbirne kreisen, nur um dort wiederum hochmoderne Bürokomplexe und kostengünstige Wohneinheiten bauen zu lassen.

Nun. Adler hat die Kohle. Warum sollte er sie nicht investieren?

»Mann, Chase! Was hat da so lange gedauert?!«, motzt Noyce auf einmal in mein Ohr, während ich vor Schreck fast meine Waffe aus dem Hosenbund ziehe. Das monotone Freizeichen hatte irgendwie eine meditative Wirkung auf mich und hat dafür gesorgt, dass ich mit den

Gedanken bei Abrissbirnen und kostengünstigen Wohneinheiten lande.

»Hab versucht 'ne Kleine klarzumachen.« Obwohl Noyce es nicht sehen kann, zucke ich grinsend mit den Schultern, während ich im Laufschritt die Wendeltreppe erklimme. »Aber gegen Snys plötzlich aufkeimende Besessenheit komme ich nicht an.«

»*Was?!*«

»Was maulst du mich eigentlich an? Du bist doch jetzt derjenige, der fünf Minuten gebraucht hat, um ans Telefon zu gehen.« Ich erreiche den Treppenabsatz und schwenke nach links. Abrupt bleibe ich vor der dritten Tür auf der rechten Seite stehen, die mich zu Noyce' Quartier führt. Vor gut einer Woche habe ich ein buntes Einhornbild an das Sperrholz gepinnt, auf dem *all you need is love and a unicorn* geschrieben steht. Bis jetzt hat er es nicht abgenommen. Scheint ihm zu gefallen. »Bist du in deinem Kinderzimmer?«

»*Wenn du damit meinen Bungalow meinst, dann ja. Ich bin in meinem Kinderzimmer.*«

Perplex runzele ich die Stirn, setze mich allerdings wieder in Bewegung und folge dem Gang bis zu seinem Ende. Ich biege links um die Ecke und erreiche die Tür, die zu meinem Quartier führt. Es ist zwar das Kleinste von allen, hat aber im Gegenzug die meisten Fenster. Je mehr Tageslicht, desto besser. Dafür verzichte ich gern auf ein paar Quadratmeter. »Ist das mit Adler abgesprochen?«

»*Dass ich die Dreistigkeit besitze, eine Nacht lang mal auf der Ranch nach dem Rechten zu sehen und den Staub von den Regalen zu pusten? Nein. Der soll sich nicht so anstellen. Ich habe jedenfalls nicht vor, meinen Lebensabend in einem win-*

zigen Schuhkarton zu verbringen, nur weil der Boss sein Herz an den Süden verloren hat.«

Damit spricht Noyce genau das aus, was mir selbst schon seit Wochen durch den Kopf geht. Die Wohnsituation hier im El Paso ist nicht gerade ein gelungener Zustand. »Japp. Wenn das so weitergeht, steigt Demon ihm eh aufs Dach.«

Na ja. Wir Schatten jammern, was das angeht, natürlich auf ziemlich hohem Niveau. Es ist nun einmal unser Job, uns dort aufzuhalten, wo Adler sich breitmacht. Und der wird sich die kommenden Monate wohl eher selten nordwärts begeben. Womöglich werden wir erst zur Ranch zurückkehren, wenn das südliche NJ mindestens genauso vor Wohlstand glänzt, wie der Norden. Das könnte Jahre dauern.

»Hast du meine Sprachnachrichten nicht abgehört?«

»Nope.« Endlich öffne ich die Tür und lasse meinen frustrierten Blick durch den Wohnraum gleiten. Sny hat recht. Ich sollte echt mal aufräumen. Vor allem, da ich mir in regelmäßigen Abständen Damenbesuch hierher bestelle. Vermutlich ist es nur noch eine Frage der Zeit, bis eine von ihnen auf die Idee kommt, vom Hygienezustand meiner Unterkunft auf den Hygienezustand meines Körpers zu schließen. Muss ja nicht sein.

Allerdings könnte ich es mir auch leicht machen und wenigstens für heute Nacht eines der beiden freien Quartiere beziehen. Selbst wenn Adler oder Blair davon Wind bekommen – was wollen sie machen? Dicke Backen? Lächeln und winken?

Ist ja nicht so, dass sich überhaupt noch irgendwer hierher traut. Aus Blairs Familie ohnehin nicht und die zahlenden Rich Kids aus dem Norden lassen sich so gut wie gar nicht mehr blicken. Seitdem die Idioten aus Adlers *Gangstersquad* – loyale Handlanger, die mit weniger wichtigen Aufgaben als wir Schatten betraut werden – täglich hier aufkreuzen, hat sich einiges im El Paso verändert. Wer optisch aus dem Rahmen fällt oder den Falschen schief anguckt, überlebt den Abend nicht. Sobald ein Squadmitglied Missfallen an den hochgestellten Poloshirtkragen der kleinen verzogenen Pisser aus dem Norden findet, fließt Blut.

»Bist du eingepennt?«

»Was?« Mist. Ein weiteres Mal bin ich unkontrolliert mit den Gedanken abgeschweift – und das, obwohl Noyce irgendetwas von Blowjob geschwafelt hat. »Nee, nur nicht ganz anwesend.«

Ich kann hören, wie er an einer Zigarette zieht. *»Wieder Tequila gesoffen?«*

»Etwas.«

»Das erklärt also deine gute Laune.« Er gibt ein theatralisches Seufzen von sich. *»Die werde ich dir jetzt allerdings nehmen müssen.«*

Gerade war ich dabei, eine leere Keksdose aufzuheben, doch nun halte ich stocksteif in der Bewegung inne. Noyce hat recht. Meine gute Laune ist schlagartig verflogen – wenn sie überhaupt jemals existiert hat und nicht bloß der nervtötende Teil von mir war, den ich nicht unter Kontrolle habe. »*Was* hast du gemacht?!«, donnere ich ins Telefon und lasse die Dose achtlos auf den Boden fallen, nur um stattdessen zur Zockerecke zu eilen und mein Notebook aufzuklappen.

»Jetzt beruhig dich, Bro. Alles nach Plan. Sie hat mir den Schwanz gelutscht und danach habe ich sie gefeuert. Hat super gepasst.«

»Nach Plan ist gut«, brumme ich. Uns bleibt einfach nichts anderes übrig, als das eigentlich verwaiste Hotelgelände zu räumen, da Adler auch diesen Gebäudekomplex abreißen wird – um dort einen Katzenpark mit einer dazugehörigen Pflegestation errichten zu lassen.

Das zu dem Thema, Blair hätte nichts zu melden, fällt mir gerade auf. Vor einiger Zeit hat Adler noch große Töne gespuckt, dass er ihre Tierheime schließen wird, da er mit sinnlosen Geldfressern nichts zu tun haben will. Jetzt macht er das komplette Gegenteil und lässt Katzenparks errichten, um die kleinen Streuner vor dem sicheren Tod zu bewahren.

Möglicherweise konnte Blair ihn davon überzeugen, dass auch solche Maßnahmen Arbeitsplätze schaffen. Zwar sind Tierschutzaktionen jeglicher Art eher ein Fass ohne Boden als wenigstens ein Nullsummenspiel, aber gut. Wie gesagt. Adler kann es sich leisten und vor allem scheint er Blair glücklich zu machen.

Ich wette, er hat nach wie vor ein schlechtes Gewissen, dass er sie bei ihrer ersten richtigen Begegnung vor ein paar Wochen nicht gerade gut behandelt hat, und tut nun alles dafür, damit sie ihm endgültig verzeiht.

Aber nein. Was rede ich? Adler hat kein Gewissen. Der Lappen.

»Du flippst ja gar nicht aus.«

Gelassen kehre ich zur Keksdose zurück und lese sie erneut auf. »Wieso sollte ich ausflippen?«

Noyce gibt ein leises Lachen von sich. *»Ich sagte: Sie hat mir den Schwanz gelutscht.«*

Als wenn mich das in irgendeiner Form überraschen würde. »Hast du sie angefasst?«, ist meine Antwort.

»Inwiefern?« Nochmals zieht er an seiner Zigarette und scheint sich halbwegs zu bemühen, den Rauch jenseits des Hörers auszustoßen.

»Ob du sie *angefasst* hast«, wiederhole ich gereizt.

»Nur ihr Haar. Ihren Nacken. Ihre Kehle ... und ihre Wange, denke ich.« Einen Moment lang wartet er ab. Lauernd. Als ich nichts sage, nimmt er einen weiteren Zug von seiner Zigarette. *»Sie ist verdammt gut darin, Alter. Und es scheint ihr zuzusagen. Keine Ahnung, was genau du mit ihr vorhast, aber wenn ich sie weiterhin quälen soll, könnte es sein, dass sie anfängt, Gefallen an mir zu finden. Nur eine kleine Vorwarnung.«*

Scheiße! Das fehlt mir noch. »Vergiss es.« Mit etwas zu viel Schwung werfe ich eine halb leere Teetasse auf die Spüle. Sie zerschellt in ihre Einzelteile und verteilt den restlichen Tee an der Wand. »Fuck!«

Ich sollte echt mit dem Gedanken spielen, einfach in eines der freien Quartiere zu ziehen, dieses hier abzuschließen und den Schlüssel im Klo hinunterzuspülen.

Als wenn das etwas bringen würde.

»Was ist eigentlich mit dir los, Chase? Was ist das für eine Kleine? Deine verschollene Schwester?« Nochmals zieht er an seiner Zigarette. *»Sobald es um Emilia geht, mutierst du zur Oberzicke – das kennt man ja gar nicht von dir.«*

Meine Schwester? Das wird ja immer besser hier. »Meine Schwester ist nicht verschollen. Sie ist tot.«

Und du hast sie auf dem Gewissen, Mia.

CHASE

»*Mir ist klar, dass deine Schwester tot ist. Doch seit wann drehst du so am Rad? Du bist ja total von der Rolle. Ich hab das Gefühl, du willst die Kleine in den Wahnsinn treiben.*« Er gibt ein Räuspern von sich und etwas bei ihm im Hintergrund fällt klirrend zu Boden. Ich schätze, er bastelt mal wieder an seiner Schrottmühle herum. »*Oder ist das irgendein krankes Spiel zwischen euch beiden und du hast vergessen, mich darüber aufzuklären?*«

Wie recht er mit seiner Annahme hat. Mit der ersten. »Du weißt, was du wissen musst. Und das ist schon zu viel.« Der Drang, einfach aufzulegen, überkommt mich.

Es war eine verschissene Notlösung, Noyce in meine Pläne einzubeziehen. Auch wenn er nur eine kleine Schachfigur in einem Heer aus inzwischen hunderten von Schachfiguren repräsentiert hat.

Wegen Adlers Ansage, die Sache innerhalb von drei Tagen zu klären, war ich gezwungen, umzudisponieren. Vor Jahren habe ich Mia und ihre Familie in die Staaten geholt – ein sehr lukratives Jobangebot für ihren Vater –

und vor Kurzem habe ich dafür gesorgt, dass Mia nach NJ kommt.

Die Schlinge zieht sich zusammen, Mia.
Adler hat mich im Visier.
Ich muss die Dinge beschleunigen.
Es wird Zeit, dass wir uns begegnen.
Nach so vielen Jahren.

»*Okay.*« Ich kann förmlich vor meinem geistigen Auge sehen, wie Noyce bei dem, was immer er gerade tut, innehält. »*Sag Bescheid, wenn du noch einmal meine Hilfe benötigst.*« Eine weitere dramatische Pause. »*Falls ich sie beispielsweise umlegen soll. Du weißt, dass ich da keine Unterschiede mache.*«

Wenigstens zieht er die richtigen Schlüsse.

»Nein danke. Das erledige ich selbst.«

»*Wow.*« Er macht eine derart lange Pause, dass ich tatsächlich zu vermuten beginne, dass es ihm die Sprache verschlagen hat. »*Sie macht gar nicht den Eindruck auf mich, als habe sie es verdient.*«

Schon wieder zucke ich mit den Schultern, ohne daran zu denken, dass Noyce es gar nicht sehen kann. »Vielleicht töte ich ja bloß aus Spaß. Vielleicht habe ich ja einen ähnlichen Tick wie Sny, nur weiß niemand davon.«

»*Hast du nicht.*« Lauthals gähnt er in den Hörer. »*Ist mir, ehrlich gesagt, auch scheißegal. Was immer das mit der Kleinen ist – du hast meine Neugierde geweckt; ob du willst oder nicht.*«

»Wie kannst du behaupten, dass eine Sache dir scheißegal sei und dann im selben Satz davon reden, dass sie deine Neugierde geweckt hat?« Obwohl mich dieses Telefonat mit Noyce mehr als ankotzt, habe ich Schwierigkeiten, ein Schmunzeln zu unterdrücken.

In der Tat scheint er zu stutzen und seine eigene Aussage zu rekapitulieren. »*Keine Ahnung. Offenbar muss ich mich hinlegen.*« Diesmal kann ich mir richtiggehend vorstellen, wie er sein charakteristisches Stirnrunzeln an den Tag legt – etwas, worauf die Mädels reihenweise anspringen und sofort dahinschmachten. Noyce ist nicht gerade ein Schönling, aber die Frauen fahren trotzdem total auf ihn ab. Mir ist bis heute nicht ganz klar, wieso. Schließlich ist er ein Killer in seiner reinsten Form.

»Tu das.« Er hat es wirklich geschafft, mir ein Grinsen abzuringen, allerdings fällt dieses innerhalb von Sekundenbruchteilen in sich zusammen: Der Scheiß mit Mia hat seine Neugierde geweckt. Das kann ich überhaupt nicht gebrauchen. »Ich zähle auf deine Verschwiegenheit«, füge ich also hinzu und klinge dabei kaum weniger bedrohlich als Adler, wenn der mal wieder meint, uns zusammenstauchen zu müssen.

»*Aha?*« War ja klar. Noyce nimmt mich kein bisschen ernst. Das habe ich vor allem mir selbst zu verdanken. Meine verdammte Maskerade, während der ich ständig den Pausenclown spiele, damit ich grundsätzlich unterschätzt werde. Damit kein verfickter Pisser auf die Idee kommt, das in mir zu erkennen, was mich wahrhaftig antreibt. »*Und was kriege ich dafür?*«

»Einen Schlag in deine hässliche Fresse, wenn ich dich das nächste Mal sehe.« Langsam nervt er mich echt. Noyce kann eine richtig verschlagene Bitch sein; nur blieben wir Schatten bisher davon verschont.

Sofort gibt er ein dreckiges Lachen von sich. »*Das will ich sehen, Bro!*«

»Geh mir nicht auf die Eier«, knurre ich entnervt. »Was muss ich tun, damit du die Schnauze hältst? Willst du Geld?«

»Erst einmal erzählst du mir, bei wem ich die Schnauze halten soll. Sogar bei Adler?«

Ganz toll. Ich habe es geschafft. Nun ist nicht nur seine Neugierde geweckt, jetzt fängt er obendrein auch noch an, misstrauisch zu werden. Das ist eine verdammt katastrophale Kombination. Vor allem bei uns Schatten.

»Japp.«

»Dein Ernst?« Seine Stimme überschlägt sich fast. *»Das ist richtig beschissen, Chase.«*

»Ich weiß.« Dadurch, dass ich Geheimnisse habe, stelle ich das Vertrauen der anderen ohnehin schon auf eine harte Probe. Da ich jetzt allerdings einen der Schatten mit hineinziehe und ihn dazu bringen will, etwas vor unserem Boss zu verheimlichen, spalte ich das Lager sozusagen in zwei Hälften.

»Adler weiß gar nichts?«

Okay, er geht wirklich vom Schlimmsten aus. Nichtsdestotrotz passt es mir nicht, dass ich mich ihm offenbar weitaus mehr anvertrauen muss, als ich vorhatte. »Doch. Er weiß von ihr. Einmal Stalker, immer Stalker. Er hat einiges über sie in Erfahrung gebracht und mir dementsprechend die Daumenschrauben angelegt.« Erschöpft lasse ich mich in die Couch fallen, lege den Kopf in den Nacken und starre an die Decke. »Er scheint in allem und jedem eine Gefahr für Blair zu sehen und hat mir eine dreitägige Frist erteilt, die Sache zu … erledigen.«

»Und wann ist diese Frist vorüber?« Noyce' Tonfall ist nüchtern und trocken. So spricht er, wenn er einen Befehl entgegengenommen hat und bereit ist, auf Mission zu gehen.

Seufzend streiche ich mir mit der Hand durchs Gesicht. »Sie war es vor einigen Wochen.«

»Scheiße, was?!«

»Krieg dich wieder ein. Adler weiß, dass sie noch am Leben ist. Ich habe sie nicht nach NJ geholt, um sie innerhalb kürzester Zeit umzulegen. Ich habe Pläne. Deswegen musste ich dich da spontan mit reinziehen.«

»Du musstest gar nichts.«

Stimmt. Allerdings bin ich nicht bereit, das Spiel schon zu beenden. »Adler hat mich gezwungen, ein paar meiner Schachzüge vorzuziehen. Ich habe dafür gesorgt, dass ihr Vater sie verstößt, woraufhin sie *wie zufällig* darauf aufmerksam wurde, dass es hier in NJ einige gut bezahlte Jobs gibt.« Ich räuspere mich gequält, weil es mir echt zuwider ist, Noyce über meine kranken Machenschaften aufzuklären. Ich weiß, wie das alles klingt. Er wird mich für vollkommen geistesgestört halten. »Wenige Tage nach ihrer Ankunft wurde sie *dummerweise* von einer ihrer Nachbarinnen des Diebstahls bezichtigt. Jetzt ist sie auf Bewährung und darf die Stadt nicht verlassen. Den Rest weißt du selbst. Ich wollte sie eigentlich richtig am Boden haben, bevor wir uns das erste Mal begegnen. Adler hat mir dazwischengefunkt und mich unter Zugzwang gesetzt. Es war alles etwas anders geplant.«

»So? Adler hat dich gezwungen? Unter Zugzwang gesetzt? Erzähl mir nicht, dass er diesen abgefuckten Mist gutheißt! Das ist ... verdammt.«

»Abgefuckt«, helfe ich ihm auf die Sprünge.

»Ja. Ich falle gerade vom Glauben ab, Alter. Du ... Keine Ahnung. Es ist, als würde ich dich kein Stück kennen.« Das ist es, was ich befürchtet habe. Noyce fängt an, mir zu misstrauen, und das ist richtig beschissen. Das wird einen ewigen Rattenschwanz nach sich ziehen, der entweder

darin endet, dass er sich seinen Bruder Thorne schnappt und geht – oder ich werde gehen.

Wenn Noyce ein Problem hat, dann ist es die Schwierigkeit, zu irgendwem Vertrauen zu fassen. Deswegen habe ich ihn darum gebeten, bei meinem Spiel mitzuwirken. Weil ich mich auf *ihn* bisher verlassen konnte. Thorne ist zu jung und zu rebellisch für den Scheiß, Demon hat 'ne Klatsche und Snyper ist zwar loyal, allerdings hätte das von seiner Seite aus nur mit hundertprozentiger Transparenz gegenüber Adler funktioniert. Zwischendurch hätte er mir bloß den Moralapostel gemacht – nur um Mia womöglich noch für seine eigenen kranken Spiele zu benutzen. Und dafür hätte ich ihn dann leider umbringen müssen.

»Nein. Ehrlich gesagt hat Adler mich zu gar nichts gezwungen«, gebe ich schließlich seufzend zu. »Er will, dass ich die Sache mit Mia endgültig kläre. Und zwar im kontrollierten Rahmen.«

Adler ist zum Romantiker geworden, Mia.

Er denkt, dass du meine Zukunft bist.

Dabei bist du meine Vergangenheit.

Das, was meine Vergangenheit ausmacht.

Ich muss dich kaltmachen, damit ich mit meiner Vergangenheit abschließen kann.

Vielleicht würdest du es sogar verstehen.

»*Mia also.*« Jetzt klingt Noyce zu allem Überfluss auch noch eingeschnappt. »*Nicht Emilia.*«

»Ja. Mia.«

»*Und was ist das nun mit ihr?*«

»Ich lasse sie leiden.« Nach wie vor bin ich nicht gewillt, ihm die komplette Wahrheit preiszugeben. Ein möglicherweise zu naiver Teil von mir erhofft sich, dass Noyce sich mit einigen wenigen Einzelheiten zufriedengeben wird und dann endlich zu bohren aufhört. »Weil sie es verdient hat.«

»Okay.« Er zündet sich die nächste Zigarette an. *»Am Ende wird sie also sterben.«*

»Ja. Durch meine Hand.«

»Gut.« Es klingt beinahe so, als würde er mich verstehen. Als wäre er sogar einverstanden. *»Und warum darf ich sie dann nicht ficken?«*

Ich stöhne genervt. »Weil sie mir gehört.«

»Du willst sie also für dich.« Er schnaubt spöttisch.

»Nein.«

»Komm mal klar, Chase. Du hast mir erlaubt, ihr meinen Schwanz in den Mund zu schieben, um sie zu demütigen. Mit Sex hätte ich sie mindestens genauso demütigen können. Ich durfte sie ja nicht einmal richtig anfassen. Also überleg dir, was du mir weismachen willst. Besser gesagt, überleg dir, was dich zu diesem Verhalten bringt.«

Noyce hat exakt die Worte ausgesprochen, die ich nicht hören will. Ich bin mir selbst nicht ganz darüber im Klaren, was mich dazu antreibt, Mia für mich beanspruchen zu wollen. Ich weiß nur, dass ich es nicht dulden werde, sobald ein anderer Mann außer mir sie ficken will. Ich habe meine Mittel und Wege, das zu verhindern, und ich scheue vor nichts zurück.

Vielleicht sollte ich Noyce genau das unterbreiten, damit er endlich Ruhe gibt. »Sie hat meine Familie auf dem Gewissen«, antworte ich stattdessen. »Klar soweit?«

»Scheiße, Mann.«

MIA

»Was soll das?«, motze ich das Blatt Papier an, das ich seit etwa fünf Minuten in den Händen halte und ungläubig anstarre. »Ich habe nichts gemacht!« Wie um meine Aussage zu unterstreichen, haue ich mit dem Handrücken auf den Zettel.

Allerdings gibt mir die Vorladung, auf der schwarz auf weiß in Beamtensprache geschrieben steht, dass ich zur Abwechslung mal wieder des Diebstahls bezichtigt werde, keine Antwort. Stattdessen schweigt sie mich nur höhnisch an.

Verdammter Kackmist!

Seufzend löse ich meinen Blick von dem versnobten Briefkopf des *New Juarez Police Departments* und schaue mich verschämt um. Vor lauter Frust habe ich völlig vergessen, dass ich noch immer im Treppenflur vor den Postkästen stehe und ein von mir geöffnetes Schriftstück anschreie. Als wäre ich komplett von allen guten Geistern verlassen.

Scheint ja auch der Fall zu sein, wenn ich mir das hier so angucke.

»Das ist doch jetzt echt nicht wahr!«, füge ich dennoch im murrenden Flüsterton hinzu, falte das Blatt wieder zusammen und stopfe es zurück in sein Kuvert.

Nochmals überprüfe ich die Anschrift auf dem Umschlag.

Ja. Er ist an mich adressiert. Wer in diesem Mehrparteienhaus scheint außer mir sonst noch an Kleptomanie zu leiden? Und offensichtlich an Amnesie.

Ich sollte mir langsam echt mal einen Psychiater suchen. Vielleicht kann der verhindern, dass ich im Knast lande. Schließlich kann ich mich an keinen meiner angeblichen Diebstähle erinnern.

Ist nur die Frage, ob mir überhaupt irgendwer glaubt.

Außerdem habe ich keine verdammte Ahnung, wie ich den Psychiater bezahlen soll. Ende der Woche sitze ich auf der Straße. Um Geld zu sparen, ernähre ich mich nur noch von Leitungswasser und Dosenfraß. Ein bisschen habe ich angespart, aber das wird gerade reichen, um mir ein Zimmer in einem heruntergekommenen Motel zu suchen und um mir für ein paar Tage etwas zu essen zu kaufen. Ich kann nicht einmal eine weitere Woche die Miete dieser Bruchbude zahlen.

Wenn mein Vater wüsste, dass seine einzige Tochter – sein einziges Kind – in naher Zukunft als Obdachlose durch die Gegend zieht ... Nein. Nicht als Obdachlose.

Seufzend lasse ich den Wisch in meiner Handtasche verschwinden und fahre mir nervös durchs Haar. Demnächst werde ich wohl eher in einem grellen Orange im Frauengefängnis umherstreifen.

Wie war das nochmal mit Orange als Meditationsfarbe? Fröhlich und ... motivierend?

Keine Ahnung. Hab ich vergessen.

Ich nehme die ersten Stufen zu meiner winzigen 1-

Zimmer-Wohnung im achten Stock und gebe dabei ein ironisches Lachen von mir. Nicht nur, weil es meinem Vater scheißegal sein wird, wenn er erfährt, dass ich im Knast gelandet bin. Dieser blöde Meditationspodcast, den ich mir nun schon seit drei Monaten reinziehe, sollte mir helfen, zu mir selbst zu finden und im Umkehrschluss vielleicht einfach mal mein Gedächtnis zu trainieren – und vor allem meine Erinnerungen aufzufrischen.

Hat eindeutig nichts gebracht.

Langsam wird es Zeit, einfach mal ein bisschen panisch zu werden, würde ich sagen. Ich konnte schon den letzten Diebstahl, den meine Nachbarin mir vorgeworfen hat, nicht von mir weisen.

Ich. Bin. Auf. Bewährung.

Diesmal werde ich nicht nur einen erhobenen Zeigefinger vom Richter zu sehen bekommen. Diesmal lande ich hinter Gittern.

Außerdem – was ja eigentlich noch viel beängstigender ist – was ist verdammt nochmal mit meinem Kopf los? Weshalb kann ich mich nicht an irgendetwas dergleichen erinnern? Ich weiß nicht einmal, *wer* mich des Diebstahls beschuldigt. Und warum. Was ich gestohlen haben soll.

Möglicherweise habe ich eine schwerwiegende Persönlichkeitsstörung – vielleicht sogar eine gespaltene Persönlichkeit.

Es ist beängstigend. Es sollte beängstigend sein.

Stattdessen reagiere ich mit ... wissenschaftlichem Interesse. Ich finde es faszinierend, was da in meinem Kopf los ist. Natürlich möchte ich wissen, was mit mir nicht richtig ist, aber nicht, weil das endlich aufhören soll, sondern weil ich mich gerne selbst beobachten würde, wenn ich ... na ja. Was immer das ist, was ich da veranstalte.

Keine Ahnung, ob ich zur Schlafwandlerin geworden bin, oder ... Ich weiß es nicht.

Mehrmals habe ich versucht, mich dabei zu filmen. Als ich noch einen Job hatte. Kurz nachdem meine Nachbarin mir vorwarf, ich hätte ihre hässliche Porzellanfigur gestohlen.

Allerdings haben die Aufnahmen nichts Spektakuläres gezeigt und ich bin auch nicht geschlafwandelt. Vor allen Dingen konnte ich mich an jedes winzige Detail erinnern, das ich gefilmt habe.

Ich weiß wirklich nicht, wie ich das angehen soll. Ich fürchte, wenn ich mich vierundzwanzig Stunden am Tag aufnehmen würde, würde nichts passieren – aber sobald die Kamera aus ist, fange ich sofort an, Blödsinn zu machen und irgendwelche Leute zu bestehlen.

Meine Psyche scheint echt clever zu sein.

Jetzt, wo ich meinen Job verloren habe, habe ich eh keine Zeit, meine pseudo-wissenschaftlichen Experimente auszuwerten.

Rede ich mir zumindest ein.

Die vergangenen neun Tage war ich dummerweise damit beschäftigt, Bewerbungen zu schreiben. Da hatte ich keinen Nerv, mir stundenlanges Filmmaterial im Schnelldurchlauf anzugucken, ob ich eventuell mal irgendwann zwischendurch etwas Verdächtiges getan habe. Außerdem besitze ich genügend Stolz, um mich nicht pausenlos in der Öffentlichkeit zu filmen – beim Bewerbungsmappen und Druckerpapier kaufen zum Beispiel. Ja, es gibt noch potenzielle Arbeitgeber in dieser *modernen* Welt, die vorzugsweise Bewerbungsmappen studieren und nicht ihren E-Mail-Account.

Natürlich könnte ich auf Influencerin machen und vorgeben, mein interessantes Leben als psychisch gestörte Kleptomanin ins Netz stellen zu wollen, aber ...

Abrupt bleibe ich auf einer Stufe irgendwo zwischen dem dritten und vierten Stock stehen. »Das ist die Idee!«, rufe ich laut aus und zucke im selben Moment zusammen, als ich registriere, wie grell meine Stimme im Treppenhaus widerhallt.

Nein. Ist es nicht.

Wie soll ich innerhalb von fünf Tagen so viele Follower finden, die mich unterstützen – und vor allem Werbepartner, die mich finanzieren, damit ich nicht auf der Straße lande?

Außerdem: Ich habe eine Vorladung erhalten. Der Termin findet in eineinhalb Stunden statt. Das heißt, ich habe gerade genug Zeit, mir etwas Vernünftiges anzuziehen und zu dem Police Department zu laufen, zu dem man mich bestellt hat.

Ja, laufen. Ich kann mir nicht einmal mehr ein Busticket leisten. Besser gesagt, ich will es gar nicht. Meine Monatskarte ist vor ein paar Tagen abgelaufen und eigentlich wollte ich ausschließlich Tickets für die Bewerbungsgespräche kaufen.

Bloß habe ich bis jetzt keine einzige Antwort bekommen. Es ist, als würde mein Schicksal mir regelrecht anhand eines winkenden Zaunpfahls mitteilen wollen, dass ich mir im Grunde weder Sorgen um eine zukünftige Unterkunft, noch Gedanken um einen Job machen muss. Da ich auf unbestimmte Zeit ins Gefängnis gehen werde.

Ich frage mich, wie lange man – beziehungsweise frau – heutzutage wegen Diebstahls eingebuchtet wird. Ist bestimmt von der Schwere der Tat abhängig. Und da ich keinen Schimmer habe, was genau ich wem geklaut habe, kann ich es überhaupt nicht einschätzen.

Sicherlich macht das Gesetz Unterschiede zwischen weiblich und männlich. Das heißt, Frauen werden härter bestraft als Männer, weil ... ist eben so. Frauen werden grundsätzlich als hinterhältig angesehen.

Männer können leichter zu etwas verführt werden als Frauen. Es ist nicht ihre Schuld. Das liegt in ihrer Natur. Von daher werden Vergewaltiger auch nur selten für ihre Tat geahndet. Schließlich ist es das Problem der Frauen, wenn sie einen geilen Arsch und geile Titten haben. Da wird ein Mann nun einmal schnell schwach und holt sich, was er will ... und braucht.

Nicht meine Meinung. Nur die der Justiz. Und die der von Männern regierten Welt.

Seufzend entriegele ich die Tür zu meiner Wohnung, laufe schnurstracks zum Kleiderschrank und schaue mich ratlos darin um. Weil ich weitestgehend das Geld für den Waschsalon sparen wollte, habe ich kaum noch etwas zum Anziehen. Seit Tagen renne ich in ein und demselben Oberteil herum, trage seit einer Woche dieselbe Jogginghose und wasche meine Unterwäsche mit der Hand. Nur meine Körperhygiene durfte nicht leiden.

Apropos Unterwäsche. Die Polizei hat die hässliche Porzellanfigur meiner Nachbarin doch tatsächlich in meiner Bude gefunden. Eingewickelt in einem meiner Slips. Peinlich.

»Peinlich ist es auch, dass ich das alles irgendwie mit einer Art Galgenhumor nehme«, merke ich geradewegs an. Endlich bin ich in meinen eigenen vier Wänden. Endlich wieder Selbstgespräche führen! Jedenfalls, solange sie nicht allzu laut sind, sodass meine direkten Nachbarn jedes einzelne Wort mitverfolgen können.

Ich kann gar nicht anders. Damit meine ich sowohl die Sache mit den Selbstgesprächen als auch die mit dem Galgenhumor. Ich bin nicht nur in dem Sinne gestört, weil ich offenbar an einer gespaltenen Persönlichkeit leide, sondern auch, weil ich den Ernst der Situation offensichtlich nicht korrekt einschätzen kann.

Ich ziehe mich und mein Schicksal ins Lächerliche.

Entweder stehe ich kurz vor einem Nervenzusammenbruch oder das ist meine eigene gestörte Vorgehensweise, mich selbst zu bestrafen.

»Beides ist scheiße.«

Mein Blick bleibt an einem hellgrauen Zweiteiler hängen. Bleistiftrock mit Weste und Jackett. Die dazu passende hellrosafarbene Bluse hängt direkt daneben. Dieses Outfit habe ich mir für die Vorstellungsgespräche aufbewahrt und scheint derzeit das Einzige von meinen Kleidungsstücken zu sein, das ich zu solch einer Vorladung anziehen kann.

Dieser Zweiteiler ist das, was ich trug, als mein Dad mich aus dem Haus – und aus seiner Firma – geworfen hat. Von meinem früheren Leben ist nur das, meine Handtasche und was sich darin befand übrig. Zum Glück hatte mein Dad meine Kreditkarten nicht sofort sperren lassen, so konnte ich mir noch eine Stange Bargeld abheben, mit dem ich mich ein paar Tage lang über Wasser hielt und schließlich ein Busticket nach New Juarez kaufte.

Durch Zufall wurde ich nämlich darauf aufmerksam, dass dort händeringend Arbeitskräfte im Hotelgewerbe gesucht werden. Von diesen *händeringenden* Gesuchen bekomme ich leider nichts mit. Offensichtlich bin ich nicht die Einzige, die einen Neustart in *NJ*, wie die Einheimischen die Stadt nennen, gewagt hat.

Erneut gebe ich ein lautes Seufzen von mir und nehme das Kostüm aus dem Schrank. Der Besuch bei der Polizei sollte es mir wert sein, mich einigermaßen ausgehtauglich zu kleiden. Ich muss lediglich aufpassen, dass nichts schmutzig wird oder zerknittert. Dann kann ich den Zweiteiler ...

»Witzig, Emilia. Erst einmal abwarten, ob ich nach dem heutigen Tag nicht sowieso ausschließlich Orange anziehen werde.«

Kopfschüttelnd trage ich das Kostüm vor mir her und lasse es aufs Bett fallen.

»Wenigstens bin ich dann nicht mehr allein.« Meine ständigen Selbstgespräche sind schließlich ein Zeichen von Vereinsamung. Und davon, dass ich kurz vor einem Nervenzusammenbruch stehe.

Vor ein paar Monaten noch war ich immer unter Leuten. Andauernd schwirrte irgendwer um mich herum. Wie sehr habe ich mir da gewünscht, zumindest einen Tag mal nur für mich sein zu können. In den vergangenen Wochen wurde es dagegen zu meinem Tageshighlight, sobald mich eine meiner zickigen Kolleginnen mal nicht wie Luft behandelt hat oder ... wenn mein Boss mir das Gefühl gegeben hat, wenigstens für einen Blowjob attraktiv genug zu sein.

Ich habe mich nie so einsam gefühlt wie in dem Moment, als er mich gefeuert hat. Da habe ich gemerkt, wie sehr mein Selbstwertgefühl im Keller ist. Ich habe lediglich resigniert genickt und bin wortlos gegangen. Weder habe ich um diesen Job gebettelt, noch habe ich die Kraft zum Diskutieren aufbringen können. Ich habe es einfach hingenommen.

Kein Wunder also, dass ich anfange, Selbstgespräche

zu führen. Ich finde, das ist eine ganz natürliche Reaktion.

Im Prinzip fallen mir gleich drei Gründe ein, weshalb es gar nicht so verkehrt ist, noch heute im Gefängnis zu landen. Erstens: Dann habe ich ein Dach über dem Kopf und muss mich nicht ums Essen sorgen. Zweitens: Das Thema Jobsuche hat sich erledigt. Drittens: Ich bin nicht mehr allein.

Wenn das alles nur so einfach wäre.

CHASE

Zwei schlanke Hände landen auf meinen Schultern und beginnen, mich sanft zu massieren. Wenn ich nicht sowieso schon damit gerechnet hätte, dass Heaven früher oder später ankommt, um mich wieder zurück ins Bett zu locken, wäre ich wahrscheinlich ohne zu zögern herumgewirbelt, um ihr eine zu verpassen.

Einfach aus Reflex.

Weil ich es auf den Tod nicht ausstehen kann, wenn sich jemand von hinten anschleicht, während ich nichts ahnend am PC sitze und Dinge tue, die alles andere als legal sind.

Nur hacke ich mich heute mal nicht in irgendwelche Konten von irgendwelchen Arschlöchern, um ihr gesamtes Vermögen einfach mal spurlos verschwinden zu lassen – etwas, wozu Adler mich in letzter Zeit häufiger beauftragt. Nicht, um ihr Vermögen einzukassieren, sondern, um die Arschlöcher zu erpressen.

Nein, heute habe ich meine Headphones aufgesetzt und beobachte Mia nicht nur, sondern ich belausche sie auch beim Führen von Selbstgesprächen.

Hat irgendwie eine meditative Wirkung auf mich.

Wenn ich dich nicht derart verachten würde, wärst du wahrscheinlich die Richtige für mich, Mia.

Wenn du nicht meine Familie auf dem Gewissen hättest, würde ich dir mit jeder Minute, die ich dich länger observiere, mehr verfallen.

Dein schräges Verhalten zieht mich total an.

Wenn du eine Fremde wärst, könnte ich die Finger nicht von dir lassen.

Schon allein, weil du mich zum Lachen bringen würdest.

Würdest du.

Wenn du nicht die wärst, die du bist.

Jetzt macht mich dein unschuldsvolles Verhalten nur noch wütender.

Du wirkst so rein. So hilflos. Und einsam.

Dabei bist du der wahrhaftige Wolf im Schafspelz.

Du schreckst vor nichts zurück, solange es zu deinem persönlichen Vorteil ist.

Das steckt in deinem Blut. In deinen Genen.

Ich muss dich stoppen.

Bevor du noch mehr Menschenleben zerstörst.

Eine silberglänzende Kondompackung landet direkt neben meiner rechten Hand auf der Tischplatte.

Okay. Das nenne ich mal nonverbale Kommunikation.

Seufzend nehme ich die Headphones ab, klappe mein Notebook zu und drehe meinen Kopf in Heavens Richtung. »Ich dachte, du bist längst weg.« Dachte ich gar nicht, aber es wäre nicht schlecht, wenn sie jetzt geht.

Na ja. Auf der anderen Seite hat das Kondom durchaus mein Interesse geweckt.

»Was tust du da?«, haucht Heavens helle Stimme unbeeindruckt in mein Ohr, während ihre Hände im Zeitlupentempo über meine Brust wandern. Über meinen Bauch. Bis zu meinem Gürtel.

Obwohl ich nicht gemerkt habe, wie sie sich hinter mir platziert, bin ich nicht einmal zusammengezuckt. Auch nicht, als sie mir jetzt scharf ins Ohr beißt, weil ich schlicht keinen Bock habe, ihr zu antworten, sondern neugierig abwarte.

Möglicherweise sollte ich mir Gedanken darüber machen, *dass* Heaven sich unbemerkt an mich heranschleichen konnte.

Das ist besorgniserregend. Liegt wohl daran, weil ich vergangene Nacht mal wieder viel zu viel gesoffen habe. Oder weil mehr in Heaven steckt, als sie uns die ganze Zeit schon weismachen möchte.

Möglicherweise ist sie mehr als eine hübsche Stripperin.

Möglicherweise.

Allerdings ist der Grund scheißegal, weshalb ich ihre Präsenz in meinem Rücken nicht registriert habe. Es läuft nämlich alles auf dasselbe hinaus.

Das darf mir nicht noch einmal passieren.

Das Problem ist nur: Es ist mir scheißegal, dass es mir nicht scheißegal sein sollte.

Ich befinde mich in dieser gewissen Situation zwischen volltrunken und Katerstimmung.

Und ich bin geil.

Von daher lasse ich Heaven das machen, was auch immer sie mit mir machen will.

Mit geschickten Fingern öffnet sie zuerst den Gürtel

und dann die Knöpfe meiner Jeans. Behutsam gleitet ihre Hand über die Wölbung meiner Shorts, während die Finger ihrer anderen Hand gegen meinen linken Kieferknochen drücken, damit ich den Kopf noch weiter zu ihr drehe.

Als ich mich weigere und starrsinnig ihrem Blick ausweiche, umfasst sie durch die Shorts hindurch meinen immer härter werdenden Schwanz, während sich ihre Zähne erneut in meinem Ohr versenken.

Ich gebe ein genießerisches Stöhnen von mir und drücke ihr mein Becken entgegen.

Wieso sollte ich dich dazu zwingen, es mir zu besorgen, wenn Heaven es vollkommen freiwillig tut?

Und warum muss ich in dieser Situation verdammt nochmal an dich denken?!

Warum stelle ich mir gerade vor, dass du diejenige bist, die mein Ohr malträtiert und gleichzeitig meinen Schwanz reibt?!

»Was tust du da?«, wiederholt Heaven in diesem Moment. Obwohl sich ihre Stimme um ein paar Nuancen von Mias unterscheidet, stelle ich mir noch immer vor, dass sie es ist, die hinter mir steht.

Wieder drückt sie mit ihren Fingern gegen meinen Kieferknochen und dieses Mal drehe ich ihr tatsächlich den Kopf zu, sodass Heavens weiche Lippen auf meinem Mund landen.

Deine Lippen.

Nein.

Das werde ich niemals tun.

Ich werde dich niemals küssen.

Sobald ich dich in meiner Gewalt habe, werde ich dich täglich zwingen, meinen Schwanz zu lutschen.

Vielleicht werde ich dich sogar ficken.

Vor allem in den Arsch.

Aber ich werde dich nicht küssen.

Niemals.

Wieder stöhne ich auf, als Heavens Finger sich unter meine Shorts schieben und meine pulsierende Erektion umfassen. Bereitwillig lasse ich es zu, dass sie mir ihre geschmeidige Zunge in den Mund stößt.

Ohne sich von mir zu lösen, wandert sie um den Stuhl herum, streicht mit den Fingerspitzen ihrer linken Hand über meinen Nacken, küsst mich, massiert meinen Schwanz und legt ihre linke Hand schließlich an meinen Hals.

Ihr Kuss wird fordernder und auch die Bewegungen ihrer Hand beschleunigen sich. Wieder stöhne ich genießerisch auf und lasse mich fallen. Es geht mir verdammt nochmal am Arsch vorbei, ob sie mich ficken will. Oder ob sie sich vorstellt, dass ich sie auf dieselbe Weise befriedige.

Ich will kommen. Jetzt.

»Du kleiner Egoist«, wispert sie an meinen Mund und entfernt abrupt ihre Finger von mir. Mit beiden Händen stützt sie sich an den Armlehnen des Stuhls ab und sieht mich aufmerksam durch ihre mandelförmigen Augen an.

»Was war das da gerade, Chase? Wer ist diese Frau? Wieso stalkst du sie?«

Ich ringe mir ein schiefes Grinsen ab, obwohl mir eher danach ist, Heaven mal zu zeigen, wo der Hammer hängt. Am liebsten würde ich sie hart am Nacken packen und dazu zwingen, meinen Schwanz bis zum Anschlag in den Mund zu nehmen.

Mag sein, dass ich mich irre, oder besser, dass mir die gestrige Sauftour zu sehr nachhängt, aber aus irgendeinem Grund bringt ihre Neugierde bei mir sämtliche Alarmglocken zum Schrillen.

Etwas stimmt nicht mit ihr.

»Das geht dich einen Scheiß an, Kleines.« Zwar schenke ich ihr weiterhin mein strahlendes Grinsen, allerdings wohnt meiner Stimme ein drohender Unterton inne.

Deinetwegen verliere ich die Kontrolle, Mia.

Deinetwegen lasse ich immer häufiger den echten Chase durchblitzen.

Der Plan war, dass niemand – wirklich niemand – den Chase kennenlernen wird, der hinter meiner dämlich grinsenden Fassade und den provozierenden Sprüchen steckt.

Es ist mein verdammter Schutzschild.

Und mit jeder Minute, in der ich mich gezwungen sehe, mich mit dir zu beschäftigen, bekommt dieser Schutzschild weitere Einrisse.

Eines Tages wird er komplett in sich zusammenfallen, wenn ich so weitermache.

Dann wird jeder sehen, wer ich wirklich bin.

Ein verficktes psychisches Wrack, das sich an die Vergangenheit klammert und von der Zukunft nichts wissen will.

Vielleicht war es doch ganz gut, dass Adler mich dazu gezwungen hat, die Notbremse zu ziehen.

Dann bleibt mir noch genug Zeit, die letzten kläglichen Überreste meiner Würde zusammenzukratzen, um meine Fassade weiterhin aufrechtzuhalten.

Sobald du tot bist, wird das ohnehin kein Problem mehr sein, Mia.

»Willst du was von ihr?«, hakt Heaven ungerührt weiter nach. Wie alle anderen um mich herum, nimmt sie mich nicht ernst.

Das ist ein verdammter Fehler.

Ihr Fehler.

Urplötzlich schnellt meine Hand vor und packt ihre zarte Kehle. In der gleichen Sekunde springe ich auf die Beine und beuge mich über sie.

Erschrocken reißt Heaven die Augen auf und gibt ein ersticktes Keuchen von sich. Ihre Hände strecken sich nach mir aus, legen sich auf meinen Brustkorb und versuchen, mich wegzudrücken.

Na klar. Mit so einer Scheiße hat sie nicht gerechnet.

Nicht bei mir.

Weiber an der Kehle zu packen und zu würgen ist eher Snys oder Adlers Ding. Na ja. Noyce und Thorne machen das auch zeitweise.

Nur bei mir erwartet das niemand.

Ohne zu zögern, schmettere ich ihren zarten Leib auf den Schreibtisch. Grob schiebe ich mit der freien Hand mein Notebook beiseite und konzentriere mich dann vollkommen darauf, Heaven unverwandt anzusehen, während sie immer noch mit weit aufgerissenen Augen versucht, nach Atem zu schöpfen.

Sie bekommt keine Luft. Ich sollte meinen Griff lockern.

Wie so ein verdammter Fisch öffnet sie ihren Mund und klappt ihn wieder zu.

Ihr Rücken liegt flach auf der Tischplatte auf, während ich mich immer tiefer über sie beuge. So weit, bis meine Lippen die ihren berühren.

Grob zwänge ich meine Zunge zwischen ihre Lippen und lockere wie in Zeitlupe den Griff um ihre Kehle. Nach wie vor versucht sie krampfhaft, mich von sich zu stoßen, wobei sie gierig durch die Nase um Atemluft ringt.

Gleich ist es vorbei.

Endlich, nach ihrem dritten panischen Atemzug erwidert sie mit einem genießerischen Stöhnen meinen Kuss. Ihre Hände versuchen nicht mehr, mich von sich zu drücken, sondern schlingen sich mit einem Mal um meinen Hals.

Das ist es.

Ich bin kein Vergewaltiger. Ich zwinge keine Frauen zum Sex.

Heaven steht auf so etwas. Das hat sie ganz klar mit mir kommuniziert, bevor wir das erste Mal gefickt haben. Nur hat sie nicht damit gerechnet, dass sie diese Fantasien genau so mit mir ausleben kann.

Wahrscheinlich hat sie sich für den Scheiß eher Noyce gesucht.

Das wird sie auch künftig tun. Denn ich beginne gerade, das Interesse an ihr zu verlieren.

Sobald eine Frau merkt, dass ich mehr zu bieten habe, als einen animalischen Fick, serviere ich sie ab.

Ich kann es nicht leiden, wenn die Weiber mich näher kennenlernen wollen.

Und eben diese Art von faszinierter Neugierde sehe ich in dieser Sekunde in Heavens dunklen Augen aufblitzen.

Abrupt löse ich mich von ihr und richte mich auf.

Tatsächlich spiele ich mit dem Gedanken, sie endgültig wegzuschicken. Allerdings hat sie mich scharf gemacht und ich hab echt Bock auf Ficken.

Einmal muss sie noch herhalten.

»Alles klar?«, erkundige ich mich vielmehr ehrenhalber bei ihr.

Sie nickt und mustert mich für meinen Geschmack viel zu begeistert. »Das war verdammt geil.«

»War es nicht.« Ich packe sie an den Schultern und wirbele sie herum.

Ich bin kein Vergewaltiger.

Und genau da liegt mein Denkfehler: Ich habe geplant, Mia dazu zu zwingen, meinen Schwanz zu lutschen und für mich die Beine breitzumachen, wann immer es mir in den Kram passt.

Doch solange sie nicht damit einverstanden ist, werde ich das nicht tun.

Vielleicht hätte sie es verdient, dass ich mich auf diese Weise bei ihr räche.

Aber so werde ich nicht vorgehen.

In Windeseile ziehe ich Heavens Höschen vom Arsch, packe ihr linkes Bein und bringe sie dazu, es angewinkelt auf der Tischplatte zu platzieren. Ich schiebe meine Shorts hinunter und schnappe mir das Kondom, das sie auf den Schreibtisch geworfen hat. Hektisch reiße ich die Packung auf, streife mir den Gummi über und versenke mich grob in Heavens erwartungsvoller Pussy.

Ich packe ihre schmalen Hüften und stoße noch härter zu, während Heaven jede meiner Bewegungen mit einem lauten Stöhnen quittiert, sich mit beiden Händen auf der Tischplatte abstützt und mir ihren Arsch entgegenstreckt.

Immer schneller und heftiger versenke ich mich in ihr, brülle meine Wut heraus und komme in ihr, ohne darauf zu achten, ob sie selbst schon so weit ist.

Fuck. Ich komme nicht, weil mich diese Situation aufgegeilt hat. Ich komme, weil ich ungewollt die Augen geschlossen und mir vorgestellt habe, dass es Mia ist, die vor mir stöhnt und jeden meiner Stöße perfekt pariert.

Fuck.

Fuck. Fuck. Fuck.

Ich muss dich loswerden, Mia.

MIA

Irritiert lege ich noch einmal den Kopf in den Nacken und betrachte das Schild, das über dem Eingang des heruntergekommenen Gebäudes prangt.

New Juarez Police Department.

Irgendetwas kommt mir eigenartig vor.

Also nicht das Schild, sondern das Gesamtpaket. Ich habe das drängende Gefühl, dass etwas nicht stimmt. Dabei gibt es keine Anhaltspunkte. Zumindest keine richtigen.

Vielleicht bin ich bloß erschöpft von dem Fußmarsch, den ich hinter mir habe. Im Grunde könnte man ihn auch als Spießrutenlauf bezeichnen. Ich wohne nicht unbedingt in einer sicheren Wohngegend; selbst am helllichten Tag ist das Risiko, ausgeraubt zu werden, vergleichsweise hoch.

Erst recht, wenn man, so wie ich, in einem Designerkostümchen durch die Straßen zieht.

Die Polizeidienststelle hält sich in keinem besseren Viertel auf. Ich befinde mich noch immer in Mesita. Eine der schäbigsten Gegenden des südlichen New Juarez.

Wer glaubt, dass sich die komplette Unterschicht südlich des Rio Grandes aufhält, egal in welchem Viertel von New Juarez, der hat Mesita noch nicht kennengelernt.

Hier leben die Abgefucktesten der Abgefuckten. Und ich bin eine von ihnen. Eine Abgefuckte im Designerkostüm. Ich hätte mir auch ein Leuchtschild mit den Worten *Hier gibt es was zu holen!* umhängen können.

Nur habe ich es, man mag es kaum glauben, heil bis zu dieser Dienststelle geschafft. Und in der unmittelbaren Umgebung eines Polizeigebäudes wird es wohl niemand wagen, eine Frau auszurauben, egal, wie elegant sie gekleidet ist.

Als ich hierher nach New Juarez gezogen bin, habe ich natürlich einen Crashkurs in Selbstverteidigung gemacht, aber ob ich im Fall der Fälle wirklich fähig bin, mich selbst zu verteidigen, bezweifle ich. Und sobald mich jemand mit einer Waffe bedroht, um mir die Handtasche abzunehmen, denke ich gar nicht erst darüber nach und gebe die Tasche freiwillig raus.

Ist eh nichts von Wert drin.

Nichtsdestotrotz ist irgendetwas eigenartig. Ich habe nicht nur das Gefühl, dass etwas nicht stimmt, sondern auch, dass ich seit dem Verlassen meines Wohnkomplexes beobachtet und verfolgt werde.

Eigentlich gehört es schon zur Tagesordnung, dass schwere Chopper an mir vorbeifahren, weil sich bereits vor Jahren ein berüchtigter Motorradclub in Mesita niedergelassen hat und seitdem die unmittelbare Umgebung zu kontrollieren versucht. Allerdings hat der MC nichts mit der Belästigung von jungen Frauen am Hut – und ich nichts mit Motorradfahrern –, deswegen beachte ich sie in der Regel gar nicht, sobald einer von ihnen meinen Weg kreuzt.

Aber heute war mir so, als wäre mehr als nur einmal ein und derselbe Typ an mir vorbeigefahren.

Ist vielleicht ganz gut, dass ich einen Termin bei der Polizei habe. Falls der MC seine Prinzipien geändert hat und dieser Biker vorhatte, an mir einen Drive-by auszuführen – warum auch immer –, wird er dieses Vorhaben hoffentlich jetzt ad acta legen.

Oder er dachte tatsächlich, bei mir sei etwas zu holen. Oder möglicherweise ...

Nein. Er fand mich bestimmt nicht heiß. Meine krause Mähne war heute wieder besonders garstig und stand zu allen Seiten ab. Zu Hause habe ich sie kaum zu einem Zopf gebändigt bekommen und durch den langen Marsch – ich war über eine Stunde unterwegs – lösen sich bereits die ersten vorwitzigen Strähnen aus dem Haargummi.

Das ändert nichts daran, dass sich die Gesamtsituation irgendwie eigenartig anfühlt.

Na gut. Ich habe jeden Grund, mich so zu fühlen. *Ich* bin eigenartig.

Trotzdem sagt mir mein Bauchgefühl, dass irgendetwas falsch ist. Es ist wie ein Kribbeln im Nacken, das mich immer wieder dazu bringen will, mich umzudrehen und die direkte Umgebung abzuscannen.

Dieses Gefühl ist mir nicht neu. Im Prinzip habe ich es bereits seit ... keine Ahnung. Seit Jahren, glaube ich. Deswegen gehört es irgendwie zu meinem Leben und ich habe es als Schwachsinn abgetan. Als egozentrisches Denken.

Wieso sollte irgendwer auf die Idee kommen, mich tagein, tagaus zu beobachten? Zum einen macht das absolut keinen Sinn, und zum anderen dürfte ich eine der langweiligsten Personen auf diesem Planeten sein.

Doch seitdem ich bei dieser Polizeidienststelle angekommen bin, ist dieses Kribbeln im Nacken besonders schlimm. Nicht nur das Gefühl, beobachtet zu werden, sondern auch … ich weiß nicht. Als würde sich die Erklärung direkt vor meiner Nase befinden, nur sehe ich sie nicht.

»Wahrscheinlich liegt es daran, weil ich mit den Nerven am Ende bin«, flüstere ich mir selbst zu und achte darauf, dass mich niemand hören kann.

Schlimm genug, dass ich die Sache mit den Selbstgesprächen einfach nicht abstellen kann.

Nichtsdestotrotz hilft es mir nicht, mich über irgendetwas aufzuregen. Mein Termin ist in weniger als fünf Minuten und ich sollte um Gottes willen nicht zu spät kommen.

Schnell streife ich die Sneakers ab, die ich mir für den Fußmarsch angezogen habe, und greife in beinahe derselben Bewegung in meine Tasche, um die schwarzen Pumps herauszuholen.

Ein letztes Mal gebe ich meiner Frisur eine Chance, indem ich einige der abstehenden Strähnen plattdrücke und versuche, hinter mein Ohr zu klemmen, aber es ist wie immer vergeblich. Es ist, als hätten meine Haare ein Eigenleben.

»Wie die Medusa aus der griechischen Mythologie«, wispere ich so leise, dass fast kein Ton zu hören ist. »Nur, dass die meisten Menschen, die mich ansehen, nicht zu Stein erstarren, sondern durch mich hindurchgucken, als wäre ich ein Geist. Oder als würde ich überhaupt gar nicht existieren.« Traurig presse ich die Lippen zusammen. »Es sei denn, sie wollen mich für ihre Zwecke gebrauchen oder mich wegen irgendetwas an den Pranger stellen. Dann stehe ich plötzlich im Rampenlicht.«

Nützt ja nichts. Das ist mein Leben.

Endlich nehme ich all meinen Mut zusammen, atme einmal tief durch, und umfasse die abgegriffene Türklinke, die mich in den winzigen Vorraum der Dienststelle bringt.

In diesem Moment kann ich nur hoffen, dass mein Deodorant in den nächsten Minuten nicht versagt. Der Raum ist so ... überschaubar, dass einem kaum genug Luft zum Atmen bleibt. Wenn ich also gleich anfange, nach Schweiß zu stinken, fallen sämtliche Personen in meiner unmittelbaren Umgebung einfach tot um. Dann werde ich nicht nur wegen irgendwelcher angeblicher Diebstähle zur Verantwortung gezogen – oder was immer mir diesmal vorgeworfen wird –, sondern ebenfalls wegen fahrlässiger Tötung eines oder mehrerer Polizisten.

Ungewollt huscht der Hauch eines Schmunzelns über meine verkrampften Gesichtszüge. Wenigstens mein Galgenhumor ist mir geblieben.

»Ist ja auch egal. Dann stinke ich eben«, merke ich tonlos an und schaue mich neugierig um. Zum Frischmachen habe ich keine Zeit und es sind verfluchte 35 Grad draußen. Es grenzt an ein Wunder, dass ich unter meinem Designerkostüm nicht eingehe vor Hitze.

Dafür, dass der äußerliche Zustand des Gebäudes eher einen abbruchreifen Eindruck macht – so, wie man es in fast ganz Mesita gewöhnt ist –, scheinen die Räumlichkeiten der Dienststelle ziemlich neu eingerichtet worden zu sein.

Möglicherweise ist diese ... na ja, mehr als eine polizeiliche *Zweigstelle* kann man das hier ja nicht nennen, eine der Neuerungen, die der Süden von New Juarez seinem neuen Stadtoberhaupt zu verdanken hat. Mesita ist nun einmal ein Drecksloch, in dem vor allem die Bandenkriminalität immer mehr zunimmt.

Wobei ich gedanklich gleich wieder bei dem Motorradtypen gelandet bin, der mich verfolgt hat.

Zumindest habe ich es mir eingebildet. Vielleicht beschäftige ich mich einfach zu sehr mit mir selbst und schließe unbewusst daraus, dass alle Welt sich auch mit mir beschäftigt.

Wie lächerlich. Vor einer Minute war ich noch davon überzeugt, eine unsichtbare Medusa zu sein.

Oh Gott, ich habe einen echten Knall.

»Hallo?«, rufe ich kleinlaut und schaue mich um. Der Empfangstresen – oder wie man das bei der Polizei nennen soll – ist nicht besetzt und wirkt auf mich auch nicht so, als wäre er je besetzt gewesen. Ein paar Kartons stehen auf dem Boden herum, als ich mich über den Tresen lehne, mehr nicht.

Sofort überkommt mich einer dieser absurden Gedanken, die einem immer dann einfallen, wenn man sich keinen Reim aus seiner unmittelbaren Umgebung machen kann: Bin ich bei der falschen Adresse gelandet?

»Suchst du etwas, das du klauen könntest?«, vernehme ich auf einmal eine männliche Stimme in meinem Rücken, die mir irgendwie bekannt vorkommt.

Doch bevor sich mein Gehirn weiterhin mit diesem seltsamen Déjà-vu-Erlebnis beschäftigen kann, überschlagen sich bereits meine Gedanken und drängen es in den Hintergrund: Augenblicklich mache ich einen regelrechten Satz in die Luft, verschlucke mich dabei fast an meinem eigenen Speichel und wirbele mit weit aufgerissenen Augen herum.

Der Mann, der sich so erfolgreich an mich herangeschlichen hat, steht keine halbe Armlänge hinter mir. Er trägt schwere Kampfstiefel, eine schwarze Drillichhose und ein schwarzes, eng anliegendes Shirt. Die tätowierten Arme hat er vor der Brust verschränkt, was seine offensichtlich ablehnende Haltung mir gegenüber nur noch verstärkt, zumal seine azurblauen Augen in blanker Eiseskälte auf mich hinabstrahlen.

So, wie man sich den typischen, überarbeiteten Polizisten vorstellt, wirkt er übernächtigt und seine Wangen scheinen seit mehreren Tagen keinen Rasierer gesehen zu haben. Seine Kurzhaarfrisur ist herausgewachsen, sodass ihm einige fingerlange, von der Sonne gebleichte blonde Strähnen in die Stirn fallen.

Er ist groß. Und seine Körperstatur ist ... beeindruckend.

Er ist attraktiv. Auffallend attraktiv. Seine Gesichtszüge sind ebenmäßig, an den richtigen Stellen etwas kantig und leicht gebräunt. Die Frauen, die er an sich heranlässt, können sich glücklich schätzen, dass er sich überhaupt mit ihnen abgibt.

Beinahe würde ich ihn sogar als Schönling durchgehen lassen – oder als *Sonnyboy*, wenn er denn mal lächeln würde. Doch er lächelt nicht. Er durchbohrt mich regelrecht mit seinen Blicken, als wäre ich sein personifiziertes Hassobjekt. Er scheint seine gesamte Abneigung, die er empfindet, auf mich zu projizieren.

Ein grauenvolles Gefühl. Ich bin diesem Mann niemals zuvor begegnet und habe ihm kein einziges seiner blonden Haare gekrümmt, doch er hat nichts Besseres zu tun, als mich absolut feindselig nieder zu starren.

Er hat schlicht und ergreifend ein riesiges Problem mit geistesgestörten Kleptomaninnen, wie es aussieht. Vielleicht ja auch generell mit Frauen.

Oder sein Ego ist das Problem.

»Ähm«, beginne ich und schlage automatisch die Augen nieder, als der Polizist sich wie auf Kommando zu mir hinunterbeugt. Nicht, um mich besser verstehen zu können, sondern um mich aus der Fassung zu bringen. Um dafür zu sorgen, dass mir meine Worte im Hals stecken bleiben. Damit ich mich klein und unbedeutend fühle und anfange, zu denken, dass ich ein abgrundtief schlechter Mensch bin.

»Emilia Stevens?«, erkundigt er sich in einer derart grimmigen Tonlage, dass der Klang seiner Worte meine Knochen zum Vibrieren bringt, worunter ich erneut ungewollt zusammenfahre.

Zum zweiten Mal beschleicht mich dieses Gefühl, dass mir seine Stimme entfernt bekannt vorkommt.

Nicht nur seine Stimme. Irgendetwas … seine Augen erinnern mich an … keine Ahnung. Es fällt mir nicht ein. Womöglich, weil ich immer wieder in dem Versuch scheitere, seinem verhängnisvollen Blick standzuhalten.

Verschämt nicke ich und schaffe es nach wie vor nicht, ihm auch nur eine Sekunde ins Gesicht zu sehen.

»Komm mit. Du steckst echt in der Scheiße. So richtig.«

Das habe ich befürchtet.

Er schenkt mir ein grimmiges Brummen, unter dem mir jetzt auffällt, wie zwiegespalten ich eigentlich bin: Einerseits schaffe ich es kaum, ihm in die Augen zu sehen, ohne sofort devot die Lider zu senken, und andererseits habe ich das ständige Bedürfnis, ihn von oben bis unten zu mustern.

Es ist eine Mischung aus Faszination und … dem Verlangen, dringend herauszufinden, woher er mir so bekannt vorkommt.

Spontan würde ich ihn für ein gescheitertes Unterwäschemodel oder einen erfolglosen Schauspieler halten, der sich aus Geldnot dazu entschieden hat, in den Staatsdienst zu gehen, bevor er – so wie ich – auf der Straße landet.

Doch da ist etwas anderes. Seine Stimme … und diese Augen! Sie verleiten mein Herz dazu, wehmütig zu klopfen und ganz nostalgisch zu werden. Fast kann ich diesen Typen in einer meiner entferntesten Erinnerungen lachen hören. Gemeinsam mit mir.

Aber wieso …?

»Was ist?!«, fährt er mich in dieser Sekunde an. »Worauf wartest du? Eine schriftliche Einladung hast du ja bereits erhalten.«

Oh. Während ich wieder einmal meinen Gedankengängen nachhing, hat sich die Zeit natürlich unaufhaltsam weitergedreht. Augenscheinlich habe ich den Typen ziemlich stumpfsinnig angestarrt – und das mehrere Sekunden lang. Er scheint nämlich seit einer geraumen Weile die hüfthohe Schwingtür neben dem Empfangstresen aufzuhalten und mir mit einem ausgestreckten Arm bedeutet zu haben, dass ich doch bitte durchtreten soll.

»Entschuldigung«, murmele ich kleinlaut und trete an ihm vorbei.

Schon wieder springt mich aus heiterem Himmel eine gewisse Vorahnung an, dass das alles hier komplett falsch läuft – viel schlimmer: Mittlerweile will mir mein Bauchgefühl sogar vergleichsweise eindringlich weismachen, dass ich auf dem besten Weg bin, in eine Falle zu tappen.

Allerdings wird mein Bauchgefühl bei dieser Feststellung kurzerhand unterbrochen, als sich das gescheiterte Unterwäschemodel unsanft an mir vorbeischiebt und auf eine halb offene Tür zutritt, die sich im hinteren Bereich des Empfangsraums befindet. Die Tür ist irgendwann einmal königsblau angestrichen worden, aber inzwischen derart zerkratzt, dass man ihr regelrecht ansieht, wie viele Jahre sie auf dem Buckel haben muss.

Wieder bleibt das Unterwäschemodel stehen, um mir die Tür aufzuhalten und mir dabei einen ungeduldigen Augenaufschlag zukommen zu lassen.

Die Situation ist so grotesk, dass ich mich gezwungen sehe, ein Schmunzeln zu unterdrücken. Irgendwer hat diesem Mann ganz offensichtlich gute Manieren beigebracht, sodass er es als seine – wenn vielleicht auch unbewusste – Pflicht anzusehen scheint, die allgemeinen Benimmregeln zu befolgen und sich gegenüber einer Frau zumindest halbwegs zuvorkommend zu verhalten. Allerdings kommt dieses Pflichtgefühl wohl seiner Verachtung mir gegenüber in die Quere. Das heißt, er stellt sich mir nicht einmal vor, lässt mir hasserfüllte Blicke zukommen und schiebt mich unsanft beiseite, behält aber die Standard-Höflichkeit bei und hält mir die Tür auf.

Ich frage mich, ob er mir wie selbstverständlich beim Ablegen der Jacke behilflich gewesen wäre, wenn ich diese nicht bereits auf halbem Wege hierher ausgezogen und in meine Tasche gestopft hätte. Sonst hätte ich nämlich einen Hitzschlag bekommen.

Möglicherweise wäre das ein angenehmeres Schicksal gewesen.

Keine Ahnung, was mich geritten hat, als ich mich dazu entschloss, bei diesem Termin das schwere Kostüm zu tragen. Es ist für das Klima hier in New Juarez definitiv nicht geschaffen. Ich hoffe nur, dass ich nicht allzu große Schweißflecken habe, die man bei der hellrosa Bluse mit Sicherheit ziemlich gut erkennen kann.

Zögerlich trete ich an dem breitschultrigen Polizisten vorbei, in einen fast fensterlosen Raum. Nur ein kleines Oberlicht lässt auf der linken Seite ein wenig Nachmittagssonne hineinscheinen. In der Mitte des Raums befindet sich ein Metalltisch, an dem drei Stühle stehen. Ein einzelner Stuhl steht den zwei anderen Stühlen gegenüber, das Oberlicht im Rücken.

Ein leises Klicken ertönt schräg hinter mir und die grellen Neonröhren, die sich direkt über dem Tisch befinden, springen an. »Setzen Sie sich, Miss Stevens.«

Okay. Ich dachte, wir wären schon beim *Du* angekommen.

Ohne zu zögern, befolge ich seinen Befehl und möchte auf einem der beiden Stühle Platz nehmen, die dem Dritten gegenüberstehen, doch auf einmal umschließt eine unnachgiebige Pranke meinen Oberarm und zwingt mich dazu, in der Bewegung innezuhalten.

»Andere Seite«, knurrt der Polizist und schubst mich grob an dem Tisch vorbei.

»Ist ja gut«, murre ich und merke, wie ein Funken Trotz in mir auflodert. Ich habe dem Mann nichts getan und auch, wenn er womöglich einfach ein Problem mit Kriminellen hat und ihre Beweggründe, gegen das Gesetz zu verstoßen, nicht nachvollziehen kann, finde ich, darf er gerne ein bisschen freundlicher zu mir sein. Er behandelt mich ja, als wäre ich eine absolute Schwerverbrecherin.

Mit verschränkten Armen und Schmollmund lasse ich mich auf den Stuhl fallen und habe auf einmal gar nicht mehr so große Probleme, seinem hasserfüllten Blick standzuhalten. Im Grunde weiß ich, dass es nur zu meinem Nachteil ausgelegt wird, wenn ich jetzt auch noch anfange, bockig zu werden, aber langsam reicht es echt. Die ganze Zeit habe ich auf einen Nervenzusammenbruch hingearbeitet und nun scheint das Fass endlich überzulaufen.

Nur in eine andere Richtung, als ich bisher vermutet habe. Zu Hause würde ich mich in irgendeine Ecke in meiner Wohnung verkriechen, stundenlang in Selbstmitleid zerfließen und mindestens genauso lange vor mich hin heulen.

Allerdings habe ich ein riesengroßes Problem damit, vor anderen in Tränen auszubrechen. Von daher passiert es manchmal, dass sich dieses Selbstmitleid in Wut umwandelt und heute dazu führt, dass ich versuchen werde, diesem Möchtegern-S.W.A.T.-Team-Menschen das Gesicht zu zerkratzen.

»Sie sehen gar nicht wie der typische Streifenpolizist aus, Mister …?« Mit einer Hand wedele ich nachlässig in Richtung seines Aufzugs, der ja eher impliziert, dass er tatsächlich einer Spezialeinheit angehört und keiner heruntergekommenen polizeilichen Zweigstelle, die weder Personal noch eine Kaffeemaschine vorzuweisen hat, wie es aussieht.

»Chase«, legt er fest und setzt sich ebenfalls mit verschränkten Armen vor mich, nur rutscht er salopp einige Zentimeter in seinem Stuhl hinunter und scheint sich in seiner Position verhältnismäßig wohlzufühlen. Aus seinem hasserfüllten Blick wird ein herablassendes Stirnrunzeln, als er mich von oben bis unten in Augenschein nimmt – jedenfalls das, was er oberhalb der Tischkante erkennen kann. »Ich bin kein *Streifenpolizist*«, fügt er mit einem spöttischen Schnauben hinzu, als sei das eine hochgradige Beleidigung.

Chase … Ich hatte mir erhofft, dass mir sein Name eventuell Klarheit verschaffen würde; zumindest in einem gewissen Rahmen, sodass meine Erinnerungen ein bisschen aufgefrischt werden und ich nicht mehr ganz so sehr auf dem Schlauch stehe. Aber bei *Chase* klingelt es nicht einmal ansatzweise bei mir.

»Aha«, mache ich und versuche, dabei nicht allzu schnippisch zu klingen. Streifenpolizist zu sein ist bestimmt nichts, weswegen man sich schämen sollte. Schon allein wegen des geregelten Einkommens würde ich gar nicht groß nachdenken und auf der Stelle bei der Polizei anfangen. Da würde ich auch in Kauf nehmen, bei denen das unterste Glied der Nahrungskette zu sein.

Aber das kann ich mir wohl abschminken. Schließlich bin ich eine Frau. Ganz zu schweigen von meinen Gedächtnis- und Konzentrationsproblemen und meiner angeblichen kriminellen Tendenz.

Darüber hinaus sagt man der Streifenpolizei hier in New Juarez nach, ziemlich korrupt zu sein. Das habe sogar ich schon in der kurzen Zeit mitbekommen, in der ich hier lebe.

Normalerweise würde man Korruption so verstehen, dass die Polizisten irgendwelchen Machenschaften mit Drogenbaronen nachgehen, anstatt dem Staatsapparat treu ergeben zu sein – nur wird das in New Juarez komplett gegenteilig gehandhabt. Das sogenannte *Staatsoberhaupt* der Stadt ist Vaughn Adler – ein milliardenschwerer Drogenbaron wie er im Buche steht. Jemand, der dafür bekannt ist, sein Herrschaftsgebiet mit eiserner Faust zu regieren, aber auch gerecht dabei vorzugehen.

Die Beamten sollten also ihm treu untergeben sein. Allerdings herrscht das Gerücht, dass sie hinter Vaughn Adlers Rücken mit machtgierigen Politikern von außerhalb zusammenarbeiten, um die Autorität des Adler-Kartells zu untergraben.

Kein Wunder – der Staatspräsident der USA bereut es, dass er bei seiner Machtübernahme vor mehr als dreißig Jahren einige Städte, die für ihn als wertlos galten, an überreiche Nutznießer abgetreten hat. Natürlich haben sie ihm eine ordentliche Stange Geld gezahlt, wodurch er seine Regierungsgeschäfte und seinen eigenen Amtssitz untermauern konnte.

Nun scheint ihm allerdings das Geld auszugehen und damit beginnt er zu den inzwischen größtenteils florierenden, privatisierten Hoheitsgebieten zu schielen, von deren Wohlstand er nun zu profitieren gedenkt.

Sagt man ihm jedenfalls nach. Hinter vorgehaltener Hand.

Hier in New Juarez darf man solche Verschwörungstheorien gegenüber dem Präsidenten natürlich ein wenig lauter aussprechen; hier darf man ihn sogar offen als Militärdiktator bezeichnen. Hätte ich das im Hause meines Vaters, das sich in den Hamptons befindet, irgendwann auch nur angedeutet, wäre ich wahrscheinlich direkt wegen Hochverrats verhaftet worden.

Aber die Hamptons sind, genau wie mein Vater, aus meinem Leben gestrichen.

Ich habe weder eine Familie noch ein Zuhause.

Ich räuspere mich leise, als dieser Mister Chase gar keine Anstalten macht, in irgendeiner Weise mit mir kommunizieren zu wollen. Lieber scheint er es vorzuziehen, mich unverwandt anzustarren und zu überlegen, wie er seinen Hass mir gegenüber am erfolgreichsten zum Ausdruck bringen kann.

»Entschuldigung, kennen wir uns irgendwoher? Oder ... ähm ... *sollte* ich Sie kennen?«, erkundige ich mich schließlich, als mich das Gefühl, dass ich irgendetwas zu ihm sagen muss, schier zu erdrücken droht.

Prompt springen seine Augenbrauen empor, während er sich mit einem neugierigen Brummen in seinem Stuhl aufrichtet, vorlehnt und die Arme auf dem Tisch ablegt. »Sagen Sie es mir, Miss Stevens: *Sollten* wir uns irgendwoher kennen?« Sein Tonfall trieft vor Arroganz und Hohn, sodass sich automatisch ein heißer Klumpen in meinem Magen bildet, der mir erzählen will, dass ich dringend so zickig wie möglich auf jede seiner Aussagen zu reagieren habe. Vor allem werde ich ihm ab sofort mit der gleichen Arroganz begegnen, die er an den Tag legt.

Da hat er wohl noch nicht die Familienmitglieder der Familie Stevens aus der britischen Kleinstadt Eastshire kennengelernt. Hochmut und Überheblichkeit ist uns in die Wiege gelegt worden.

»Keine Ahnung«, gebe ich zurück und schenke ihm ein ironisches Lächeln. »Deswegen frage ich ja.«

Für einen Moment lässt Mister Chase die Kiefermuskeln zucken, während seine Augen ein Bündel brennender Pfeile auf mich abschießen. »Sie scheinen jedenfalls ziemlich guter Dinge zu sein, wenn ich mir Sie so angucke und ... anhöre.«

Erschrocken presse ich die Lippen zusammen, um mein Mundwerk davon abzuhalten, ihm eine dazu passende Antwort zu liefern. Stattdessen zeige ich auf den leeren Tisch. »Keine Ahnung. Offensichtlich sind Sie ja nicht einmal im Besitz meiner Akte.«

Gelangweilt folgt er meinem Fingerzeig, lehnt sich mit einem herablassenden Schmunzeln im Stuhl zurück und tippt sich an die Stirn. Für einen Moment frage ich mich, ob er mir gerade den Vogel zeigt, doch dann wird mir klar, dass er mir lediglich mitteilen will, dass er alles in seinem Kopf hat. »Ich brauche keine Akte, um über Sie genauestens Bescheid zu wissen, Miss Stevens.«

Dieses Mal besteht die meinige Antwort aus einem spöttischen Schnauben. »Ach. Sie sind also Ankläger und Richter in einem, ja, Mister Chase?«

Seine Gesichtszüge verdunkeln sich zusehends, während er mich noch hasserfüllter denn je betrachtet. »Ich sagte Chase. Nicht *Mister* Chase.«

Obwohl mein Herz bei seinem jetzigen Anblick einen erschrockenen Satz macht, schaffe ich es nicht, zurückzurudern. Ich habe mich im Laufe dieser Unterhaltung schon zu weit vorgewagt, wobei mein gesunder Menschenverstand einfach auf der Strecke geblieben ist. »Wie? Nur Chase?«

Im Grunde ist mir klar, dass ich am besten gar nichts mehr sagen sollte, aber eine Mischung aus Neugierde und Trotz hat die Kontrolle über mein Gehirn übernommen. Mein Verstand scheint sich in dieser Sekunde nicht ansatzweise dazu imstande zu fühlen, vernunftbegabte Entscheidungen zu treffen.

»Nur Chase«, bestätigt mein Gegenüber mir mit einem düsteren Knurren, während sein strahlendblauer Blick mich regelrecht aufspießt.

»Und Sie kennen meine ... Geschichte auswendig?«, hake ich nach, obwohl ich spüre, dass ich mich dem Abgrund immer mehr nähere, in den dieser Chase mich zu stoßen droht, wenn ich nicht langsam dafür sorge, dass er seine Antipathie mir gegenüber einstellt. »Ich meine ... ähm ... tut mir leid, aber ich bin doch nur ...« Abrupt halte ich inne, als die zerkratzte Tür ein weiteres Mal aufschwingt und jemanden offenbart, mit dem ich aktuell am wenigsten gerechnet habe: »Mister Noyce?«

MIA

»Hallo, Miss Stevens«, begrüßt Mister Noyce mich, schenkt mir ein knappes Mundwinkelzucken, lässt sein Augenmerk unruhig über mich schweifen und tritt dann zu dem unbesetzten Stuhl, der sich zu Chase' Linken befindet. Als dieser sich Mister Noyce zuwendet und ihm sogar ein kurzes Feixen zukommen lässt, besteht dessen Antwort allerdings aus einem anklagenden Stirnrunzeln und einem Wink in meine Richtung.

»Wo warst du so lange?«, fragt Chase unbeeindruckt und scheint entschieden zu haben, mich vorerst ignorieren zu wollen.

Mit einem angepissten Zischen platziert Mister Noyce seinen einfarbig schwarzen Motorradhelm auf dem Tisch – wobei mir jetzt erst klar wird, was mich in den vergangenen Sekunden noch mehr irritiert hat als die Tatsache, dass mein Ex-Boss hier auftaucht: Er trägt nicht wie gewohnt einen seiner Designeranzüge, sondern ist komplett in Leder gehüllt. Bis auf das schwarze Shirt, das ich unter seiner geöffneten Lederjacke erkennen kann.

»Ich musste erst einmal einen der Penner hier im

Hinterhof bestechen, damit er mein Bike von seinen beiden Kötern bewachen lässt. Ich wette, wenn wir hier fertig sind, ist es trotzdem weg. 'Ne ganz tolle *Dienststelle* hast du hier, Chase. Erstklassig.«

»Ach, du meinst Harvey. Ja, der wohnt da schon seit Jahren. Dem kannst du vertrauen. Sofern du ihm nachher zum Dank 'ne Flasche Schnaps und ein paar Kippen dalässt, wird er dir auch noch ganz andere Gefallen tun.« Obwohl man Chase' Aussage durchaus als scherzhaft werten könnte, kommt der Humor nicht in seiner Miene an. Stattdessen starrt er mich permanent an, als würde er damit rechnen, dass ich jederzeit aufspringen und versuchen könnte, wegzulaufen.

Recht hat er. Meine Instinkte raten mir tatsächlich dazu, mein Heil in der Flucht zu suchen. Allerdings scheint Chase genau zu wissen, dass allein sein bohrender Blick ausreicht, um mich fest auf meinem Stuhl zu fixieren. Selbst wenn ich in diesem Moment vor ihm weglaufen wollte – ich kann es nicht. Ich fühle mich vollkommen bewegungsunfähig.

»*Was?!*«, bellt Mister Noyce auf einmal dazwischen. »Nein danke. Ich bevorzuge Frauen, wie du weißt. Frauen, die sich regelmäßig duschen und ihre Zähne putzen.« Schnaufend windet er sich aus seiner Lederjacke und lässt diese direkt neben den Helm fallen.

Ich komme nicht umhin, ihn genau zu beobachten. Seine Arme sind, wie ich ja bereits vermutet habe, durchgehend tätowiert. Während seine Tribals und Muster, die sich bis zu Mister Noyce' Fingerspitzen ranken, allerdings keine näher erkennbare Bedeutung zu haben scheinen, sind die Tattoos von Chase um einiges filigraner und auch bunter. Chase scheint mehrere Texte, Daten und Abbildungen auf seinen Armen zu haben.

Neugierde überkommt mich, die ich sofort zu unterdrücken versuche. In welcher Parallelwelt werde ich – *gerade ich* – wohl irgendwann einmal die Gelegenheit erhalten, Chase' Tattoos zu studieren?!

Niemals.

Besser, ich fange sofort an, mich mit etwas anderem zu beschäftigen.

Mit der Tatsache beispielsweise, dass sich mein Termin zu einer *Vorladung* mit jeder Minute absurder gestaltet.

Umstandshalber fällt mein Blick jetzt zurück auf den Motorradhelm. Mister Noyce ist mit seinem Bike hierhergekommen. Er trägt keinen Zweiteiler eines namhaften Designers. Im Gegenteil. Er scheint *privat* hier zu sein. So privat, wie ein Mann wie er es nur sein kann.

Doch das ist nicht das, was mich irritiert. Es ist die Tatsache, dass er als vollkommen in schwarz gekleideter Biker hier aufkreuzt.

Das Bild von eben einem solchen Biker, der auf meinem Weg hierher gleich mehrmals an mir vorbeigeknattert ist, projiziert sich vor meinem geistigen Auge.

Vielleicht habe ich mir ja wirklich nur eingebildet, dass es derselbe Motorradfahrer war, und mein Gehirn hat sich dazu entschieden, eine direkte Verbindung zu Mister Noyce aufzubauen.

Könnte es sein, dass ...?

Wenn ja, was wollte Mister Noyce damit bezwecken? Hatte er etwa das Bedürfnis, mich im Auge zu behalten? Weil er befürchtet hat, dass ich abhaue oder ... wollte er mich beschützen?

Für die versnobten Idioten aus dem Norden, zu denen Mister Noyce meines Wissens auch gehört, ist Mesita schließlich ein sehr ... heruntergekommener Stadtteil. Was ja im Grunde auch der Wahrheit entspricht. Und so, wie er sich eben geäußert hat, wollte er eventuell darauf hinweisen, dass es an ein Wunder grenzt, dass ich auf dem Weg hierher nicht gleich mehrfach vergewaltigt wurde.

Bevor ich allerdings weiterhin darüber nachdenken kann, drängt sich eine andere, viel wichtigere Erkenntnis vor: Chase und Mister Noyce scheinen sich zu kennen. Ziemlich gut sogar. Sie reden miteinander, als wären sie ... langjährige Bekannte oder Freunde. Und außerdem: »Haben Sie ihre T-Shirts im selben Laden gekauft, oder was?«

Ein Moment der Stille folgt, nachdem Chase und Mister Noyce einander angemotzt haben, dabei auf mich zeigten, als sei ich eine taubstumme Unbeteiligte – die ich wohl auch tatsächlich war, da ich wieder einmal völlig apathisch meinen Gedanken nachgegangen bin.

Vollkommen verständnislos werde ich von beiden angestarrt. Doch bereits mit ihrem nächsten Atemzug betrachten sie sich gegenseitig und schauen danach zurück zu mir.

»Wieso sollten wir?«, erkundigt Chase sich in seinem gleichbleibend unfreundlichen Tonfall mir gegenüber.

Schulterzuckend zeige ich nacheinander auf ihre T-Shirts. »Na, weil Sie ...« Ein weiterer Blick von Chase und ich klappe den Mund wieder zu. Nur weil sie Oberteile in derselben Farbe und Form haben, heißt es noch lange nicht, dass ... ist ja auch egal.

»Deins hast du doch von Sny geklaut«, lacht Mister Noyce und gibt Chase einen harten Klaps auf den Rücken. »Du bist ja gar nicht in Besitz von einfarbigen T-Shirts, oder irre ich mich?«

»Du irrst dich«, knurrt Chase auf Anhieb und taxiert mich unverändert mit seinen eiskalten Augen.

Soviel zu meiner aufkeimenden Hoffnung, Mister Noyce würde mich möglicherweise vor Chase beschützen, falls dieser noch ungemütlicher wird. Es sieht wohl danach aus, dass er ihm eher bei allem unter die Arme greift. Egal, was Chase mit mir vorhat.

Wieso sollte Mister Noyce mir auch helfen? Schließlich hat er meine missliche Lage mehr als einmal ausgenutzt.

Seufzend senke ich die Lider und beginne, meine Fingernägel zu betrachten, die ich seit meinem Rausschmiss von zu Hause hygienisch kurz halte.

Na ja, so oft, wie ich in meinem Job als Zimmermädchen die Toiletten schrubben und die benutzte Bettwäsche fremder Menschen wechseln musste, ist das, denke ich, auch verständlich. Mir den Luxus einer regelmäßigen Maniküre zu leisten, ist ohnehin absolut undenkbar.

Augenblicklich wird die plötzlich aufgetretene Stille von Mister Noyce' leisem Räuspern unterbrochen, der sich endlich dazu bewegen kann, sich auf dem freien Stuhl niederzulassen. »Okay, Miss Stevens. Ich habe Sie angezeigt, weil Sie etwas aus einem der Hotelzimmer entwendet haben. Eine wertvolle Armbanduhr von einem der Gäste.«

Überrascht schaue ich auf. »Wie bitte?«

Nachdenklich legt er den Kopf schief und scheint meine Gesichtszüge genau zu analysieren. »Sie bestreiten es also?«

»Ähm ... ja?!«

»War das eine Frage?«, schaltet Chase sich ein. Seine Miene ist inzwischen undurchdringlich – ein gewisser

Ausdruck, den ich bereits von meiner letzten Befragung kenne. Das charakteristische Pokerface eines Polizisten.

Nur kann ich mir dieses Mal hundertprozentig sicher sein, dass Chase sich seine Meinung schon längst gebildet hat.

»Nein, ich …« Wieder zucke ich mit den Schultern. »Ich kann mich nicht daran erinnern, etwas gestohlen zu haben.«

Diese flüchtige Zeitspanne an meinem letzten Arbeitstag, während der ich mich über Betsy und meine Kolleginnen aufgeregt habe. Kurz bevor Mister Noyce … mich aufgesucht hat. Da war ich tief in Gedanken versunken und habe komplett die Zeit vergessen. Vielleicht habe ich da …

»Sie sind sich also nicht sicher?«, fragt Mister Noyce und schaut alarmiert zu Chase.

Nein. Nicht alarmiert. Irritiert. Er hebt die Augenbrauen an und deutet ein Kopfschütteln an.

Was ist hier los?

Irgendetwas stimmt wirklich nicht. Diese Erkenntnis trifft mich wie ein Schlag. Das habe ich bereits vermutet, als ich diese merkwürdig verwaiste Dienststelle betreten habe, den Gedanken allerdings nicht ernsthaft weiterverfolgt.

Nun beginnt aber eben diese Tatsache wie in Neonbuchstaben vor mir aufzublinken: es ist eine Falle.

Reichlich gelangweilt betrachtet Chase für einen Moment Mister Noyce' Gesichtsentgleisungen, hält vielleicht sogar eine Art Zwiesprache mit ihm ab und schaut dann zurück zu mir. »Sie streiten es also nicht klar ab?«

»Ähm.« Okay. Ich muss mich konzentrieren. Erst einmal abstreiten.

In den vergangenen Tagen habe ich meine Bude vor

lauter Langeweile gleich mehrfach auf den Kopf gestellt, wieder aufgeräumt und schließlich einen Teil meines Besitzes in Kartons verstaut. Soll der Vermieter damit machen, was er will. Auf der Straße kann ich das meiste meiner Habseligkeiten ohnehin nicht gebrauchen und da das alles sowieso wertloser Billigkram ist, lohnt es sich auch nicht, zu versuchen, etwas davon zu verkaufen.

Da wäre mir eine Armbanduhr, die mir nicht gehört, definitiv aufgefallen, oder nicht? »Doch, ich streite es selbstverständlich ab.« Annähernd selbstbewusst verschränke ich die Arme vor der Brust und recke mein Kinn in die Höhe. »Wie gesagt: Ich kann mich nicht daran erinnern, irgendetwas gestohlen zu haben.«

»Na schön.« Chase verschränkt ebenfalls die Arme vor der Brust und lässt wieder seine Kiefermuskeln zucken, während Mister Noyce offensichtlich irritiert von mir zu Chase sieht. »In exakt diesem Augenblick wird Ihre Wohnung durchsucht, Miss Stevens. Indem Sie diese Armbanduhr entwendet haben, sind Sie nämlich den absolut falschen Leuten auf den Schlips getreten.«

Erschrocken halte ich die Luft an. »Meine Wohnung wird gerade durchsucht? Aber …« Das erklärt vielleicht, warum diese Dienststelle so wirkt, als seien alle ausgeflogen. »Wegen einer Armbanduhr?«

»Wegen einer Armbanduhr.«

Wieder fällt mein Blick auf Mister Noyce. *Er hat ein schlechtes Pokerface,* stellt ein sehr nüchterner Teil von mir fest. Der nüchterne Teil, der ebenfalls festgestellt hat, dass irgendetwas hier absolut nicht richtig läuft.

»Sie sind schon dreimal wegen Diebstahls aktenkundig geworden, Miss Stevens. Dieses Mal ist es wirklich ernst.«

»Dreimal?!«, wiederhole ich irritiert, ohne den Blick

von Mister Noyce abzuwenden, der sich dazu entschlossen hat, sich in seinem Stuhl zurückzulehnen, eine Zigarettenschachtel aus seiner Jacke zu kramen und sich eine daraus anzuzünden. Er hat die Lippen geschürzt und fixiert verhältnismäßig angepisst einen Punkt hinter mir. Irgendetwas scheint ihm ganz und gar nicht zu passen.

»Ihr Vater hatte ihre Kreditkarte als gestohlen gemeldet – und außerdem hatten sie diese dann ja auch bis zum Limit ausgeschöpft.«

Alles klar. Ich wusste ja, dass mein Vater ein Arschloch ist, aber dass er sogar zu solchen Mitteln greift, um seine einzige Tochter fertigzumachen, hätte ich nicht gedacht. »Wow. Okay.«

»Und der Diebstahl an Mrs. Miller war dann nur das Tüpfelchen auf dem I«, führt Chase ungerührt fort.

Gut. Das reicht jetzt. Meine Gehirnwindungen fangen gleich an, Purzelbäume zu schlagen, wenn das so weitergeht. Das ist zu viel auf einmal. Ich komme nicht hinterher. Ich kann förmlich hören, wie meine Synapsen knacken, während ich mehrere Eindrücke zu verarbeiten versuche.

Die vergangenen Tage hatte ich kaum geistigen Input – im Grunde war es sogar die kompletten vergangenen Monate so. Mein Tagesablauf war ziemlich eintönig und nun werde ich mit viel zu vielen Informationen erschlagen.

Vielleicht sollte ich die beiden grimmigen Männer mal darauf hinweisen, dass meine Konzentration nicht die Beste ist. Dass ...

Nein. Die strenge Stimme meines Vaters drängt sich mir auf: *Eine Stevens ist nicht schwach. Eine Stevens wird nicht krank. Eine Stevens ist nicht dumm. Eine Stevens hat keine Makel.*

Im Grunde könnte mir dieses Mantra gerade in dieser Situation kaum weniger wichtig sein. Am besten wäre es sogar, meinem Vater dieses Mantra so tief in den Rachen zu stopfen, bis er daran erstickt.

Eine Stevens wird auch nicht von ihrem eigenen Vater aus dem Haus geworfen und für immer vom Familienstammbaum verbannt!

Im Grunde bin ich gar keine Stevens mehr. Also brauche ich mir nicht ständig dieses dämliche Mantra vorzubeten, das mich schon seit Jahren wesentlich mehr einschränkt, als dass es mich auf den Beinen hält.

Aber da ist dieser verdammte Stolz. Der Stolz, den ich einfach nicht beiseiteschieben kann. *Eine Stevens hat keine Makel.* Und wenn sie welche hat, versucht sie diese bis zum letzten Atemzug zu verbergen.

Das ist mir nun einmal anerzogen worden und ich kann es nicht abstellen.

MIA

»Mein Vater hat mich also angezeigt?« Das wäre mir neu. Vielleicht hat er es im Nachhinein getan, als er davon Wind bekam, dass ich *angeblich* zur Kleptomanin geworden bin, seitdem ich mir meine Medikamente nicht mehr leisten kann, an die ich ohnehin nicht so ohne Weiteres herankomme. Die Medikamente, die ich jahrelang vor der Öffentlichkeit verheimlichen sollte.

»Nein. Er hat sich nur darüber geäußert, dass es ihn nicht wundern würde, wenn Sie sich einfach irgendwelche Dinge von Wert beschaffen, damit Sie nicht auf der Straße leben müssen.«

»Was in ihrem Fall gar nicht so abwegig ist«, klinkt Mister Noyce sich mit einem Mal ein, »dieses Verhalten ist schließlich absolut nachvollziehbar.«

Perplex schaue ich zu ihm, während er Chase mit einem stechenden Blick versieht. Verteidigt er mich gerade? Wieso hat er mich denn überhaupt angezeigt, wenn er mein Verhalten *absolut nachvollziehen* kann?!

»Das tut nichts zur Sache, Noyce!«, fährt Chase ihn entrüstet an und springt auf einmal auf die Füße, stützt sich mit beiden Händen auf der Tischplatte ab und taxiert mich wie eine tollwütige Raubkatze.

Vor Schreck weiche ich so heftig zurück, dass mein Stuhl nach hinten kippt und ich reflexartig nach der Tischkante greife. »Sie haben gar kein Recht, mich hier festzuhalten!«, rufe ich aus, bevor ich es zurückhalten kann. Mit dem Adrenalin, dass jetzt durch meine Adern schießt, scheine ich alles glasklar vor mir zu sehen. All die verwirrenden Gedankenfetzen, die bisher wie einzelne Puzzleteile in meinem Kopf herumgewirbelt sind, fügen sich langsam aber sicher zu einem großen Ganzen zusammen: »Ich habe eine *Vorladung* erhalten! Das heißt, man zitiert mich direkt vors Gericht. Sind Sie ein Richter, Chase? Nein! Sie sind ein Polizist!« Jetzt springe ich ebenfalls auf und weise mit der Hand zu der zerkratzten Tür. »In einer Dienststelle, die es vor ein paar Tagen noch gar nicht gab! Wo sind Ihre Arbeitskollegen? Wo ist die Büroausstattung? Wo ist meine Akte?!« Ich zeige auf die leere Tischplatte und danach auf Chase' Aufzug. »Außerdem ... selbst hier in New Juarez gibt es für die Polizei gewisse Dienstvorschriften. Dazu gehört das Tragen einer Uniform mit den entsprechenden Abzeichen und Beschriftungen. Sie laufen hier allerdings herum, als seien Sie ein Abkommandierter einer S.W.A.T.-Einheit!«

In dieser Sekunde richtet Chase sich bedrohlich auf und fixiert mich mit gesenktem Kopf. Als er Anstalten macht, den Tisch zu umrunden, um mich zu packen und sonst etwas mit mir anzustellen, weiche ich zitternd zurück.

»Außerdem ...«, führe ich fort, weiche einen weiteren Schritt zurück und beginne ebenfalls, den Tisch zu umrunden, wobei ich mich unweigerlich Mister Noyce nähere, der einen letzten Zug von seiner Zigarette nimmt, diese schlicht auf der Tischplatte ausdrückt und auch aufsteht, »... außerdem behandeln Sie mich wie eine Schwerverbrecherin! Eine Wohnungsdurchsuchung? Wegen einer Armbanduhr? Halten Sie mich für vollkommen bescheuert?!«

»Ich hab's dir gesagt«, kommentiert Mister Noyce schulterzuckend an Chase gewandt, der den Tisch nun zur Hälfte umrundet hat und mich noch immer wie eine wütende Raubkatze taxiert, die bereits zum Sprung ansetzt.

»Es ist eine sehr wertvolle Armbanduhr!«, donnert Chase und wirft Mister Noyce dabei einen warnenden Blick zu.

»Ach ja?« Ich schnaube spöttisch, womit ich Chase schlichtweg übermitteln möchte, dass ich ihm kein einziges Wort mehr abnehme.

Allerdings ist meine Selbstsicherheit nur gespielt. Die Unterstellungen, die ich ihm an den Kopf geworfen habe, sind allesamt aus der Luft gegriffen. Ich habe überhaupt keine Ahnung von dem, was ich da von mir gegeben habe. Meine Behauptungen habe ich sozusagen aus einem Bauchgefühl heraus geformt.

Improvisation ist alles.

»Das hier ist eine Falle, nicht wahr? Hat mein Vater Sie engagiert? Was will er? Sein Geld?« Ich zucke mit den Schultern. »Ich habe nichts mehr. Ich habe es gebraucht, um mich einige Wochen über Wasser zu halten, bis ich hier in New Juarez einen Neustart wagen konnte.« Ohne darauf zu achten, was sich hinter mir befindet, weiche ich einen weiteren Schritt zurück.

»Nein«, erwidert Chase, »es ist etwas Persönliches.« Er macht eine Kopfbewegung zu Mister Noyce. »Halt sie fest.«

»Etwas … Persönliches?!« Ich verstehe nur Bahnhof.

Nur bekomme ich nicht mehr die Gelegenheit, weiter zu schlussfolgern, da ich auf einmal gegen eine körperwarme Wand stoße, deren kräftige Pranken meine Oberarme umschließen.

Shit. Es ist tatsächlich eine Falle.

»Etwas Persönliches«, bestätigt Chase, greift in die Hosentasche an seinem Oberschenkel und zieht eine Spritze heraus, in der sich eine milchige Flüssigkeit befindet.

»W-was ist das?«, hauche ich mit bebender Stimme und versuche, mich zeitgleich aus Mister Noyce' Griff zu winden, doch die Konsequenz davon ist, dass sich seine Finger noch fester in mein Fleisch bohren.

»Chase.« Sein Tonfall ist gleichzeitig alarmiert und warnend. Sein Oberkörper presst sich regelrecht in meinen Rücken, sodass ich sogar die Vibration seines Tenors wahrnehme. »Wenn Adler hiervon erfährt, sind wir beide einen Kopf kürzer. Wir können nicht einfach – und vor allem grundlos – eine wehrlose Frau …«

»Schnauze, Noyce.« Chase' strahlendblauer Blick verankert sich in meinem. Drei Schritte und dann steht er direkt vor mir. Er umfasst meinen Unterarm so plötzlich, dass ich zusammenfahre, und dreht ihn unsanft, bis meine Armbeuge zur Decke zeigt. »Schade, dass Sny nicht hier ist. Der könnte ihre Vene aus zehn Metern Entfernung treffen.«

»Machst du Witze?«

»Nein.« Prüfend drückt er mit dem Daumen der Hand, die meinen Arm umklammert hält, auf meiner Haut herum, während er mit dem anderen Daumen den Deckel der Spritze löst. »Ich habe keine Ahnung von dem Scheiß.«

Wieder versuche ich, ihren Griffen zu entkommen, indem ich mich wie eine Schlange zu winden beginne und Mister Noyce sogar einen meiner Absätze in den Unterschenkel ramme, aber im Grunde weiß ich selbst, dass es total zwecklos ist. Ich tue es nur, um mir einreden zu können, dass ich mich zumindest etwas gewehrt habe. Dass ich es versucht habe. »Bitte lasst mich los!«, flehe ich ziemlich weinerlich, doch genauso gut hätte ich beide darum bitten können, mir einen Strauß Blumen zu besorgen. Sie reagieren nicht.

»Verdammt, Noyce! Du sollst sie festhalten!«, raunzt Chase, woraufhin ich mich direkt wie ein taubstummes Stück Fleisch fühle, dessen Willen absolut nicht zählt. Wieso denn auch? Ich bin bloß eine Frau. Das wurde mir in meinem Leben bereits mehrfach unterbreitet und vor allem bewiesen.

»Tue ich doch! Ich will dich mal sehen, wenn sie deine Schienbeine mit ihren spitzen Absätzen bearbeitet.«

»Du nervst!« Mit einem Mal steht meine Welt kopf. Chase hat sich die offene Spritze zwischen die Zähne geklemmt, grob meine Taille umfasst, mich in derselben Bewegung hochgehoben und über die Schulter geworfen. Sein ausgeprägter Trapezmuskel bohrt sich schmerzhaft in meinen Bauch.

»Hey! Runterlassen!«, rufe ich empört aus, während Chase mit mir gemeinsam herumwirbelt und sich in Bewegung setzt.

»Kein Problem«, nuschelt er zwischen der Spritze hindurch.

Ich weiß nicht, womit ich gerechnet habe. Auf jeden Fall dachte ich, dass der Marsch etwas länger dauert und Chase die zerkratzte blaue Tür ansteuert. Doch er geht keine drei Schritte, umfasst wieder meine Taille und wirft mich regelrecht auf den Tisch, sodass mir beim Aufprall sämtliche Luft aus der Lunge gedrückt wird.

Mit weit aufgerissenen Augen starre ich zu Chase hinauf und ringe verzweifelt um Atem. Falls ich eben dachte, dass ich Angst habe, dann weiß ich nun, was richtige Panik bedeutet. Nicht nur das Gefühl, dass meine Lunge durch den Aufprall nicht mehr einwandfrei funktioniert, nein. Die Angst, wirklich komplett hilflos zu sein, während ich auf einer steinharten Oberfläche liege, einem Mann vollkommen ausgeliefert, der mich hasserfüllt anstarrt.

Mein Gedächtnis weiß nichts davon, aber meine Instinkte erinnern sich: Ich habe mich schon einmal in einer ähnlichen Situation befunden. »Oh Gott! Nein!«

Ich kann nicht mehr klar denken. Alles, was ich will, ist nur noch von hier wegzukommen. Mich aus Chase' Griff zu befreien und so weit wie möglich vor ihm davonzulaufen.

Plötzlich fühlt es sich an, als würde ich neben mir stehen und mir dabei zusehen, wie ich laut zu kreischen beginne, um mich schlage, kratze, beiße und trete. Ich bin völlig außer mir, während Chase beide Hände in meine Schultern stemmt und mich auf die harte Tischplatte drückt. Obwohl er seine größte Not hat, mich zu bändigen, ist er viel zu stark. Ich kann mich kaum einen Millimeter unter ihm bewegen.

Wieder macht er eine Kopfbewegung in Mister Noyce' Richtung, der sofort neben ihn tritt und die Spritze zwischen Chase' Zähnen herauspflückt. »Was hat sie denn jetzt plötzlich?«, ruft er über mein Gekreische hinweg.

»Weiß ich nicht, du Vogel! Stell sie ruhig, verdammt!«,

fährt Chase ihn an und beginnt, sein Gewicht zu verlagern, sodass ich mich noch weniger bewegen kann.

»Nein!«, brülle ich aus Leibeskräften und schlage nach Mister Noyce, der gerade meinen Arm packen wollte. »Bitte nicht!«

»Mann, Chase. Guck sie dir doch an! Die Frau hat richtig Angst.« Seinen Worten zum Trotz hört er nicht auf, zeitgleich meinen Schlägen auszuweichen und trotzdem nach mir zu greifen.

»Ist mir egal.« Auf einmal sind da raue Finger an meiner Kehle, die so fest zudrücken, dass mir sofort die Luft wegbleibt.

Die ersten Sterne fangen bereits an, vor meinen Augen zu tanzen, während ich krampfhaft versuche, mit allen zehn Fingern diese Hand von meinem Hals zu lösen. Kopflos schnappe ich nach Luft und spüre, wie meine Beine unkoordiniert zu zucken beginnen. »Ni…!« Ich schaffe es nicht einmal, ein vollständiges Wort auszusprechen.

Eine weitere Hand packt meinen rechten Unterarm und drückt ihn mit roher Gewalt auf die Tischplatte. »Jetzt spritz ihr das Zeug endlich, oder ich vergesse mich«, höre ich Chase' Stimme über mir, doch ich kann ihn nicht mehr sehen.

Noch immer erfüllt mich die absolute Panik und mein Herz hämmert wie wild, allerdings breitet sich jetzt ein sanftes Prickeln von meiner Kopfhaut über mein Gesicht aus, das meine volle Aufmerksamkeit für sich beanspruchen möchte. Das Prickeln scheint meinen Geist von meinem Körper zu trennen und verspricht mir damit ein lähmendes Gefühl von Frieden.

Wie schön.

»Soll ich wirklich? Schließlich bist du gerade dabei,

sie umzubringen. Das wolltest du doch eh, oder nicht? Dann kannst du es ja gleich hier zu Ende bringen. Guck mal in ihre Augen. Sie ist schon gar nicht mehr richtig da.« Mister Noyce' Stimme trieft vor Sarkasmus, sodass ich erst recht allergrößte Schwierigkeiten habe, den Sinn hinter seiner Aussage zu verstehen.

Noch immer ist es, als würde ich neben mir stehen, aber irgendwie auch nicht. Wie von weit her spüre ich, dass mein Körper sich nach wie vor gegen den festen Griff um meine Kehle wehrt und verzweifelt nach Luft giert, doch auf der anderen Seite bin ich von Frieden und Ruhe erfüllt.

Es ist mir egal.

Ich warte nur noch darauf, dass die Dunkelheit, die immer dichter über mir schwebt, mich wie eine einladende Decke umhüllt.

»Vergiss es! Nicht hier. Nicht so.« Die Hand löst sich von meiner Kehle. »Spritz es ihr.«

Ein scharfes Stechen in meiner Armbeuge, das davon abgemildert wird, dass meine Lunge sich auf einmal gierig mit Luft betankt und zeitgleich ein fieses Kratzen in meinem Hals einen heftigen Hustenreiz auslöst.

Abrupt bäume ich mich auf und krümme mich direkt zur Seite, weil mein rechter Arm wie einzementiert auf der Tischplatte fixiert wird.

»Fuck, jetzt hätte ich mir das Zeug fast selbst injiziert. Du kannst sie doch nicht einfach loslassen, Chase!«

»Stell dich nicht so an, *Noyce*. Hast du ihre Vene getroffen?«

»Ich denke schon.«

»Oh Mann. Sie blutet wie ein Schwein.«

»Ist das deine einzige Sorge? Wir müssen sie hier wegschaffen. Sobald Adler hiervon erfährt, sind wir geliefert.«

Chase antwortet irgendetwas, doch seine Worte sind eigenartig verschwommen. Was auch immer Noyce mir gespritzt hat, es scheint seine Wirkung zu entfalten.

Ja, *Noyce*. Nicht *Mister* Noyce. Ich weiß jetzt, wie das alles zusammenhängt.

Vaughn Adler. Irgendwie scheine ich das verdammte Oberhaupt dieser beschissenen Drecksstadt auf mich aufmerksam gemacht zu haben. Obwohl mein Gehirn langsam aber sicher seine Arbeit einstellt, ploppt noch eine einzige Erkenntnis vor meinem geistigen Auge auf: Chase und Noyce gehören zu Vaughn Adlers engstem Kreis.

Sie sind zwei seiner sogenannten Schatten. Und mindestens einer dieser Schatten ist absolut gar nicht gut auf mich zu sprechen.

CHASE

Ich sehe dich so gerne tanzen, Mia.

Immer, wenn das Leben dich zu erschlagen droht, setzt du deine Headphones auf, drehst die Musik voll auf und blendest alles um dich herum aus.

In letzter Zeit hast du das mehrmals täglich gemacht und obwohl ich dich abgrundtief hasse, hast du mir jedes Mal mit deinen ungeschickten Bewegungen ein Grinsen entlockt.

Als Kind wolltest du professionelle Ballerina werden und hast jahrelang Tanzunterricht genommen, doch Talent hattest du nicht gerade.

Ich bewundere dein Durchhaltevermögen.

Du findest trotz allem die Kraft, bei einem Lied, das dir gefällt, mit einem strahlenden Lächeln aufzustehen, dich im Kreis zu drehen und deine Hüfte mehr oder weniger lasziv im Rhythmus der Musik zu bewegen.

Das erinnert mich an früher. An deinen Abschlussball.

Da hast du auch alles um dich herum ausgeblendet und mitten auf der Tanzfläche ganz für dich allein zu deinem Lieblingslied getanzt.

Damals habe ich dich aus sicherer Entfernung beobachtet und verliebt in mich hineingegrinst.

Drei Monate später begann ich, deinen Untergang zu planen.

Weil du mein Leben zerstört hast, Mia.

Als ich Mia das erste Mal in diesem winzigen Verschlag von einer Wohnung tanzen sehen habe, wurde mir etwas schlagartig klar: Das ist es, was Thorne dazu antreibt, neunundneunzig Prozent seiner Lebenszeit damit zu verbringen, alles um sich herum auszuschalten, indem er seinen verdammten Dubstep voll aufdreht und auf Endlosschleife stellt.

Unter anderem sind es wohl meine nervigen Sprüche, die ihm auf den Sack gehen. Wenn er wüsste, dass ich womöglich der Einzige bin, der andeutungsweise nachvollziehen kann, warum er das tut ... Nein. Seine postpubertären Probleme sind mir scheißegal. Wahrscheinlich trauert er noch immer seiner bescheuerten Rich Kids-Gang hinterher, mit der er bis vor ein paar Jahren die Gegend in und um NJ unsicher gemacht hat.

Als er drohte, in ziemlich heftige Dinge verwickelt zu werden, hat Noyce – ganz der vorbildliche große Bruder – ihn da rausgeholt. Obwohl Thornes Karma unter Adlers Fuchtel mindestens genauso angeschissen ist.

Na ja. Noyce, seine Meinung und die daraus resultierenden Entscheidungen sind ein Fall für sich. Muss man nicht nachvollziehen können.

»Hmm. Die kleine Miss Stevens schläft immer noch. Süß«, höre ich auf einmal in diesem gewissen, provozierenden Tonfall hinter mir, durch den sich mir direkt die Nackenhaare aufstellen und meine Fingerspitzen zu zucken beginnen, da ich richtig Bock bekomme, jemanden umzulegen. Auf der Stelle. Mit meinen bloßen Händen. Und Zähnen.

Es ist Noyce. Ich habe ihn allein durch die Kraft meiner Gedanken hergezaubert, wie es aussieht. Die Macht ist auf jeden Fall mit mir.

»Was willst du?«, brumme ich angepisst, während ich gleichzeitig das Notebook zuklappe und mich zu ihm herumdrehe.

Mit einem schmierigen Feixen und seinem verschissenen Skeptiker-Stirnrunzeln zeigt er auf den PC. »Wie lange siehst du ihr schon beim Schlafen zu? Etwa die ganze Nacht? Den kompletten Vormittag?« Wie selbstverständlich beugt er sich vor, um das Notebook wieder aufzuklappen.

Genau so wie meine verfluchte Gran es immer tut, sobald ich unaufgefordert nach einem ihrer Kekse greifen will, schlage ich ihm auf die Finger. »Und wenn?«

»Du bist so abgefuckt«, lacht er und richtet sich mit verschränkten Armen auf, um mich weiterhin kritisch zu beäugen. Glücklicherweise hat er die Aktion mit Mia ziemlich gut verkraftet. Ihm ist wohl eingefallen, dass er anderen Frauen schon viel Schlimmeres zugefügt hat, als das, was wir gestern mit ihr veranstaltet haben.

Außerdem hat er einen Ruf zu verteidigen. Wer weiß, was passiert, wenn ich der restlichen Bagage erzähle, dass der skrupellose Noyce fast geheult hat, als er einer Frau seinen Willen aufzwingen sollte.

Dummerweise gibt es wohl einen Grund, warum er sich gerade bei Mia so angestellt hat: »Du hast einen Narren an ihr gefressen«, bringe ich nüchtern hervor, lehne mich in meinem Stuhl zurück und verschränke ebenfalls die Arme vor der Brust.

»Und wenn?«, imitiert er mich in einem leiernden

Tonfall, während sich seine Miene allerdings ziemlich verdunkelt.

»Sie ist nicht dein Typ.« Ich räuspere mich leise und stehe auf, um mich bedrohlich vor Noyce aufzubauen, was nicht seine Wirkung verfehlt. Ich bin fast einen Kopf größer als er. »Sie gehört mir, Unicorn.«

Noyce' Gesichtszüge entgleisen. Nicht, weil er in irgendeiner Weise Angst vor mir hat, sondern weil er es auf den Tod nicht ausstehen kann, wenn ich ihn so nenne. Ich tue es, seitdem ich das verdammte Bild an seine Tür geheftet habe und ich werde definitiv niemals wieder damit aufhören. »Wenn du dieses Wort noch einmal aussprichst, setzt es was, *Sonnyboy.*«

Ich schnaube spöttisch. »Wieso? Es passt zu dir. Du rennst doch ständig mit deinem verfickten Katana herum. Mit dem Ding siehst du halt aus wie so ein beknacktes Einhorn.«

»Was?« Verständnislos runzelt er die Stirn, macht dann aber eine wegwerfende Handbewegung. »Du hast schon wieder Gedankengänge, die kein anderer nachvollziehen kann, Alter. Komm zurück auf den Teppich und benimm dich wie ein normaler Mensch.«

Kopfschüttelnd zeige ich zur Couch. Keine Ahnung, was er meint. »Weswegen bist du hier? Bestimmt nicht, weil du mich dabei erwischen wolltest, wie ich Mia beim Schlafen beobachte.«

»Doch.« Ohne zu zögern folgt Noyce meiner Aufforderung und lässt sich in die weichen Polster fallen. »Hattest du nicht vor, sie umzubringen? Dafür musst du sie eigentlich nicht in die Klapse stecken.«

Anstatt seinem Beispiel zu folgen und mich ihm gegenüber in den Sessel zu werfen, trete ich zur Küchenzeile und befülle wie automatisiert den Wasserkocher. »Willst du auch 'nen Tee?«

»Lass mich mit deinem verfickten Tee in Ruhe!«

Vollkommene Grabesstille entsteht direkt nach seiner Äußerung, sodass ich mich irritiert zu ihm umsehe, als ich den Behälter auf seiner Basis abstelle. »Ist klar.«

Noyce hat wie so ein schmollendes Kleinkind die Arme vor der Brust verschränkt und sieht sich aufmerksam in meiner Bude um. »Seit wann ist es hier eigentlich so aufgeräumt?« Erneut wirft er mir einen kritischen Blick zu, als sei er sich wirklich nicht sicher, ob ich noch bei Verstand bin. »Seitdem die kleine Mia auf der Bildfläche erschienen ist, bist du echt nicht mehr wiederzuerkennen, Bro.«

Er hat recht. Sozusagen über Nacht bin ich der ordentlichste Mensch der Welt geworden. Ich wüsste selbst gern, woher das auf einmal kommt. Neuerdings hat aufräumen und putzen irgendwie eine meditative Wirkung auf mich.

Wieder räuspere ich mich und öffne einen der Schränke, um das Teegeschirr herauszuholen. »Kekse?«

»Nein, Mann.«

Seiner Absage zum Trotz platziere ich eine Tasse vor ihm auf dem Couchtisch, was er unkommentiert hinnimmt. »Seit wann bist du so anhänglich? Normalerweise hängst du doch eher mit deinem Bruder ab, wenn dir langweilig ist, oder du begleitest Adler zum Ficken«, stelle ich schließlich eine völlig aus dem Zusammenhang gerissene Gegenfrage, nachdem ich mich wieder der Küchenzeile zugewendet habe. Gewohnheitsgemäß ziehe ich aus einem der Schränke eine Packung schottisches Shortbread – oder zumindest die billige, amerikanische Imitation davon – und werfe sie auf den Couchtisch.

Unwillig verzieht Noyce das Gesicht. »Hast du keinen Kuchen da? Oder wenigstens die selbstgebackenen Kekse deiner Gran?«

Ich zucke mit den Schultern. »Ist alles schon weg. Da musst du das nächste Mal schneller sein.«

Mit einem resignierten Seufzen lehnt Noyce sich vor und greift sich die Kekspackung. »Ich bin hier, um dich zu beobachten, Chase. Keine Ahnung, warum du wegen der Kleinen so am Rad drehst, aber das ist nicht gut. Wenn sich herausstellt, dass du kurz vor einem Nervenzusammenbruch stehst und dich für irgendeinen dahergelaufenen Rächer hältst, der meint, wehrlose britische Frauen wären die Reinkarnation des Antichristen, muss ich das leider Adler melden.«

»Wieso *Reinkarnation* des Antichristen? Ich kenne mich nicht so gut mit der Bibel aus, aber meines Wissens nach muss der nicht wiedergeboren werden, um auf Erden zu wandeln.« Mit einem humorlosen Lachen schaufele ich zwei gestrichene Löffel schwarzen Tee in den vorgesehenen Papierbeutel und hänge diesen in die Kanne.

»Bu weiff, waff iff meime«, gibt Noyce mit vollem Mund zurück und fängt augenblicklich an, zu husten, da er wohl beim Sprechen ein paar trockene Krümel des Shortbreads eingeatmet hat. »Alter, sind die ... Kekse ... scheiße!«

Ich ignoriere ihn. Es ist immer dasselbe mit Noyce. Er gibt vor, als gäbe es für ihn nichts Unmännlicheres, als Tee zu trinken und Kekse zu essen, steht allerdings regelmäßig bei mir auf der Matte und frisst mir die Haare vom Kopf, nachdem er davon Wind bekommen hat, dass ich bei meiner Gran war.

Du solltest uns sehen, Mia.

Mit verschränkten Armen lehne ich an der Arbeitsplatte und sehe untätig dabei zu, wie Noyce sich die Seele aus dem Leib hustet und es dennoch nicht sein lassen kann, von seinem Keks abzubeißen und genüsslich zu kauen.

Mir ist klar, dass ich von Irren umgeben bin, aber trotzdem bleibt mir wohl nichts anderes übrig, als Noyce ins Vertrauen zu ziehen, was dich und mich betrifft.

Bisher war das alles eine Sache zwischen uns beiden, doch spätestens seit gestern steckt er viel zu tief drin.

Sein Gerede vom Antichristen war schlicht und ergreifend eine versteckte Drohung an mich.

Möglicherweise hat er bereits mit Adler über uns gesprochen, Mia.

Wenn ich nicht zumindest versuche, Noyce auf meine Seite zu ziehen, wird Adler seine eigenen Drohungen wahr machen.

Das kann und werde ich nicht zulassen.

Du bist jetzt vollkommen unter meiner Kontrolle und das wird auch so bleiben.

CHASE

Im Grunde ist Noyce nach Thorne und Demon der Letzte, mit dem ich über meinen Privatscheiß sprechen würde. Meine erste Anlaufstelle wäre definitiv Snyper und daraufhin Adler.

Nur ... tja. Die beiden sind derzeit nicht ganz bei Trost. Oder vielmehr ... zu abgelenkt.

»Hast du in den vergangenen vierundzwanzig Stunden was von Sny gesehen oder gehört?«, beginne ich schließlich mit einem unverfänglicheren Thema. »Er geht mir seit einigen Tagen aus dem Weg. Wahrscheinlich, weil ich ihn sonst nicht in Ruhe lassen würde.«

»Keine Ahnung. Der ist total aggro. Macht ständig irgendwelche Schießübungen. Mit Adler im Gepäck.« Mit einem leichten Husten schiebt Noyce sich das letzte Stück Keks in den Mund, den er anscheinend im Ganzen schluckt. Er hustet wieder. »Die Kekse sind echt kacke, Mann. Schmecken nach Pappe und sind staubtrocken.«

Ich frage mich, woher er weiß, wie Pappe schmeckt. »Dann stopf sie dir nicht rein, als würdest du die restliche Woche an nichts Essbares mehr herankommen.« In diesem Moment gibt der Wasserkocher ein hörbares Klicken von sich. Erleichtert drehe ich mich um und gieße den Tee mit dem leicht sprudelnden Wasser auf. »Du meinst also, Sny und Adler erledigen den Rest von Vasquez' Truppe?«

»Japp.« Wieder hustet er und dann vernehme ich das Knistern der Kekspackung. »Hab mich noch nicht entschieden, ob ich das persönlich nehmen soll.«

»Schießübungen sind doch gar nicht dein Ding.«

Er lacht dreckig. »Kommt drauf an, welche Schießübungen du meinst.«

Seufzend stelle ich die Teekanne auf dem Tisch ab. »Willst du Milch und Zucker zu deinem Tee oder bist du wieder auf so einem eigenartigen Ernährungstrip?« Eigentlich hätte ich mir die Frage sparen können. Denn wenn es so wäre, würde Noyce sich sicher nicht die verdammten Kekse so reinschieben.

»Ich will keinen Tee, habe ich gesagt«, antwortet er scheinbar gereizt und zieht sein Handy aus der Hosentasche, nachdem dieses einmal vibriert hat. »Jetzt fängt sogar schon Demon an, mich nach Sny und Adler zu fragen«, murmelt er verblüfft. »Habt ihr euch abgesprochen?«

Neugierig lasse ich die Augenbrauen emporschnellen, drehe mich dann allerdings zum Kühlschrank und hole eine Packung Milch heraus. »Demon wird von den beiden ausgegrenzt? Dabei dürfte sie ja ähnlichen Liebeskummer wie Sny haben.«

»Demon hat doch keinen *Liebeskummer*. Die weiß gar nicht, wie es ist, etwas für eine andere Person außer sich selbst zu empfinden.« Irritiert zieht Noyce die Brauen zusammen und wirft sein Handy achtlos auf den Tisch. »Das Gleiche gilt für Sny.«

»Und du weißt es?« Endlich lasse ich mich auf einem Sessel nieder, der genau gegenüber von Noyce steht.

»Ich habe 'nen kleinen Bruder, Mann. Der sorgt bei mir aber eher für anderen Kummer.«

Ich nicke. Bei Demon dürfte er recht haben. Innerhalb des Adler-Clans existiert das Wort Brüderlichkeit nicht. Da wird Narzissmus ganz groß geschrieben.

Zwar steht die gesamte Sippe geschlossen für jeden Einzelnen ein, das gilt allerdings auch nur für die Blutsverwandten. Und bereits da sieht jedermann im Notfall zuerst zu, seine eigene Haut zu retten, bevor die Familienmitglieder dran sind.

Jeder steht sich selbst am nächsten. Sogar ein Familienvater der Adlers würde als erstes aus einem brennenden Haus springen und dann jemanden schicken, um die Kinder da herauszuholen.

Keine Ahnung, wie mein Boss das handhaben würde. Der Grundgedanke bei der Erschaffung seiner fünf Schatten war vielleicht gerade diese Tatsache. Damit Sny oder ich ins brennende Haus klettern, um unser Leben für seine Kinder zu geben.

Bloß mischt Adler mit Freuden bei jeder Schießerei und jeder Mission an vorderster Front mit. Entweder ist er lebensmüde oder er ist ein *anderer* Adler als der Rest seiner Familie.

Fragt sich, ob das auch für Demon gilt.

»Was ist mit Sny?«, bleibe ich beim ursprünglichen Thema, obwohl die Unterhaltung im Grunde vollkommen unsinnig ist. Ist doch kackegal, wer in welchem Maße zu irgendwelchen Gefühlen fähig ist. Ich frage ihn bloß aus, um mich selbst von meinem Vorhaben abzulenken. »Eigentlich kennen wir ihn kaum. Vielleicht stammt er aus einer Großfamilie und seine Geschwister sind sein ein und alles?«

Mit einem geringschätzigen Schnauben greift Noyce nach der Teekanne, um sich etwas von dem Inhalt einzuschenken. »Du kannst mir nicht erzählen, dass du nicht all unsere Lebensgeschichten bis ins kleinste Detail auswendig kennst, Chase.«

Recht hat er. Nur ist Snys Vergangenheit weitaus weniger mysteriös, als er uns weismachen will. Wirklich interessant wurde sein Leben erst, als er zum Militär gegangen ist. »Interessiert es dich denn?«

»Was? Das, was du weißt oder Snys Geschichte?«

»Sag du es mir«, gebe ich grinsend zurück, warte aber gar nicht erst eine weitere Antwort von ihm ab: »Sny stammt aus ähnlich ärmlichen Verhältnissen wie du und Thorne. Nur hatte er 'ne drogentote Mutter am Hals, als er sechzehn war, und sein Vater ist nie in irgendwelchen Akten aufgetaucht. Entweder wusste seine Ma selbst nicht, wer sie geschwängert hat, oder es war ihr Zuhälter.«

»Hmm. Das ist ja schon fast langweilig.« Er greift in den Zuckerpott, den ich ihm ebenfalls hingestellt habe, und wirft ein Stück davon in den Tee. »Der Apfel fällt nicht weit vom Stamm, was?«

»Kann man meinen. Wenn Sny so weitermacht, erlebt er seinen nächsten Geburtstag nicht.«

»Vielleicht will er den ja auch gar nicht erleben.«

»Könnte wohl.« Nachdenklich ziehe ich nun selbst mein Handy aus der Hosentasche. Keine neuen Nachrichten. Mir scheinen mal wieder alle aus dem Weg gehen zu wollen. Nicht einmal meine Gran hat versucht, mich zu erreichen. »Allerdings bin ich mir da wegen Ginger nicht so sicher.«

»Ginger? Ist das die Kleine, die er neulich abgeschleppt und komischerweise direkt am nächsten Morgen gehen lassen hat?«

»Genau die.« Ich lehne mich vor und schenke mir ebenfalls etwas Tee ein. »Er hat ihr wohl ein Ultimatum gesetzt. Sie soll die Stadt verlassen.«

»Sonst was?«

»Kein Plan. Sonst schwört er den Drogen ab und heiratet sie, oder so.« Ich zucke mit den Schultern. »Ich weiß auch nicht, was er damit bezwecken will.«

»Woher weißt du denn überhaupt von diesem Ultimatum?«

Nochmals zucke ich mit den Schultern. »Habe ich nebenbei aufgeschnappt.«

»Ach ja. Und was schnappt man sonst so nebenbei auf, wenn man Chase heißt?«

Verärgert ziehe ich die Stirn kraus. »Nichts von Interesse.«

»Nichts, was für mich von Interesse ist, richtig?«

»Richtig.« Seufzend lehne ich mich wieder in meinem Sessel zurück. Tatsächlich bekomme ich kaum noch etwas heraus. Zwar habe ich genauso wie Adler Zugriff auf die Webcams, worüber er vierundzwanzig Stunden täglich Snyper und Demon überwachen kann, aber die sind aus gewissen Gründen ohne Ton. Gnädigerweise will Adler den beiden dann doch ein wenig Privatsphäre gewähren. »Du bist nicht der Einzige, der seit einiger Zeit ausgegrenzt wird.«

»Aha.« Begierig lehnt Noyce sich vor. »Was is'n da los?«

»Das sollte dir eigentlich inzwischen klar sein«, brumme ich und verschränke die Arme vor der Brust.

»Du brauchst gar nicht erst auf die Idee zu kommen, mich bei Adler zu verpetzen. Er weiß Bescheid.«

»Das erwähntest du bereits. Es hörte sich allerdings für mich so an, als wüsste sogar er nicht mehr als nötig.«

»Er wird sich die *nötigen* Informationen, die ich ihm nicht freiwillig gegeben habe, selbst beschafft haben. Er wird genug wissen. Mehr als mir lieb ist.«

»Sonst würde er dich nicht in Ruhe lassen. Sonst wäre er dir nach der dreitägigen Frist aufs Dach gestiegen.«

»Genau.«

»Du willst mir also weismachen, dass ich mir mein Misstrauen dir gegenüber dahin stecken kann, wo die Sonne nicht scheint.«

»Nein, das nicht. Ich weiß, dass ich auf einem schmalen Grat balanciere. Eine falsche Bewegung, eine falsche Entscheidung und du krallst dir Thorne und bist weg.«

»So ähnlich.« Er mustert genau meine Miene. »Ich überlege vor allem, ob ich die kleine Miss Stevens über dich aufklären und sie vor dir beschützen sollte.«

»Du hast echt einen Narren an ihr gefressen«, stelle ich gereizt fest.

»Na ja, geht. Nicht mehr als bei anderen Tussen.«

Wenigstens etwas. »Mia und ich kennen uns seit Kindertagen. Wir sind zusammen zur Schule gegangen. Mein Dad war ein Angestellter ihres Vaters und von daher war es für meine Eltern natürlich von größtem Interesse, dass ich mich mit Mia anfreunde, obwohl ich drei Jahre älter war als sie.« Ich mache eine Pause, um Noyce' Reaktion zu beobachten. Doch der verzieht keine Miene, sondern hört mir gelassen zu. »Ich war ein Nerd. Ein Ass in der Schule, vor allem in den Naturwissenschaften, allerdings auch ein Pausenclown. Der Typ Pausenclown, der sich durch bedingungslose Ehrlichkeit und provozierende Sprüche bei seinen Mitschülern unbeliebt macht. Zwar hatte ich ein paar Freunde, aber ... na ja. Die interessierten sich eher für die krummen Sachen, die ich abgezogen habe, wovon sie dann im Umkehrschluss profitiert haben.«

»Echt jetzt? *Du* hattest keine echten Freunde? *Du* mit deinen blauen Augen, den blonden Haaren und dem verfickten Sonnyboy-Grinsen warst nicht der Star auf dem Abschlussball?«

»Ich war nicht ansatzweise der Star«, bestätige ich und seufze entnervt. »Damals war ich ein ganz anderer.«

»Das glaube ich auch langsam.«

»Jedenfalls war ich in mancherlei Hinsicht ein verdammter Mitläufer. An der Schule in Eastshire gehörte es zum guten Ton, in die kleine verzogene Emilia Stevens verknallt zu sein. Ich war einer ihrer größten Fanboys. Nur war mein Familienstammbaum nicht gut genug für sie.« Ich seufze wieder. »Besser gesagt: Zwar wünschten sich meine Eltern nichts sehnlicher, als dass ich in irgendeiner Form einen Draht zu Mia aufbauen würde, doch im Gegensatz dazu waren wir für ihre Familie nicht viel mehr als atmende Fußabtreter. Und genau so hat Mia mich letzten Endes behandelt. Eine Zeit lang war sie nett zu mir, aber das änderte sich ab dem Zeitpunkt, als ich all meinen Mut zusammennahm und sie fragte, ob sie mich zu meinem Abschlussball begleiten würde.«

»Oje. Da ist das Teeniedrama ja absolut vorprogrammiert.«

»Richtig.« Entnervt schaue ich zur Decke, weil ich diesen Teil meiner Vergangenheit eigentlich gerne unerwähnt lassen würde, da er einfach nicht von Belang ist. »Sie und ihre Freundinnen haben mir das Leben zur

Hölle gemacht. Über Nacht wurde ich zum Ziel jeglichen Spotts. Egal, was ich gesagt oder getan habe, man hat mich gedemütigt und mir jedes Wort im Mund herumgedreht. Mir wurden irgendwelche Geschichten angedichtet, mit denen ich rein gar nichts zu tun hatte, nur um einen Grund zu haben, sich über mich lustig machen zu können.«

»Teeniedrama eben.« Gelassen zuckt Noyce mit den Schultern. »Muss ich etwa Mitleid mit dir haben?«

Mit einem spöttischen Schnauben schüttele ich den Kopf. »Der Abschlussball war natürlich heißes Pflaster für mich und ich bin nicht hingegangen. In London habe ich dann während meines Studiums ein neues Leben begonnen, aber es hat mich immer wieder zurück nach Eastshire und zurück zu Mia gezogen.«

»Ach ja?«

»Ja.«

»Ich wollte dich schon auslachen, weil du es wegen so einer Kinderkacke auf sie abgesehen hast.« Grinsend gießt er sich Tee nach.

»Meine Familie ist nicht ohne Grund abgeschlachtet worden.«

»Ach so, das war Mia?«

»In gewissem Sinne.«

»Du musst mir schon mit Details kommen.« Entspannt lehnt Noyce sich im Sofa zurück, schlürft seinen Tee und stellt die Tasse wieder auf der Untertasse ab, die er in seiner anderen Hand hält. »Damit ich anfange, deine Beweggründe zu verstehen. Mag ja sein, dass mein sechster Sinn ziemlich ausgeprägt ist, sodass ich meinem Misstrauen stets Glauben schenken darf, wenn es sich denn mal meldet, aber ich habe nach wie vor keine telepathischen Fähigkeiten.« Erneut nippt er an seinem Tee.

»Und momentan hört sich für mich alles danach an, dass du den Schuss nicht gehört hast und Adler dringend mit dem Gedanken spielen sollte, dich notzuschlachten.«

Wie automatisiert fahre ich mit den Fingern durch meine herausgewachsene Frisur, damit die Strähnen, die mir andauernd in die Augen fallen, zumindest für den Moment aufhören, mir auf den Sack zu gehen. »Schon während meines Studiums habe ich begonnen, mich in Dinge und Begebenheiten einzumischen, in die ich mich nicht hätte einmischen sollen. Ich war einer dieser ätzenden selbstgefälligen Hacker, die ihr gesamtes Leben im Darknet abhängen und sich darüber profilieren, Politikern, Regierungen, Konzernen, aber auch diversen Privatpersonen das Leben schwer zu machen.« Ich räuspere mich. »Ich habe keinen Unterschied zwischen Gut und Böse gemacht. Ihre Schicksale waren mir egal. Für mich zählte nur noch der *Triumph.* Keine Firewall war ausgetrickst genug. Ich habe alles plattgemacht. Ich habe Existenzen und ganze Leben ruiniert.«

Unbeeindruckt zuckt Noyce mit den Schultern. »Na und? So ist es eben auf der dunklen Seite der Macht.«

Ich schenke ihm ein ironisches Feixen. »Meinst du echt, mir ist gerade nach *Star-Wars*-Anspielungen, Noyce?!«

»Woher soll ich das wissen, Bro?!« Er nimmt sich einen weiteren Keks. »Komm zum Punkt oder ich stehe auf und gehe direkt zu Adler, um ihm zu sagen, dass du nicht mehr ganz klar im Kopf bist.«

Seufzend beuge ich mich vor und greife ebenfalls nach der Kekspackung. »Durch meine Taten geriet ich natürlich irgendwann in die direkte Schusslinie. Mehrmals haben mir milliardenschwere Firmen und auch die britische Regierung ein lohnenswertes Jobangebot gemacht, doch ich habe mir eingeredet, über allem und jedem zu stehen. Ich habe das Hacken als absolute Unabhängigkeit und vor allem Freiheit angesehen, die mir keiner nehmen konnte.«

Skeptisch beiße ich von meinem Keks ab und verziehe angewidert das Gesicht, woraufhin Noyce eine charakteristische *Siehst-du?!*-Grimasse und die entsprechende Handbewegung dazu macht.

Ich ignoriere ihn. »Letztendlich landete ich auf der internationalen Blacklist – und selbst das hat mich nicht gejuckt. Ich dachte, dass niemand mir etwas kann. Ich habe mich als unzerstörbar gesehen. Der König der Welt.«

»Und was hat Mia damit zu tun?« Noyce hat wieder sein skeptisches Stirnrunzeln ausgepackt, dass ich ihm am liebsten so tief in den Kopf hämmern würde, bis es ihm aus den Ohren herauskommt. »Sorry, aber für mich hört es sich danach an, als würdest du ihr lediglich die Schuld in die Schuhe schieben wollen, weil du nach wie vor zu arrogant bist, dir einzugestehen, dass du höchstpersönlich deine Familie auf dem Gewissen hast.«

»Natürlich ist mir klar, dass ich es im Prinzip selbst verschuldet habe. Ich habe dafür gesorgt, dass meine Angehörigen auf dem Radar von denjenigen auftauchten, die mich tot sehen wollten. Aber Mia war diejenige, die sie verraten hatte.«

»Inwiefern?«

»Das alles habe ich nicht nur getan, um mich zu profilieren. Ich brauchte es. Ich musste mir selbst beweisen, dass ich nicht mehr der Loser bin, der ich für meine Mitschüler war. Der ich für Mia war. Ich wollte ihr zeigen, dass ich es wert bin, von ihr beachtet zu werden.«

»Süß. Ich dachte, so einen Scheiß gibt es nur im Film, aber du beweist mir gerade das Gegenteil, Bro.«

»Als ich über die Osterfeiertage bei meinen Eltern war, trafen wir sie und ihre Familie beim obligatorischen Osterspaziergang. Ich kam mit ihr ins Gespräch und aus irgendeinem dummen Grund habe ich vor ihr zu prahlen angefangen. Allerdings reagierte sie nicht so, wie ich es mir in meinen Fantasien ausgemalt habe. Stattdessen ist sie förmlich ausgerastet und hat mich als Schwerverbrecher und Mörder beschimpft – vor allem, weil ich tatsächlich das Leben mancher Menschen zerstört habe. Nicht wenige haben sich meinetwegen umgebracht.« Ich räuspere mich erneut, da mir in diesem Moment klar wird, dass ich wirklich nicht besser als Mia bin. »Sie hat mich verraten. Sie ist schnurstracks zur Polizei gerannt und hat meine Identität aufgedeckt. Selbstverständlich war mir der Staatsapparat längst auf den Fersen, aber in Mia hatten sie endlich eine Zeugin gefunden, die ihnen all die Fakten lieferte, die sie benötigten.«

»Du merkst, dass du selbst schuld bist, oder?«

»Nein. Hier ging es nicht mehr darum, mich zu fassen und mich hinter Gitter zu bringen. Die hohen Regierungsbeamten und Politiker wollten Rache. Sie wollten mich am Boden sehen. Sie wollten mich zerstören. Und das haben sie geschafft. Sie haben meine Familie nicht nur umbringen lassen. Sie haben jedes einzelne Mitglied foltern, vergewaltigen und verstümmeln lassen. Sie haben keinen Unterschied zwischen Männern, Frauen und Kindern gemacht. Mein Name ist ausgerottet. Sie haben *alle* qualvoll getötet.«

»Weil Mia dich verraten hat?«

»Weil Mia mich verraten hat.«

»Alter. Das ist furchtbar. Aber bist du dir sicher, dass

Mia sich darüber im Klaren war, was sie damit auslöst? Vielleicht wollte sie einfach nur das Richtige tun.«

»Nein. Sie wollte ihre eigene Haut retten. Sie wusste, sobald man sie als Mitwisserin entlarvt hätte, wäre mit ihr das Gleiche wie mit meiner Familie passiert. Es ist allgemein bekannt, dass bei den europäischen Regierungen mit Staatsfeinden und ihren Angehörigen und Vertrauten so umgegangen wird.«

»Kannst du es ihr wirklich verübeln? Sie wollte halt nicht ihren Kopf für deine Verbrechen hinhalten. Es war egoistisch von ihr, das ist mir klar, bloß …«

»Dein Ernst?! Du kennst mich. Ich bin arrogant, ja. Aber zu Recht. Ich bin gut in dem, was ich tue. Jahrelang hat man mich nicht fassen können. Jahrelang konnte man mir meinen Scheiß nicht nachweisen und dann bekommt eine egoistische kleine Schlampe Angst um ihr hübsches Näschen und schon rennt sie zur Polizei? Sie hat das getan, um mich fertigzumachen. Ein Jahr nach ihrem Abschluss konnte sie es noch immer nicht lassen, mich zu demütigen.«

Noyce schüttelt den Kopf. »Ich kann dich verstehen, Alter. Wirklich. Aber ich bin mir sicher, dass sie es nicht gemacht hat, um dich zu demütigen. Ich kenne sie nicht so gut wie du, doch ich glaube nicht, dass sie es genießt, wenn sie ganze Familien ausrottet.« Er seufzt. »Und ich bleibe dabei. Die Verbrechen hast *du* begangen. *Du* hast ebenfalls unschuldige Menschen auf dem Gewissen. Menschen, die Familien hatten. Und es scheint dir bis heute egal zu sein. Sonst würdest du nicht für Adler arbeiten. Du bist abgebrüht. Du bist ein Killer. Das warst du schon vor deiner Zeit als Schatten. Du bist nicht besser als Mia.«

CHASE

»Du bist nicht besser als Mia.«

Wie recht er damit hat.

Ich bin wirklich nicht besser.

Doch du hast mich zu dem gemacht, was ich heute bin.

Vor dir hatte ich ein Gewissen.

Vielleicht habe ich Existenzen von Unschuldigen zerstört, aber danach habe ich irgendwie versucht, es wieder gutzumachen.

Davon weiß niemand.

Weil ich das heute als eine Schwäche ansehe.

Eine Schwäche, die mich aufhalten würde.

Bevor du meine Familie ins Verderben laufen lassen hast, war ich ein Mensch.

Ich war arrogant und selbstgefällig, aber ich hatte einen guten Kern.

Heute bin ich ein Killer.

Und deswegen werde ich dich genauso leiden lassen, wie meine Familie leiden musste.

Ich werde dabei zusehen, wie das Leben in deinen Augen nach und nach erlischt, während ich dich voller Genuss umbringen werde.

Das gestern war nur ein Vorgeschmack.
Und ich habe Blut geleckt.

»Was brauchst du, Alter?«, meldet Noyce sich auf einmal wieder zu Wort und erst jetzt bemerke ich, dass ich sekundenlang ins Leere gestarrt habe. »Wir könnten ein bisschen das Clubinventar unten zerschießen, wenn du willst. Bevor Blair Wind davon bekommt, ist es längst zu spät.«

Ein knappes Grinsen erhellt sein Gesicht. Mit *Clubinventar* meint er nicht die Ausstattung des El Pasos, sondern die kleinen dreckigen Gangster, die seit Adlers Übernahme des Clubs kein eigenes Zuhause mehr zu haben scheinen. Im Sekundentakt pfeifen die Vollidioten sich das Kokain rein, das sie eigentlich über den Atlantik nach Europa verschiffen sollten, und haben es sich offenbar zur Aufgabe gemacht, die Tänzerinnen, Bedienungen und anderen Clubgäste zu terrorisieren und damit endgültig zu vergraulen.

»Als Erinnerung an den Boss, dass wir anfangen, Scheiße zu bauen, wenn er uns nicht beschäftigt, sondern nur noch mit seinem alten Kumpel Sny um die Häuser zieht.«

Normalerweise stören wir Schatten uns nicht an der Anwesenheit von Adlers kleinen Hiwis, die mit allergrößter Freude die dreckigen Arbeiten übernehmen, auf die wir keinen Bock haben. Doch bevor wir uns gezwungen sahen, es uns im El Paso *gemütlich* zu machen, haben wir mit den Flachpfeifen nicht derart aufeinander hocken müssen.

Hier im Club fühlt es sich an, als wären wir wie eingepfercht. Da fällt es durchaus auf, dass Adlers kleines

Gangstersquad nicht gerade die hellsten Kerzen auf dem Leuchter beherbergt. Da könnte man hin und wieder schon Lust bekommen, für eine mehr oder weniger natürliche Auslese zu sorgen.

»Ich meine, klar, die Clowns da unten geben dem El Paso endlich den verruchten Touch, der ihm bislang an allen Ecken und Kanten gefehlt hat. Jetzt haben wir einen Nachtclub des Südens, wie er im Buche steht! Sogar zur Happy Hour können wir getrost ein paar lieblose Schießübungen machen, ohne Gefahr zu laufen, auch nur eine Seele zu treffen, da die zahlende Kundschaft im Regelfall ausbleibt. Und wenn wir dabei einen Gangsterclown umlegen, ist es gar nicht so schlimm. Wir sorgen einfach dafür, dass die Leichen sich ungesehen in Luft auflösen, bevor Sny und Adler von ihrer eigenen Grundreinigungsaktion zurück sind. Schließlich sind die Putzkräfte, die Blair eingestellt hat, mehr als fähig.«

Lachend schüttele ich den Kopf. »Du meinst die Putzkräfte, die nicht gekündigt haben, seitdem wir den Süden übernommen haben.«

»Die sollen sich mal nicht so anstellen.« Mit unschuldiger Miene zuckt Noyce die Achseln. »Ein Großteil der Belegschaft hat ihren Job hier an den Nagel gehängt. Na und? Diejenigen, die seit unserem Erscheinen gegangen sind, waren offensichtlich treue Anhänger des Ramirez-Kartells. Mit denen können wir hier eh nichts anfangen.«

»Oder sie hatten schlicht und ergreifend Angst um ihr Leben und wollten zusehen, dass sie nicht die Nächsten sind, die wegen eines *Missverständnisses* im Kühlraum landen.« Seufzend stehe ich auf, schnappe mir die Kekspackung und versenke sie ohne Umschweife im Mülleimer. »Obwohl der Sicherheitsdienst ums Dreifache aufgestockt wurde, müssen wir fünf trotzdem ständig dafür sorgen, dass Adlers Fußvolk nicht aus Versehen den Club abfackelt oder ein Blutbad anrichtet, das bis zur Decke reicht. Das ist ja wie im Kindergarten manchmal. Und wenn wir die kleinen Gangster einfach machen lassen würden, würde das Ganze in irgendwelchen Bandenkriegen oder Millionenklagen enden.«

»Deswegen will ich den Haufen ja ein bisschen ausdünnen. Sofern wir vor Adler beteuern, dass die Idioten es darauf angelegt haben, wird er auch nichts mehr sagen.« Noyce kommt ebenfalls auf die Füße und stellt seine Teetasse auf der Anrichte ab. »Die vermehren sich. Ist dir das nicht aufgefallen? Da guckt man mal drei Sekunden weg und auf einmal sitzen da fünf Gangsterclowns mehr an einem der Tische, die ich vorher noch nie gesehen habe.« Mit einem fiebrigen Glanz in den Augen lässt er die Finger knacken. Ein gefährliches Zeichen. Noyce will heute Nacht in Blut baden – keine Ahnung, warum. Er hat seine eigenen Macken und auch ihn treiben einige Dämonen an, über die er mit niemandem redet. »Ach, komm schon. Demon macht bestimmt mit.«

»Ist mir klar.« Kritisch beäuge ich Noyce, wie er nervös die Hände ringt. »Wovon genau redest du jetzt eigentlich? Ein paar verirrte Rich Kids dazu zu bringen, sich einzuscheißen oder willst du tatsächlich Adlers Gangstersquad ausdünnen?«

»Im Idealfall beides.« Das ist es nämlich. Im Grunde sind wir Schatten bloß die hirnverbrannten Anführer von den hirnverbrannten Hirnis da unten im Club. Ich bin wohl der Einzige von uns, der keine Aggressionen bekommt, wenn die Rich Kids mit ihren in maritimen Mustern gehaltenen Poloshirts einreiten – am besten noch mit einem Strickpullover über den Schultern drapiert.

»Willst du die Kleinen wieder darüber aufklären, dass

ein Strickpullover kein abgesegnetes Modeaccessoire hier in Texas ist und das El Paso kein Yachtclub?«

»Das habe ich *einmal* zu einem von ihnen gesagt. Wirst du mir das ein Leben lang vorhalten, oder was?«

»Schon möglich.« Lustlos gieße ich den restlichen Tee in den Ausguss. »Ich muss gleich ins *Sacred Chamber* fahren. Es ist nur noch eine Frage der Zeit, bis Mia aufwacht.«

»Und was dann? Willst du sie vergewaltigen und ihr ein paar Finger abtrennen?«

»Vielleicht.«

»Lass das sein, Mann. Schieß ihr in den Kopf und gut ist. Deine Familie kommt nicht zu dir zurück, indem du die Kleine zu Tode quälst. Mach es kurz und schmerzlos und danach schließ mit dem Scheiß ab.«

»Sie soll am eigenen Leib erfahren, was sie meiner Familie angetan hat.«

Noyce seufzt erschöpft. »Also keine Schießübungen? Wir könnten eine Armbrust verwenden. Die kommen viel zu selten zum Einsatz. So wie wir.«

Bei Noyce' Worten muss ich wohl oder übel schmunzeln. »Das reizt mich schon etwas.«

»Ich weiß.« Er grinst ebenfalls, springt auf die Füße und klatscht einmal in die Hände. »Und danach gehen wir vögeln.«

Sofort fällt mir das Schmunzeln aus dem Gesicht. »Du lässt die Finger von Mia.«

»Von der rede ich doch gar nicht. Ich rede von Heaven. Die lässt sicher uns beide ran.«

»Du stehst auf Dreier, kann das sein?«

»Natürlich stehe ich auf Dreier. Und da Adler mich nicht mehr bei sich mitmischen lässt, brauche ich jemanden, der ebenfalls bereit ist, mit mir die Schwerter zu kreuzen.«

»Du bist so gestört, Mann.«

»Ich wäre gestört, wenn ich meinen Bruder dazu benutzen würde. Zum Glück ist der irgendwie asexuell oder so. Ich habe den noch nie mit 'ner Kleinen gesehen. Ist auch gut so. In meinen Augen ist der viel zu jung für so etwas.«

»Es ist nicht gestört, wenn zwei Brüder gleichzeitig eine Frau knallen. Es ist gestört, dass du deinen Bruder für asexuell hältst, nur weil du nicht wahrhaben willst, dass er mindestens genauso dreckig herumfickt wie wir. Bloß tut er es selten hier, sondern im *Ruby's Passion.*« Ich öffne einen der Küchenschränke. Genauer gesagt, den Schrank, der sich direkt unter der Spüle befindet. »Leute in die Luft sprengen kann und darf der Kleine schon, aber Frauen ficken nicht? Wach auf, großer Bruder!«

Mit einem ironischen Lachen lasse ich meinen Blick über die einzelnen Regale gleiten. Normale Menschen haben dort einen Mülleimer und ein paar Putzmittel. Ich lagere dort ein paar Waffen, die ich nach ihrem Einsatz *vergessen* habe, an Adler zurückzugeben.

Hin und wieder macht er mich darauf aufmerksam, dass er durchaus auf dem Schirm hat, was in seinem Arsenal fehlt, doch er scheint es nicht allzu genau zu nehmen. Womöglich findet er es sogar ganz praktisch, wenn sich jeder von uns sein eigenes kleines Arsenal zusammensammelt.

»Im Ruby's?! Meinst du das ernst?«

Mit gerunzelter Stirn ziehe ich eine Armbrust hervor und inspiziere sie von oben bis unten, um zu kontrollieren, ob sie noch immer einsatzfähig ist. »Na klar.«

»Mein Bruder geht freiwillig in diese versiffte Petrischale? Zum Poppen?! Warum tut er sowas?«

»Wahrscheinlich, weil er weiß, dass du ihn für asexuell hältst und nicht dein Weltbild zerstören will – und weil er dort regelmäßig seine alten *Freunde* trifft.«

»Okay. *Du* zerstörst gerade mein Weltbild, Chase. Das tust du in letzter Zeit häufiger.« Selbst aus dem Augenwinkel kann ich erkennen, wie Noyce sich am ganzen Leib anspannt.

»Stell dich nicht so an. Das Ruby's ist nur nach außen eine Brutstätte für Syphilis und andere Geschlechtskrankheiten. Seitdem wir es übernommen haben, sind die Nutten ... gewaschen.« Als ich Noyce' angewiderten Gesichtsausdruck sehe, muss ich dann doch laut auflachen. »Und Antibiotika nehmen sie bestimmt auch regelmäßig.«

»Oh Mann.«

»Was ist? Du bist ja richtig grün im Gesicht.«

»Ich dachte, er hätte sich im Griff, seitdem ich ihn hierhergebracht habe.«

»Meinst du hierher ins El Paso?«

»Ja. Ich wusste, dass er sich wieder mit ein paar Leuten aus seiner Vergangenheit trifft. Allerdings bin ich davon ausgegangen, dass der Süden zu weit weg ist. Du weißt ja, wie faul er ist.«

Was er damit sagen will, ist, dass Thorne seine vier Wände noch seltener verlässt als ich. Er hasst es, unter Menschen zu sein. Keine Ahnung, was ihm seine damalige Gang gegeben hat, dass er bei ihnen eine Ausnahme gemacht hat.

Gut, seine *Gang* bestand zu ihrer Glanzzeit aus fünf Leuten. Und die waren alle genauso gestört wie er. Sozialphobiker und so weiter.

»Na ja. Es sind nur zwei Flachpfeifen übrig. Die anderen drei hast du umgelegt.«

»Ich hätte James und Oliver auch umlegen sollen.«

»Hättest du.«

»Mache ich jetzt.« Er macht zwei entschiedene Schritte auf mich zu und reißt mir die Armbrust aus der Hand. »Planänderung: Wir fahren zum Ruby's und schießen dort das Inventar auseinander.«

»Muss das sein? Lass Thorne doch seinen Kinderkram. Der muss sich halt noch ein bisschen die Hörner abstoßen.«

Noyce schüttelt entschieden den Kopf, beugt sich unter die Spüle und zieht zwei SIG Sauer P210 hervor, um sie mir direkt in die Hand zu drücken. »Als ich in seinem Alter war, waren wir schon längst bei den Schatten. Der soll langsam mal erwachsen werden.«

»Vielleicht wird er ja erst erwachsen, wenn du endlich mal aufhörst, vor ihm den großen Bruder zu markieren?« Unschlüssig halte ich die SIGs in Brusthöhe und mit der Mündung gen Zimmerdecke gerichtet in der Luft.

Hierbei handelt es sich um zwei identische Handfeuerwaffen. Spezialanfertigung für Vaughn Adler höchstpersönlich. Der Lauf ist weiß gehalten und mit goldenen Verzierungen versehen. Der Griff ist komplett aus Gold.

Die beiden Knarren gehören eher in eine auf Hochglanz polierte Vitrine und nicht unter meine Spüle. Allerdings habe ich mit ihnen irgendwann einmal ein paar Organhändler über den Haufen geschossen, die junge Mädchen vor der Schule entführt haben, um ihre lebenswichtigen Organe an irgendwelche fetten, multimorbiden Politiker zu verscheuern.

Seitdem finde ich Gefallen an diesen Knarren. Eine von ihnen könnte eines Tages das Letzte sein, was Mia zu

Gesicht bekommt. Und Adler ist ihr Verbleib eh scheißegal. Mit dieser Spezialanfertigung wollte ihn bloß wieder irgendein Oberwichser bestechen.

»Mag ja sein. Aber ich habe keinen Bock darauf, dass mein kleiner Bruder mit vierzig an AIDS stirbt. Also holen wir ihn da jetzt weg und jagen am besten gleich den kompletten Schuppen in die Luft. Mitsamt seinen Angestellten.« Er zeigt auf die SIGs. »Was ist? Möchtest du dir erst einmal ein dazu farblich passendes Cowboykostüm anziehen, oder warum guckst du so blöd?«

»Willst du mich verarschen? *Du* hast mir die Teile in die Hand gedrückt.« Einen Moment lang überlege ich, ob ich die beiden Waffen nicht zurück unter die Spüle befördern soll, aber dann stecke ich doch eine von ihnen in meinen Hosenbund und lege die andere auf der Arbeitsplatte neben dem Wasserkocher ab.

»Ja, weil sie so hübsch zu deinen güldenen Haaren passen, Süßer.« Noyce lacht erheitert auf, wirft sich die Armbrust über die Schulter und zeigt mit der freien Hand zu der verbliebenen SIG. »Wie? Willst du nur die eine?«

»Ich brauche nur die eine«, erkläre ich und mache mich ohne ein weiteres Wort auf den Weg zur Tür. »Die andere kannst du dir in den Arsch schieben.«

MIA

Du beobachtest mich, Fremder.

Ich spüre es.

Ich fühle es.

Mein Bauchgefühl sagt mir, dass ich nicht ganz so einsam bin, wie ich immer dachte.

Manchmal, in diesen drei Sekunden zwischen Schlaf und Wachsein, in denen die Last meiner Realität mich nicht zu erdrücken droht, spüre ich, dass du da bist.

Ich bin nicht allein.

Du bist da und passt auf mich auf.

Und dann, in dem Augenblick, in dem mich ein glückliches Lächeln überkommen will, wird mir klar, dass ich verrückt bin.

Du bist nur ein Produkt meiner Fantasie.

Eine Schöpfung meiner Einsamkeit.

Ich bin kein Einzelgänger. Das war ich nie.

Langsam aber sicher beginne ich, darunter zu leiden.

Wenn das so weitergeht, wird mein durchgeknalltes Gehirn früher oder später einen unsichtbaren Freund erschaffen, der mich überallhin begleitet.

Vielleicht habe ich das ja schon.

Denn irgendetwas stimmt nicht.

Erschrocken schlage ich die Augen auf und starre an eine weiß gekachelte Decke.

Ein Badezimmer?

Bin ich beim Duschen gestürzt?

»Miss Stevens.« Eine mir unbekannte Frauenstimme reißt mich aus meinen Überlegungen und verleitet mich dazu, den Kopf wie automatisiert zur Seite zu drehen.

Nein. Kein Badezimmer. Ich liege auf einem Krankenbett. Ich kann meine Arme und Beine nicht bewegen. Weil jemand mich festgeschnallt hat.

Ich weiß, dass mich spätestens diese Erkenntnis in Panik versetzen sollte. Tut sie aber nicht.

»Miss Stevens. Können Sie mich verstehen?«

Ich blinzele verwirrt. Ich befinde mich also definitiv nicht in meinem Badezimmer. Nicht einmal in meiner eigenen Wohnung.

Ich befinde mich in einem weiß gekachelten Raum und wurde an einem Krankenbett festgeschnallt. Am Kopfende meines Bettes steht eine Frau in einem weißen Kittel. Sie wirkt übernächtigt und genervt und hat ein Stethoskop um den Hals sowie ein Blutdruckmessgerät in der Hand.

»Miss Stevens.« Obwohl sie sich keine Armlänge von mir entfernt postiert hat, kommen ihre Worte wie von weit her.

»Ja.« Meine Kehle ist so kratzig, dass ich kaum einen Ton herausbekomme. »Ich kann Sie verstehen.« Ich räuspere mich und registriere erst jetzt, dass mein Mund staubtrocken ist. »Bitte ... könnte ich vielleicht etwas zu trinken bekommen?«

Die Frau nickt und … hält mir im nächsten Moment ein Wasserglas vor die Nase. Nicht nur das. Sie hat meine Handgelenke von den Schnallen befreit und muss mir irgendwann dabei behilflich gewesen sein, mich aufzurichten.

Wie kann das sein? Es ist ja schon beinahe so, als wäre ich für ein paar Sekunden weggenickt.

»Sie fühlen sich wahrscheinlich noch etwas benebelt, Miss Stevens. Die Sanitäter haben Sie ziemlich heftig abgeschossen.«

Gierig trinke ich das Glas in einem Zug leer. Das Schlucken beansprucht dermaßen meine Aufmerksamkeit, dass mir erst klar wird, was die Frau gesagt hat, als ich das Glas absetze und etwas zerstreut überlege, wo ich es abstellen soll.

Suchend lasse ich meinen Blick von rechts nach links schweifen, doch es gibt keine Möbel. Nur weiße Kacheln, eine weiße Metalltür mit Durchreiche in Brusthöhe und dieses Bett.

Wie vom Donner gerührt starre ich die Tür an und dann wieder die Frau. »Wo … bin ich hier? Und … welche Sanitäter?«

Die Frau schenkt mir ein mitleidiges Lächeln. »Na, die Sanitäter, die sie von der Brücke gepflückt haben. Sie wollten einen doppelten Rittberger in den Rio Grande machen, um ohne weitere Umschweife zu Petrus' Füßen wieder aufzuwachen.«

Ich wollte was?!

Ich blinzele perplex und scheine wohl einen derart stupiden Gesichtsausdruck zu machen, dass die Frau nach einigen Sekunden mit den Augen rollt, mir den Rücken zudreht und das Glas in die Durchreiche stellt. »Sie wollten sich umbringen und haben einen ziemlichen

Aufstand geprobt, als die Passanten aus ihren Autos gesprungen sind, um sie aufzuhalten. Sie sind ganz schön … handgreiflich geworden, haben sich losgerissen, sind auf die stark befahrene Straße gerannt … Sie haben den kompletten Verkehr zum Stillstand gebracht und die Puente Libre ist mehrspurig, wie Sie vielleicht wissen. So blieb den Sanitätern, die jemand geistesgegenwärtig gerufen hat, nichts anderes übrig, als Sie zu überwältigen und Ihnen eine ziemlich hohe Dosis Beruhigungsmittel zu spritzen.« Während sie redet, kommt sie wieder zum Bett zurück und lächelt mich schmallippig an.

Ihr Lächeln ist kein Stück ehrlich. Sie hält mich für genauso durchgeknallt, wie ich mich gerade fühle.

»Sie waren sogar im Fernsehen. Glückwunsch. Bis zum nächsten aufregenden Ereignis hier in NJ sind Sie das Gesprächsthema Nummer 1 und eine kleine Berühmtheit. Eine tragische Berühmtheit zwar, aber immerhin.«

Ich schüttele den Kopf. »Es tut mir leid … Sie müssen sich irren«, wispere ich und will schon die Beine aus dem Bett schieben, da bemerke ich, dass diese noch immer festgeschnallt sind.

Die Frau – ich schätze, sie ist eine Pflegerin – lächelt mich wieder mitleidig an. Nicht die Art von Mitleid, die mir ihre Empathie vermitteln würde, sondern eher eine gewisse Art von herablassendem Bedauern. Aus ihrer Sicht bin ich wohl nicht mehr wert als der Dreck unter ihren Schuhen.

Erfahrung spricht aus ihrem Blick. Falls ich mich hier tatsächlich in einer psychiatrischen Einrichtung befinde, wovon ich anscheinend ausgehen muss, schert sie mich wahrscheinlich mit all den anderen Patienten über einen Kamm.

Psychisch kranke Menschen, teilweise drogenabhängig, die ihr den lieben langen Tag sonst etwas erzählen, damit sie eine Sonderbehandlung von ihr bekommen oder im günstigsten Fall wieder auf freien Fuß gesetzt werden.

»Ich meine ...«, möchte ich weiter fortführen und registriere im selben Atemzug, dass ich schon wesentlich klarer denken kann. Vielleicht liegt es an dem Wasser, das sie mir gereicht hat oder das Medikament, das mir die Sinne vernebelt, hört langsam auf zu wirken. »Ich meine, ich kann mich nicht daran erinnern. Vor allen Dingen nicht daran, dass ich mich ...«

Ich stocke. Zwar bin ich einsam und jeder normale Psychiater würde mir auf der Stelle und ohne mit der Wimper zu zucken eine leichte Depression bescheinigen, aber Selbstmord? Daran habe ich nicht einmal im Traum gedacht!

»Ich weiß gar nicht, *warum* ich mich überhaupt hätte umbringen sollen!« Na ja. Ich habe meinen Job verloren, kann meine Miete nicht zahlen und ...

Fuck. Noyce und Chase haben mich hierher verfrachtet! Diese Erkenntnis erscheint mir jetzt ganz klar vor Augen.

»Sie waren im depressiven Wahn«, legt die Krankenschwester fest. »Da ist es völlig normal, dass Sie sich nicht mehr daran erinnern können, was sie getan haben.«

»Im *depressiven Wahn?!*«, wiederhole ich irritiert.

Wohl kaum. Aus irgendeinem Grund will man mich hier festhalten. Wegsperren. Wenn ich Pech habe, für den Rest meines Lebens.

Andererseits ... Vielleicht hatte das Medikament, mit dem die beiden Männer mich ruhiggestellt haben, eine skurrile Wirkung auf mein ohnehin schon defektes Gehirn und ich habe tatsächlich begonnen, zu fantasieren und wie ein Zombie umher zu wandeln.

Im Grunde ist mir ein eigenartiges Verhalten ja nicht fremd. Nur nicht so krass. Aber, dass ich Dinge tue, an die ich mich später nicht mehr erinnern kann, ist schließlich nichts Neues.

Trotzdem habe ich das Gefühl, dass die Pflegerin nicht ganz ehrlich zu mir ist.

»Genau«, bestätigt sie nun meine Nachfrage. »Jetzt ist alles wieder in Ordnung und Sie brauchen auch keine Angst zu haben. Wir haben Sie nur zu Ihrem eigenen Schutz am Bett fixiert und in diesen Raum verfrachtet. Aber Sie scheinen ja momentan orientiert zu sein. Von daher gehe ich davon aus, dass ich Ihnen noch heute ein etwas bequemeres Patientenzimmer zuweisen kann.« Sie wendet sich meinen Unterschenkeln zu und löst die Schnallen, sodass ich nun tatsächlich die Beine aus dem Bett schieben kann.

»Danke«, murmele ich und analysiere genauestens ihre Mimik. Alles in mir schreit danach, sie darauf hinzuweisen, dass ich genau weiß, dass mein Aufenthalt hier *gewollt* ist. Zwar kenne ich den Grund nicht, weshalb Vaughn Adler ein Problem mit mir hat, aber ich habe durchaus verstanden, was er mir mit dieser Machtdemonstration mitteilen will. Er kann mit einer unwichtigen, schwachen Frau wie mir, die niemand vermissen wird, anstellen, wonach ihm ist.

Allerdings wird er mir niemals meinen freien Willen nehmen können. Möglicherweise stand ich vergangene Nacht tatsächlich vollkommen desorientiert auf der Puente Libre. Aber sicher nicht, um mich umzubringen. Das stand für mich nie zur Debatte.

Vor allem war ich bestimmt nicht in irgendeinem bescheuerten depressiven Wahn!

Das Einzige, was ich mir eingestehen würde, ist die Tatsache, dass das Zeug in Chase' Spritze eine fiese Nebenwirkung hatte. Nur habe ich keinen blassen Schimmer, wie ich auf die Puente Libre gekommen sein soll! Zu Fuß ganz sicher nicht.

Und dann auch noch diese Geschichte, ich sei im Fernsehen gewesen. Ein bisschen dick aufgetragen, würde ich spontan sagen. Das macht überhaupt keinen Sinn.

Mein Bauchgefühl sagt mir allerdings, dass es keine positiven Konsequenzen für mich hätte, wenn ich dieser Krankenschwester jetzt genau das verklickern würde. Eher im Gegenteil.

Von daher sollte ich vorerst die berühmte gute Miene zum bösen Spiel machen. Ich werde vorgeben, die liebste und folgsamste Patientin aller Zeiten zu sein, damit niemand auf die Idee kommt, mich mit irgendwelchen Drogen ruhigzustellen. Momentan muss ich wohl oder übel mit dem Schlimmsten rechnen. Beispielsweise auch damit, dass alles, was ich tue und sage, akribisch dokumentiert und eventuell sogar aufgezeichnet wird.

Mit etwas Glück werde ich früher oder später herausfinden, was hier gespielt wird.

Die Schwester zuckt mit den Schultern und mustert mich nun ebenfalls eindringlich. »Keine Sorge. Ihr Aufenthalt hier ist schon bezahlt. Sie haben einen reichen Gönner, wie es aussieht.«

Einen reichen Gönner?! Ich starre sie an. »Okay.«

Irre ich mich, oder will sie mir zwischen den Zeilen mitteilen, dass ich froh sein kann, überhaupt ein Dach über dem Kopf zu haben? Damit muss ich ihr nämlich idiotischerweise recht geben. Auch wenn ich mich gerade in einer Psychiatrie befinde und womöglich vierundzwanzig Stunden täglich überwacht werde – ich bin versorgt. Ich brauche mich nicht einmal ums Essen zu kümmern.

Glück im Unglück sozusagen.

CHASE

Erschöpft fahre ich mir mit der Hand durchs Gesicht, nehme das Handy vom Ohr und lasse es achtlos in die Mittelkonsole fallen. »Sie ist wach«, kläre ich Noyce unaufgefordert auf.

»Wer war das?«, erkundigt er sich gelassen und für einen Augenblick muss ich überlegen, was genau er meint.

»Quinn. Eine Krankenschwester, die im Sacred Chamber arbeitet. Sie, zwei Pfleger, der Chefarzt und ein Assistenzarzt sind über die Sache mit Mia aufgeklärt. Der Rest des Klinikpersonals hält sie für eine gewöhnliche Patientin.«

»Du bist echt schwer gestört«, stellt er etwas unkonzentriert fest, da er seine Aufmerksamkeit inzwischen vollkommen dem Ruby's Passion schenkt.

Wir stehen auf dem Parkplatz des Bordells – oder vielmehr auf der staubigen Schotterfläche, die den Parkplatz darstellen soll. Das Ruby's liegt im absoluten Nirgendwo. Etwa fünfzehn Meilen von New Juarez' nordöstlicher Stadtgrenze entfernt. Egal, wo man hinsieht, nur Steppe. Wenn man weiß, in welcher Richtung sich NJ befindet, kann man bei Nacht mit viel Fantasie die Lichter der Stadt den Horizont erleuchten sehen. Allerdings ist es in dem Fall eher der Wunsch nach einem Zeichen von Zivilisation, der einen beherrscht. So dicht besiedelt ist NJ nun auch schon wieder nicht.

»Ich will dich mal erleben, wenn Thorne auf dieselbe Weise kaltgemacht würde, wie man es bei meiner Familie gemacht hat.«

Mit zusammengekniffenen Augen beobachtet Noyce einen fetten, schwitzenden Typen in fleckigem Feinrippunterhemd und ausgebeulter Kordhose, der soeben das Bordell verlassen hat und mit schwerfälligen Schritten zu seinem Truck schlurft.

In aller Seelenruhe lässt Noyce das Fenster auf der Beifahrerseite herunterfahren und legt die Armbrust auf der unteren Fensterkante ab. Der grünschimmernde Laserpointer erscheint auf der linken Rückleuchte des Fahrzeugs und rutscht langsam aber sicher in Richtung des schmierigen Bauches des Bordellkunden. Gleichmütig zieht dieser den Autoschlüssel aus der Hosentasche und scheint nicht ansatzweise den grünen Punkt zu bemerken, der sich ihm immer todbringender nähert.

»Ich kapiere einfach nicht, was das soll. Du willst sie doch umlegen, oder nicht? Wieso verfrachtest du sie denn jetzt in die Klapse? Damit du sie noch engmaschiger überwachen kannst?«, beginnt Noyce ungerührt, als würde er nicht gerade einen vollkommen unbeteiligten Menschen ins Visier nehmen.

Im Grunde ist es mir scheißegal, ob er den Typen gleich abknallt oder nicht. Der Mann macht nicht unbedingt den Eindruck, als würde er in seiner Freizeit hilflose Hundewelpen bei sich aufnehmen. Wer das Ruby's besucht, hat mit hundertprozentiger Sicherheit Dreck am

Stecken. Und diejenigen, die es am helllichten Tag machen, sind mir persönlich noch suspekter. Auch wenn ich hier wohl oder übel Noyce' Bruder dazuzählen muss.

»Damit ich mich als Arzt ausgeben und mit ihr tun und lassen kann, was ich will.« Als sich der grüne Punkt schlussendlich auf dessen Hinterkopf richtet und Noyce' Zeigefinger am Abzug zu zucken beginnt, wende ich augenrollend den Blick von dem schwitzenden Mann ab, der nun schon ewig versucht, im offensichtlich besoffenen Zustand seinen Truck aufzuschließen. »Vergiss es. Du bist nicht Sny. Du triffst aus dieser Entfernung bestenfalls einen der Seitenspiegel.«

»Japp.« Noyce gibt ein nahezu enttäuschtes Seufzen von sich und hievt die Armbrust wieder zurück ins Wageninnere. »Da magst du leider recht haben.«

Augenblicklich öffnet der Mann die Fahrertür und steigt schwerfällig ein. Zwei Sekunden später erwacht der altersschwache Truck mit einem lauten Rütteln zum Leben und wird daraufhin schlingernd vom Parkplatz gesteuert, um im staubigen Nirgendwo zu verschwinden.

Geduldig warte ich, bis Noyce seinem davonfahrenden Beinahe-Opfer nicht weiter hinterhertrauert, sondern mir wieder seinen fast schon irren Blick schenkt, der mit jeder Minute mehr nach Blut zu lechzen scheint.

»Es wird niemanden interessieren, wenn ich Mia in dieser Klinik zu Tode foltere«, versuche ich ihn zum ursprünglichen Gesprächsthema zurückzulenken. »Das Sacred Chamber hat sein eigenes Krematorium. Mia wird sich schlicht und einfach in Luft auflösen, sobald ich mit ihr fertig bin.«

Und schon frage ich mich, wer von uns beiden nun der wirkliche Irre ist.

Ich schätze, wir sind gleichauf. Zumindest bin ich

derjenige, der seine kranken Fantasien offen ausspricht. Dabei fällt mir auf, dass ich schon viel eher mit jemandem darüber hätte sprechen sollen. Es hat nahezu eine therapeutische Wirkung, mich Noyce anzuvertrauen.

»Bei aller Liebe, Bro.« Noyce' gesunder Menschenverstand scheint wieder Überhand zu gewinnen, da er mir auf einmal seinen berühmten Skeptiker-Blick zuwirft. »Lobotomien sind nicht mehr erlaubt. Auch in dieser verrückten Weltordnung nicht.«

»Na und? Wie gesagt, ich kann mit ihr tun und lassen, was ich will. Niemand wird mich aufhalten.«

»Das ist krank.«

Ich zucke mit den Achseln. »Du wolltest alles erfahren. Jetzt weißt du es. Finde dich also damit ab, dass ich ein krankes Arschloch bin und nicht der Chase, für den du mich gehalten hast.«

»Ich tue mein Bestes.« Noyce räuspert sich und öffnet mit einem Mal die Beifahrertür. »Du weißt, dass ich diese Art von Foltermethode bereits mehrfach für Adler durchgeführt habe, ja?«

»Ja, das weiß ich.« Zu meiner Überraschung sehe ich so etwas wie Widerwillen in seiner Miene aufblitzen. Nur für einen Sekundenbruchteil, doch es ist mir nicht entgangen. »Wohl eher eine Erlösung für die Betroffenen, als alles andere, oder?«

»Aber nicht für diejenigen, die dabei zugesehen haben und auf diese Weise erfuhren, was ihnen blüht, falls sie nicht kooperieren.« Wieder räuspert er sich und springt schließlich aus dem Wagen. »Ich kann dir ja zeigen, wie du ihren Frontallappen durchbohrst, ohne sie gleich umzubringen. So wirst du sie erst einmal *nur* zu einem kleinen sabbernden Ding machen, das sich regelmäßig einpinkelt und einscheißt. Wenn du sie demütigen willst – auf die Weise funktioniert es sehr gut. Nur wird sie davon nicht so viel mitbekommen. Oder zumindest wird sie es nicht mehr schnallen.«

»Alles klar.«

Noyce ist derjenige, der sich zu nichts zu schade ist. Ähnlich wie Sny, nur dass der sich seine Skrupellosigkeit mit Rum hinunterspült, mit Heroin aus dem Gedächtnis schießt und mit heftigem Sex von der Seele fickt. Außerdem ist Sny ein gebrochener Mann. Ihn kann nichts mehr schocken, weil er schon alles gesehen, getan oder am eigenen Leib erfahren hat.

Bei Noyce dachte ich bisher, dass andere Menschen ihm schlichtweg egal seien. Möglicherweise ist es nur Fassade, dass er nichts an sich heranlässt. Möglicherweise ist er keine Killermaschine, sondern einfach jemand, der alles dafür tut, um auf der Seite der Sieger zu stehen. Um seinen kleinen Bruder – und damit seine Familie – in Sicherheit zu wissen.

»Ist das jetzt also ein Angebot von dir, den Job für mich zu erledigen, falls ich es nicht übers Herz bringen kann?«, hake ich nach und gebe absichtlich vor, den Hauch einer Gefühlsregung bei Noyce nicht bemerkt zu haben. Im Gegenteil: dass ich ihn für seine Gefühlskälte verurteile.

»Ja und nein. Ich biete dir lediglich an, es für dich zu beenden, sobald du den Punkt erreicht hast, an dem es kein Zurück mehr gibt, du es aber nicht gebacken bekommst, den letzten Schritt zu machen.« Er wirft sich die Armbrust über die Schulter und sieht mich eindringlich an. »Ich bin derjenige, der ihr den Gnadenstoß versetzt, während du heulend danebenstehst, verstehst du?« Er knallt die Tür zu und macht die ersten

Schritte in Richtung Ruby's, ohne sich zu mir umzusehen.

In Windeseile steige ich selbst aus dem Range Rover, hole zu ihm auf und ziehe dabei die SIG aus meinem Hosenbund. »Was soll das heißen?!«, fahre ich ihn an und bin kurz davor, ihn an der Schulter zu packen und grob herumzureißen.

»Du *wirst* danebenstehen und heulen, Chase. Du liebst die Kleine. Dazu muss man kein Hochbegabter sein, um das zu erkennen. Vielleicht wirst du deine Wut an ihr auslassen und vielleicht wirst du ihr Dinge antun, die nicht wiedergutzumachen sind. Aber du wirst sie nicht umbringen können.«

Mit einem abfälligen Schnauben entsichere ich die SIG und ziele mit ihrer Mündung auf Noyce' Schädel. Gerade hätte ich echt Bock, dabei zuzusehen, wie die Kugel in Zeitlupe in seinen Hinterkopf eindringt, ihn wie eine Wassermelone aufspaltet und sein Gehirn daraufhin mit einem lauten, schmatzenden Geräusch in sämtliche Richtungen spritzt. Ich würde seinen zuckenden Leib einfach für die Kojoten und Aasgeier liegen lassen und Adler morgen schulterzuckend erklären, dass er mir auf den Sack gegangen ist.

Noyce bringt die Sache mit Mia verdammt nochmal auf den Punkt. Das ist das Problem an dem Ganzen. »Was macht dich so sicher?«, presse ich zwischen zusammengebissenen Zähnen hervor.

»Sonst hättest du sie längst um die Ecke gebracht, Bro.«

Wir befinden uns nur noch wenige Schritte vor dem mit einem purpurrot blinkenden Pfeil versehenen Eingang des Ruby's, der lediglich aus einer hellgrauen Feuerschutztür besteht. Abrupt bleibt Noyce stehen und dreht sich zu mir, um mich mit seinem eindringlichen Blick zu durchbohren. »Du vollführst diesen jahrelangen Eiertanz doch nur, weil du es nicht übers Herz bringen kannst, endlich Nägel mit Köpfen zu machen. Wenn Adler dir nicht die Pistole auf die Brust gesetzt hätte, würdest du absolut gar nichts an der Situation ändern wollen.«

»Ich habe sie nicht grundlos nach NJ geholt. Das habe ich völlig ohne Adlers Zutun gemacht.« Angepisst schürze ich die Lippen.

»Ja, weil du sie in deiner Nähe haben wolltest. Nicht, um sie umzubringen.«

»Woher willst du das wissen?«

»Vielleicht hast du vor, sie zu quälen, ja. Doch vor allen Dingen brauchst du ihre Nähe. Du willst sie ficken.« Kopfschüttelnd greift Noyce nach der Klinke und reißt schwungvoll die Tür auf. »Bestraf sie dafür, was sie dir angetan hat. Aber mach es so, wie *ich* es mit einer Frau tun würde. Oder meinetwegen Sny. Demütige sie. Breche sie. Zerstöre sie. Mach sie dabei zu deiner willenlosen Sklavin. Lass sie leiden. Indem du sie von dir abhängig machst. Emotional, seelisch und körperlich. Eine größere Befriedigung bekommst du nicht. Nur so kannst du es ihr dauerhaft heimzahlen. Wenn du sie umlegst, fühlst du dich ein paar Stunden – vielleicht sogar Tage – blendend. Aber danach wird nichts weiter als ein stetig wachsendes, schwarzes Loch in deiner Seele entstehen. Du wirst dir wünschen, Mia von den Toten zurückholen zu können, weil deine Rache an ihr dich nicht ausreichend zufriedengestellt hat.«

»Du weißt nicht, was du da redest!«, herrsche ich ihn gereizt an und folge Noyce ins abgedunkelte Innere des Clubs, bevor die Tür vor meiner Nase wieder zufällt.

»Und wie ich das weiß.« Abrupt bleibt er stehen und

wischt die Hand, mit der er die Klinke angefasst hat, mit einem angewiderten Ausdruck an seiner dunklen Jeans ab. Seine Augen huschen zu der winzigen, vergitterten Zelle zu unserer Linken, wo eine Kaugummi kauende Frau sitzt und uns zuwinkt. »Gloria?!« Er gibt ein überraschtes Lachen von sich. »Was machst du denn hier? Musst du nicht das El Paso überwachen?«

Gemeinsam treten wir zu dem Kassenhäuschen, in dem Gloria sich nun vorlehnt, um uns durch das Gitter und das zerkratzte Panzerglas besser erkennen zu können. »Der Ninja und der Sonnyboy auf geheimer Mission, oder wie? Euch zwei sieht man ja nicht gerade häufig zusammen.« Sie gibt ein erheitertes Lachen von sich. »Hab ich was verpasst? Wen sollt ihr umlegen?«

»Niemanden«, schalte ich mich ein, als Noyce bereits den Mund aufklappt und gewohnheitsgemäß dazu ansetzt, Gloria darüber aufzuklären, wie weit er davon entfernt ist, ein Ninja zu sein. »Wir sind hier, um ein bisschen ... Spaß zu haben.«

»Was machst du hier?« Offenbar lässt er sich nicht beirren.

»Ich arbeite.« Nonchalant zuckt sie mit den Schultern und lässt im nächsten Atemzug eine grellrosa Kaugummiblase vor ihrem Gesicht zerplatzen, während Noyce mich mit einem verständnislosen Ausdruck bedenkt.

»Was tut sie hier?«, fragt er nun an mich gerichtet.

»Alter, seit wann bringt dich so etwas aus dem Konzept?«, fahre ich ihn ungeduldig an. »Es ist nicht mein Problem, wenn du dich anstatt für die internen Belange nur für deinen eigenen Scheiß interessierst und bei Adlers wöchentlichen Besprechungen auf Durchzug schaltest.«

Verärgert zeigt er auf Gloria. »Wurde sie strafversetzt, oder was?«

»Unter der Woche arbeitet sie im Ruby's, weil das El Paso der reinste Friedhof ist, wie du ja bereits zur Kenntnis genommen hast. So kann sie Bescheid geben, wenn ein paar unerwünschte Arschlöcher hier auftauchen, die wir dann einigermaßen diskret beseitigen können.«

»Und wer übernimmt die *Beseitigungen* normalerweise?«

Ich zucke mit den Achseln. »In letzter Zeit Sny und Adler. Oder Thorne. Demon war auch schon ein paar Mal hier. Heaven hat sich ebenfalls als ziemlich talentiert …«

»*Heaven?!*«

»Ja? Du kennst sie doch.«

»Heaven gibt sich hier als Hure aus?«

Ich lache irritiert. »Heaven *arbeitet* hier als Hure.«

CHASE

»Was?!« Ungläubig starrt Noyce mich an. »Was willst du denn jetzt? Heaven darf sich einmal quer durch die Schatten bumsen, aber sobald sie Geld dafür nimmt, ist es ihr nicht erlaubt?«

»So ist es.« Unverzüglich macht er Anstalten, zu dem roten Samtvorhang zu treten, der den Kassiererbereich von dem Rest des Bordells abgrenzt. Gedämpfter Jazz dringt durch den dicken Stoff.

»Was genau ist dein Problem?« Ich deute ein Augenrollen in Glorias Richtung an, mache einen Ausfallschritt und halte Noyce auf, indem ich ihn an der Schulter packe und zurückreiße. »Dass sie aus deiner Sicht unkontrolliert durch die Gegend vögelt und sich dabei die eine oder andere Krankheit einfangen könnte, oder dass sie dafür Geld nimmt?«

»Beides.« Er schüttelt mich ab.

»Du magst sie«, stelle ich überrascht fest.

»Du magst sie auch.« Der Augenaufschlag, den er mir schenkt, ist der Gleiche wie der, den ich ihm heute schon hundertfach zukommen lassen habe. »Ich vögele nun einmal nicht gerne mit Nutten. Erst recht nicht, wenn ich nichts davon weiß.«

»Okay.« Ich lache. »Vielleicht solltest du dich mal mit ihr aussprechen.«

»Nee.« Er gibt ein angewidertes Schnauben von sich und schiebt schließlich den Vorhang beiseite, um einen Blick ins Innere des Ruby's zu werfen. »Die Alte ist ab sofort für mich gestorben.«

Eigentlich ist das Thema für mich noch längst nicht beendet, doch es wird Zeit, endlich zur Sache zu kommen und zu tun, weswegen wir hier sind. »Siehst du ein bekanntes Gesicht?« Als Noyce den Kopf schüttelt, wende ich mich Gloria zu. »Ist irgendwer von Interesse hier?«

Sie grinst. »Frag mich lieber, wer hier ist, der *nicht* von Interesse ist, Kleiner.«

Ich erwidere ihr Grinsen und tausche einen vielsagenden Blick mit Noyce aus. »Dann können wir also ganz in Ruhe das Inventar zerschießen.«

»Nur, wenn ihr den Saustall danach wieder sauber macht«, schaltet Gloria sich nochmals ein.

Noyce zieht eine entnervte Grimasse und macht eine wedelnde Handbewegung, die ihr bedeuten soll, dass sie sich um ihren eigenen Scheiß zu kümmern hat. »Wir lassen dir 'nen Packen Scheine hier. Damit kannst du dir entweder dein Wohnzimmer neu einrichten oder du trommelst vier, fünf Obdachlose zusammen, denen es nichts ausmacht, ein paar Eingeweide und Gehirne von den Wänden zu schrubben.« Als sie den Mund öffnet, um weiter zu diskutieren, bedenkt er sie mit seinem giftigsten Skeptiker-Stirnrunzeln. »Stell ihnen doch direkt in Aussicht, dass es möglicherweise nicht das letzte Mal war, dass wir hier ein bisschen NJ's Untergrund aufmischen.

So etwas nennt sich Arbeitsbeschaffungsmaßnahmen und dürfte ganz in Adlers Sinne sein, nicht wahr?« Er grinst mich hämisch an.

Schulterzuckend und mit einem scheinbar unbeteiligten Ausdruck warte ich Glorias Reaktion ab, die in der Tat umgehend den Mund zuklappt und sich kopfschüttelnd ihrer Zeitschrift zuwendet, die sie wie gewohnt vor sich ausgebreitet hat.

Egal, ob neben ihr die Kugeln einschlagen oder der Laden um sie herum in die Luft fliegt – sie gibt stets vor, sich zu Tode zu langweilen. Dabei hat sie ihre Schrotflinte immer in Reichweite und zögert nicht, selbst Hand anzulegen, sobald es ihr zu bunt wird.

»Sag Bescheid, wenn ihr Hilfe braucht *Ninjaboy*«, nuschelt sie über ihren Kaugummi hinweg und ignoriert demonstrativ Noyce' warnenden Augenaufschlag. »Dein Bruder befindet sich in Kabine 6.«

Bevor er allerdings zu ihr treten kann, um ihr einen Monolog darüber zukommen zu lassen, inwiefern er kein *Ninjaboy* ist, schubse ich ihn wortlos durch den roten Samtvorhang.

Mit einem leisen Fluchen und spitzen Fingern fischt er sich den Stoff von den Schultern – ich wette, er geht davon aus, dass dieser völlig verdreckt und mit Ungeziefer verseucht ist. »Ist das ekelhaft hier! Wie kann jemand wie Thorne sich hier wohlfühlen?! Wie kann jemand wie Adler *das hier* zulassen …?!« Er stockt, als ausgerechnet sein Bruder aus seinem Separee tritt, das sich auf der anderen Seite des Raumes befindet, und sich die Jeans zurechtrückt.

Obwohl die warme Beleuchtung hier im Ruby's recht schummrig ist und man aus jeder Ecke mit pornografischen Saxofon-Melodien beschallt wird, sind die Licht-

und Tonverhältnisse einwandfrei und man muss sich nicht – wie häufig im El Paso – frontal anschreien.

Direkte Anweisung von Adler. Das macht es uns Schatten leichter, die gewissen Arschlöcher unter den Kunden problemlos zu identifizieren und genauso problemlos abzuknallen.

»Wenn man vom Teufel spricht und so weiter«, kommentiere ich lachend und rechne schon damit, dass unser Boss auf einer der mit rotem Samt bezogenen Sitzbänke hockt, die sich in den düsteren Nischen des Raumes befinden. Ja, ich kann förmlich hören, wie Adler oder Sny sich in diesem Moment mit einem lauten Räuspern bemerkbar machen.

»Ich kriege die Krise. Echt jetzt!« Augenblicklich hebt Noyce die Armbrust an und drückt ohne präzise zu zielen ab. Der Bolzen verfehlt Thornes Unterleib nur um Haaresbreite und gräbt sich zentimetertief in die Falttür, die den Hauptraum des Bordells vom Separee Nummer 6 abtrennt.

Erschrocken springt Thorne, der ausnahmsweise mal keine Headphones trägt, zur Seite und lässt den Blick suchend durch den Raum gleiten, bis dieser an uns hängen bleibt.

Unverzüglich setze ich mein übliches Sonnyboy-Grinsen auf und nicke ihm grüßend zu. Es reicht, wenn Noyce und Adler über mein Seelenleben Bescheid wissen. Der Rest der Welt kann mich mal.

»Du kannst besser zielen, als ich dachte!« Anerkennend klopfe ich Noyce auf die Schulter, während dieser bereits damit beschäftigt ist, die Armbrust nachzuladen.

»Das war beschissen gezielt. Ich wollte seinen Schwanz treffen«, kontert er und drückt erneut ab.

Dieses Mal verfehlt er haarscharf den Kopf eines

Mannes, der sich in einer der Nischen einen Blowjob verpassen lassen hat und nun panisch aufspringt, wobei er die Nutte mit voller Wucht von sich schubst.

»Sitzen bleiben!«, fährt Noyce ihn über den Raum hinweg an und stürmt mit ausgreifenden Schritten auf ihn zu. Er passiert seinen Bruder, ignoriert ihn gepflegt und knöpft sich stattdessen die Nutte vor, die noch immer zu den Füßen des Mannes hockt: Unbeherrscht packt er sie am Schopf und reißt ihren Kopf in den Nacken. »Guuut«, stellt er zufrieden fest. »Du siehst nur aus wie Heaven – bist es aber nicht.«

»Ich heiße Cherry. Heaven ist …« Sie quiekt wie ein Ferkel, als Noyce sie ruckartig an den Haaren zieht und sich zu ihr hinunterbeugt.

»Schnauze. Ist mir scheißegal, wo Heaven ist.«

»Sie ist hier bei uns im Separee«, murmelt Thorne, während er seinen Bruder mit einer irritiert hochgezogenen Augenbraue dabei beobachtet, wie er Cherry schikaniert. »Falls du sie suchst.«

»Hast du sie gefickt?!« Wutschäumend dreht Noyce sich zu ihm um und taxiert ihn wie ein tobender Stier. Er schubst das Mädchen von sich und überbrückt den Abstand zu seinem jüngeren Bruder in Lichtgeschwindigkeit.

Keine zehn Zentimeter entfernt, baut er sich vor Thorne auf, der ihn bloß um eine Handbreit überragt. Neben Sny ist Noyce der Kleinste von uns – zwar mit seinen über einen Meter fünfundachtzig immer noch recht groß, aber im Vergleich zu mir und Adler wirkt er wegen seiner eher schlanken Körperstatur manchmal etwas … zierlich.

Allerdings weiß Noyce, wie er sich den Respekt seines Gegenübers verschafft. Sogar Thorne weicht unwillkürlich einen Schritt vor ihm zurück. »Was willst du eigentlich?!«, fährt er seinen älteren Bruder an. »Hast du ein Vorrecht auf die kleine Bitch, oder was?! Die vögelt doch alles, was sie kriegen kann.«

»Japp«, bestätige ich und schiebe mich gelassen zwischen die beiden Brüder. »Thorne hat recht. Hast du gesehen, wie sie neulich Adler bearbeitet hat? Sie hat erst aufgehört, als Sny mit einem Dartpfeil auf ihr Auge gezielt hat.«

Man kann Noyce regelrecht ansehen, wie es in seinem Kopf rattert. »Darum geht es mir nicht. Ich bin kein gutes Vorbild für meinen Bruder – wir alle sind es nicht – und ich werde dafür sorgen, dass er sich unser schlechtes Verhalten gegenüber Frauen nicht abguckt.« Sein Augenmerk fällt wieder auf Thorne. »Du wirst dich ab sofort vom Ruby's fernhalten, mein Freund.«

»Was zur Hölle …?!«, beginnt Thorne, allerdings fängt er sich unverzüglich einen warnenden Blick von mir ein, klappt den Mund wieder zu und schaut hinter sich zum Separee Nummer 6.

Ich kann mir ziemlich gut vorstellen, wer sich darin befindet und, wenn es nach Noyce geht, nicht mehr lange zu leben hat. »Hör mal«, beginne ich, doch werde von dem lauten Knall eines Schusses unterbrochen.

Offensichtlich ist Noyce die Sicherung durchgebrannt. Er hat, als Cherrys Kunde wohl einen vorsichtigen Versuch gestartet hat, aufzustehen und aus seiner Nische zu verschwinden, in Sekundenschnelle die SIG aus dem Hosenbund gezogen, die er doch noch eingesteckt hat, und den Typen einfach abgeknallt. Die Überbleibsel seines Gehirns kleben in einem blutigen Fleck über der farblich dazu passenden Rückenlehne der Sitzbank.

Leblos sackt der Mann in sich zusammen, während Cherry mit einem lauten Kreischen auf ihre mörderisch hohen Absätze springt, die Hände vors Gesicht schlägt und mehrere Schritte zurückweicht, bis sie gegen Thornes linke Schulter prallt.

Teilnahmslos gibt er ihr mit seinem vor der Brust verschränkten Oberarm einen Stoß und taxiert weiterhin – und mit einer mittlerweile ziemlich angepissten Miene – seinen älteren Bruder. »Ganz toll, Noyce. Cherry ist neu. Sie wurde noch nicht darüber aufgeklärt, dass das Ruby's hin und wieder zu einem Blutbad mutiert, weil du und die anderen Schatten nicht mehr alle Latten am Zaun habt.«

»Das ist mir doch scheißegal!« Noyce ignoriert die hysterische Cherry vollkommen, die nun laut plärrend zum Samtvorhang trippelt, um so schnell wie möglich dem Wahnsinn zu entkommen, der sich hier gerade entwickelt. »Außerdem bist du selbst nicht ganz klar in der Birne. Meinst du, sonst hätte Adler auch nur einen Gedanken daran verschwendet, dich zu einem seiner Schatten zu machen? Der Titel ist keine verfickte Ehrenurkunde, sondern ein Job. Wenn er dich nicht für geeignet halten würde, hätte er dich längst gekicked.«

Ohne Überleitung kommt jetzt Leben in die Bude: Nacheinander öffnen sich einige der Falttüren zu den Separees und die Köpfe von ein paar der verfluchten Wichser erscheinen, die aus unterschiedlichen Gründen und teilweise schon seit Monaten auf Adlers Blacklist stehen. Die einen gehen ihm auf den Sack, die anderen sind in Ungnade gefallen und die Nächsten haben sich nicht von ihm bestechen lassen, sondern sind lieber irgendwelchen Politikern treu geblieben, deren Einfluss Adler früher oder später gefährlich werden könnte.

Mein Einsatz. Darauf habe ich nur gewartet, merke ich jetzt.

Ohne zu zögern ziehe ich meine SIG und ziele auf das nächststehende Sackgesicht. Die Kugel zerschmettert seine Kehle. Röchelnd schlägt er die Hand an den Hals und bricht mit weit aufgerissenen Augen zusammen.

Fuck. Ich bin verdammt unkonzentriert. Ich habe den heftigen Rückstoß der SIG nicht auf dem Schirm gehabt und die Waffe beim Abfeuern total verrissen. Eigentlich wollte ich den Kerl in die Brust treffen und kann froh sein, dass ich nicht die Decke befeuert habe.

Wahrscheinlich darf ich mir nachher wieder seitenlange dumme Sprüche von Noyce und Thorne anhören.

»Hey, Bro! Träumst du, oder was?!«, brüllt Noyce mir auf einmal zu. »Hinter dir!« Während Thorne zurück in sein Separee gehastet ist, hat er selbst wie wild angefangen, um sich zu ballern, und nimmt in dieser Sekunde jemanden zu meiner Rechten ins Visier und drückt ab.

Ich wirbele herum, ziele an Noyce vorbei und jage dem nächsten Wichser, der gerade seine Waffe gezogen hat, gleich drei Kugeln in die Brust.

Mein Blick fällt auf die Armbrust, die nutzlos zu Noyce' Füßen liegt. Die hätte er verwenden können, wenn er mehr bei der Sache gewesen wäre und seine Energie nicht für Heaven und seinen Bruder verschwendet hätte.

Dann hätten wir in aller Stille ein Separee nach dem anderen abklappern und die meisten der Gangster hinterrücks erledigen können, ohne dass irgendwer etwas mitbekommen hätte. Für eine Schießerei dieses Kalibers dauert es schlichtweg zu lange, die Armbrust nachzuladen. Doch ich schätze, dass Noyce sie spätestens an Thornes kleinen Buddys ausprobieren will.

Mit vorgehaltener Waffe eile ich jetzt zum Separee Nummer 1. Trotz des Krachs, den Noyce und ich hier veranstalten, hat sich bisher niemand daraus blicken lassen. Entweder ist es leer oder derjenige, der es gebucht hat, ist clever genug, um sich so lange versteckt zu halten, bis Ruhe eingekehrt ist und er sich dadurch einen Vorteil verschaffen könnte.

Ein letztes Mal sichere ich mich zu allen Seiten ab und vergewissere mich, dass Noyce, der mir gelassen gefolgt ist, jeden noch so düsteren Winkel im Blick hat.

Ich schiebe die Falttür auf und schaue direkt in die blitzende Klinge eines Springmessers. »Was macht ihr Flachwichser denn hier?!«, faucht Demon mich an. »Tickt ihr, oder was?! Das hier ist meine Mission! Ich könnte kotzen! Ihr geht mir mit eurem Männerscheiß so auf den Sack! Wenn ihr mir jetzt auch noch erzählt, dass ihr betrunken seid und ich euch fahren darf, mach ich euch alle!«

»Oh Mann«, höre ich Noyce hinter mir stöhnen, der sich kaum besser mit Adlers Cousine versteht als ich. »Wenn ich gewusst hätte, dass das hier eine verfickte Familienfeier wird, hätte ich Bier und was fürs Barbecue mitgebracht.«

MIA

Ich weiß es, Chase.
Ich hatte genug Zeit, darüber nachzudenken.
Du bist derjenige, der ein Problem mit mir hat.
Nicht Vaughn Adler.
Du bist es.
Die Verachtung in deinen Augen galt mir.
Nur mir.
Du hast mich weggesperrt.
Du willst, dass ich leide.
Und ich habe keine Ahnung, wieso.

Schon seit sicherlich einer halben Stunde starre ich regungslos an die gegenüberliegende geweißelte Wand. Das Zimmer sieht aus, als sei es frisch renoviert und gestrichen worden – und ich frage mich, ob es nur meinetwegen gemacht wurde.

Weil dieser Chase mich bis zu meinem Lebensende hier einsperren will.

Das klingt alles so unsinnig!

Noch nie habe ich so dringend jemanden zum Reden

gebraucht und gleichzeitig gewusst, dass all diejenigen, die sich mir sogar zur Verfügung gestellt haben, um sich meine *Probleme* anzuhören, die Letzten sind, denen ich mich anvertrauen sollte.

Gleich nachdem die Krankenschwester namens Quinn mich endlich in Ruhe gelassen hat, ist ein Assistenzarzt bei mir aufgetaucht, hat mich auf dieses Zimmer im Dachgeschoss begleitet und währenddessen sein Bestes gegeben, um mich auszufragen.

Die warten doch nur darauf, dass ich mir bei ihnen das Herz ausschütte.

Sie erhoffen sich, dass ich ihnen von Chase und Mister ... von Noyce erzähle und das Gefühl habe, dass Chase – oder vielleicht sogar beide – mich fertigmachen wollen.

Wie hört sich das denn auch an?! Dass zwei von Vaughn Adlers *berühmten* Schatten es auf *mich* abgesehen haben und ich nicht einmal weiß, warum? Auf mich? Eine grenzdebile und kriminelle junge Frau, die vor Kurzem ihren Job als Zimmermädchen verloren hat und sich angeblich von der Puente Libre stürzen wollte?!

Das klingt eher nach den feuchten Träumen einer gelangweilten Hausfrau als nach der Realität.

Das Problem an dem Ganzen ist, dass ich selbst nicht genau weiß, was wirklich passiert ist.

Chase hat mich zu sich geordert, um mir einen weiteren Diebstahl vorwerfen zu können. Angeblich habe ich einem Hotelgast seine wertvolle Armbanduhr entwendet.

Hier bin ich mir ziemlich sicher, dass es der Wahrheit entspricht.

Doch wo fängt die Unwahrheit an – und was, verdammt, ist auf Chase' Mist gewachsen und was war nicht von seiner Seite aus geplant?

Das Hotel, in dem ich gearbeitet habe, beispielsweise.

War Noyce wirklich mein Boss? Ist er tatsächlich der Geschäftsführer dieses Hotels? Gehen Adlers Schatten unter der Woche einem *ehrenhaften* Nebenjob nach, wenn ihr Boss keine Aufträge für sie hat? Ist Chase durch ihn auf mich aufmerksam geworden und ...

Man sagt den Schatten nach, dass jeder Einzelne von ihnen sehr gefährlich ist und teilweise ... nicht ganz richtig im Kopf.

Was, wenn Chase eine Art Triebtäter ist und es auf Frauen mit ... was weiß ich? Vielleicht hat er es auf Frauen mit hellbraunen Augen und braunem Lockenkopf abgesehen? Weil ... seine erste große Liebe so aussah und ihm das Herz gebrochen hat?

Das, was ich bisher von Vaughn Adler gehört habe, würde zumindest nicht dagegensprechen, dass er diese Art von Männern zu seinem engsten Kreis zählt. Seine Schatten sind Killer. Effiziente Killer. Gewissenlos. Sofern einer von ihnen gewisse Neigungen hat ... Ich kann mir durchaus vorstellen, dass ihr Boss das durchwinkt, um seine Vertrauten bei Laune zu halten.

Das ist momentan das Einzige, was für mich plausibel klingt.

Ein Klopfen reißt mich aus meinen Gedanken und lässt mich erschrocken zur Tür gucken.

Wie lange habe ich jetzt die Wand angestarrt? Vielleicht doch Stunden?

Falls ich in diesem Zimmer videoüberwacht werde – wovon ich ironischerweise ausgehen muss –, habe ich, seitdem mich der Arzt hierher verfrachtet hat, bestimmt keinen psychisch stabilen Eindruck gemacht.

Fehlt nur noch, dass ich vor und zurück schaukele und unsinniges Zeug vor mich hin brabbele.

Nochmals klopft es.

»Ja?«, krächze ich gedämpft und räuspere mich unverzüglich. Der Arzt hat mir gezeigt, wo in dieser Etage die Wasserflaschen stehen, aber ich habe mich bisher nicht dazu überwinden können, das Zimmer zu verlassen. Sogar das Abendessen habe ich vor, ausfallen zu lassen. Dieses wird nämlich in einem Speisesaal im Erdgeschoss serviert und ich werde mich ganz bestimmt nicht im Flügelhemd nach unten begeben.

Vielleicht bin ich psychisch auffällig, aber so schlimm ist es dann doch nicht mit mir.

Die Tür schwingt auf und entgegen meiner Erwartung tritt weder ein Arzt noch eine Krankenschwester ein, sondern eine Frau in gewöhnlicher Alltagskleidung.

Das heißt, in ultrakurzen Jeansshorts und einem luftigen dunkelblauen Chiffon-Oberteil. Ihr dunkles Haar hat sie zu einem Knoten am Hinterkopf zusammengesteckt. Sie hat eine große, mit Blumenmustern verzierte Shopping-Bag um ihre Schulter gehängt, die aus allen Nähten zu platzen scheint.

»Hi«, begrüßt sie mich und lächelt mich entschuldigend an.

»Hallo.« Wieder kann ich dem Drang nicht widerstehen, mich zu räuspern, da meine Stimme noch immer nicht die Alte ist.

»Wow. Du bist ja richtig heiser.« Sie kommt mit schnellen Schritten auf mich zu, wobei irgendetwas an ihren Füßen zu klimpern scheint.

Irritiert lasse ich mein Augenmerk zu ihren Füßen gleiten. Sie trägt dunkelblaue Sandalen mit Keilabsatz. Außerdem ein goldenes Fußkettchen, das beim Laufen mit den Schnallen in Berührung kommt und offenbar das leise Klimpern verursacht. Okay.

Ja. Und anscheinend sind wir immer noch ein bisschen benebelt, weil du dich von so einer Scheiße aus dem Konzept bringen lässt!

Mit Schwung landet die Shopping-Bag neben meinem Oberschenkel, sodass ich erschrocken zusammenfahre und eine Armlänge davon wegrutsche.

»Und stoned bist du auch, wenn ich mir das so angucke. Chase hat echt den Vogel abgeschossen. Das geht gar nicht.« Mit gerunzelter Stirn zeigt sie auf meinen Hals und greift nach der Tasche. »Wir müssen uns beeilen. Er wird nicht lange abgelenkt sein.«

Was?! Wie?!

Verwirrt betaste ich meine Kehle. Habe ich dort etwa ... Hämatome? Das würde zumindest die Behauptungen der Krankenschwester widerlegen.

Doch das muss warten. »Wer bist du?«, frage ich misstrauisch.

»Oh!« Sie gibt ein helles Lachen von sich und klatscht sich danach an die Stirn. »Entschuldige. Ich bin Blair Ramirez. Die ... Ja. Was bin ich eigentlich?« Nachdenklich tippt sie sich mit dem Zeigefinger ans Kinn. »Ich würde sagen, ich bin die *Freundin* von Vaughn Adler.«

»Wie bitte?!« Das kam so unerwartet, dass mir diese Frage einfach herausgerutscht ist.

Blair Ramirez! Na klar!

Natürlich sagt mir dieser Name etwas. Erst kürzlich war das Thema in aller Munde. Der Drogenbaron Vaughn Adler, dessen Sippe bereits seit Jahrzehnten mit dem Ramirez-Kartell im Clinch lag, hat ausgerechnet der Tochter seines Erzfeindes den Hof gemacht.

Das Ende vom Lied war, dass Antonio Ramirez den

Adlers den Süden von New Juarez überlassen hat, um danach vermeintlich spurlos zu verschwinden.

Sie blinzelt verblüfft. »Ähm. Glaubst du mir nicht?«

»Doch! Nein … ich meine …« Ich ringe aufgewühlt die Hände. »Langsam weiß ich gar nicht mehr, wem oder was ich glauben darf.«

»Verständlich.« Sie nickt mitfühlend. »Ich würde dich ja gerne über alles aufklären, allerdings weiß ich selbst nur einen Bruchteil von dem ganzen Mist, den Chase verzapft hat. Wichtig ist jetzt erst einmal, dass du mir abkaufst, dass ich dir helfen und dich hier wegbringen werde.«

Misstrauisch mustere ich ihre Miene. »Woher soll ich wissen, dass du die Wahrheit sagst?«

Woher soll ich wissen, dass das hier nicht bloß ein Traum ist?

Schulterzuckend zieht Blair Jogging-Pants, T-Shirt, Unterwäsche und Socken aus ihrer Tasche. »Ich bin hier, um dich aus der Klapse zu befreien, in die Chase dich einsperren lassen hat. Also, ich würde um deinetwillen nicht zögern.« Sie hält mir die Sachen hin. »Zieh das an. Das gehört mir. Zum Glück haben wir eine ähnliche Figur.«

»Okay.« Sie hat recht. Und vor allem hat sie gesagt, dass *er* nicht lange abgelenkt ist.

Ich springe auf die Füße und entledige mich auf der Stelle des Flügelhemdes. Mit einem Mal durchflutet mich eine derartige Hoffnung, dass es mir sogar vollkommen egal ist, mich komplett vor Blair zu entblößen und mich in ihre Unterwäsche zu quetschen.

Von wegen ähnliche Figur. Blair ist um einiges schmaler als ich – obwohl ich die vergangenen Tage gehungert habe. Der Slip, den sie mir mitgebracht hat, schneidet ordentlich ein und das Bustier presst meine Möpse ganz schön zusammen. Nur die Jogging-Pants und das Shirt sitzen vergleichsweise locker.

»Entschuldige«, gibt Blair von sich, als sie erneut in die Tasche greift und mir ein schwarzes Basecap reicht. »Ich besorge dir so schnell wie möglich annehmbare Kleidung und lasse sie dir direkt zukommen. Spätestens morgen.«

»Müssen wir uns hier etwa rausschleichen?«, erkundige ich mich nervös.

Das klappt doch nie!

Sie schüttelt den Kopf. Dann wackelt sie mit den Augenbrauen, schaut zu einer Ecke an der Zimmerdecke und verzieht ihren Mund zu einem ironischen Grinsen. »Vaughn ist ziemlich gut mit dem Chefarzt dieser Klinik ... befreundet. Allerdings stehen einige der Pfleger und ein Assistenzarzt auf Chase' Gehaltsliste. Ich weiß nicht, wer genau das ist und von daher sollten wir lieber nicht die Pferde scheu machen. Dich hier rauszubekommen wird kein Problem sein. Nur wäre es gut, wenn Chase nicht so schnell davon erfährt.«

Perplex schaue ich nun ebenfalls in die Zimmerecke und suche sie nach etwas ab, das einer Überwachungskamera gleichkommen könnte. Ich kann jedoch nichts erkennen.

»Die Kamera ist da. Glaub mir. Erst vor einer Stunde habe ich auf der anderen Seite des Monitors gesessen. Vaughn ist genauso ein gestörter Stalking-Spezialist wie Chase.« Sie gibt ein erschöpftes Seufzen von sich. »Wen habe ich mir da eigentlich angelacht?«

»Du meinst ... Adler observiert mich ... uns gerade?«, hake ich zu meinem eigenen Verständnis noch einmal nach.

Klasse. Der König von New Juarez hat mich soeben nackt gesehen.

»Japp. Wie gesagt. Er liebt das Stalking genauso wie Chase. Ansonsten hätte er ja niemals herausfinden können, was unser lieber Sonnyboy hier so treibt.« Sie grinst mich an und zieht letztlich ein Paar Sneakers aus der Tasche. »Hier. Das ist Größe 38. Ich hoffe, sie passen dir.«

»Danke.« Sie werden mir zwar zu klein sein, aber solange ich überhaupt meine Füße da hineinbekomme, ist der Rest erst einmal egal. »Habe ich dich gerade richtig verstanden? Chase hat mich *gestalked?*« Mit etwas Anstrengung quetsche ich meine Füße in die Sneakers und schaue fragend zu Blair auf, als sie anstelle einer Antwort schweigt.

Nachdenklich knabbert sie auf ihrer Unterlippe herum. »Ich kann dir auch nicht so viel sagen«, presst sie schließlich hervor.

»Du kannst nicht oder du willst nicht?« Während sie hastig nach ihrer Tasche greift, verschränke ich die Arme vor der Brust und mache eine auffordernde Kopfbewegung in ihre Richtung. Langsam wird mir das alles zu viel. »Ich komme nirgendwohin mit, wenn du mir nicht sagst, was genau hier Sache ist.«

Auf der Stelle versteinert sich Blairs Gesichtsausdruck zu einer unnachgiebigen Miene. »Natürlich kommst du mit. Ich bin deine letzte Hoffnung auf Freiheit. Ich denke nicht, dass du so bescheuert bist und mein Angebot ausschlägst.« Sie baut sich vor mir auf und wirkt auf einmal gar nicht mehr wie die weiche junge Frau, die sie eben noch war. »Bist du echt so dumm oder tust du nur so? Was hast du davon, jetzt auf stur zu schalten wie ein kleines, trotziges Mädchen?«

Scheiße. Sie hat recht.

»Entschuldige«, gebe ich kleinlaut von mir und folge ihr schweigend aus dem Zimmer, als sie sich wortlos umdreht und mit schnellen Schritten voran läuft.

Ganz toll, Mia. Du hast der einzigen Person, der du anscheinend vertrauen kannst, vor den Kopf gestoßen. Hast du gut gemacht.

Tatsächlich schweigen wir uns minutenlang an, während Blair mich zuerst die Holztreppe hinunter lotst, die zu meinem Stockwerk führt und auch, während wir den darunterliegenden Flur, von dem rechts und links mehrere Türen abgehen, bis zur Hälfte passieren. Wortlos öffnet sie eine Glastür zu einem verwaisten Treppenhaus, worüber wir in den Keller gelangen. Zielsicher schlendert sie vor mir den dunklen, vollständig mit grauen Fliesen bespickten Gewölbegang hinab – offensichtlich ohne sich auch nur ansatzweise zu gruseln.

Obwohl ich diejenige bin, die Sneakers trägt, habe ich Probleme, mit ihr Schritt zu halten. Mehrmals spiele ich mit dem Gedanken, ihr irgendwelche belanglosen Fragen zu stellen, nur um endlich dieses unangenehme Schweigen zwischen uns zu brechen, doch es kommt kein Laut über meine Lippen.

Spätestens, als ich wie automatisiert durch eine offene Tür linse, durch die spärliches Tageslicht dringt, vergeht mir der Sinn nach Unterhaltung: Es ist der Raum, in dem ich aufgewacht bin.

Die Trage, an die man mich fixiert hat, befindet sich am selben Platz wie zuvor. Sogar das Wasserglas, das mir die Krankenschwester gegeben hat, steht noch in der Durchreiche der offen stehenden Tür.

Mehr denn je habe ich den Eindruck, dass das gesamte Drumherum um meine Unterbringung hier nur Show gewesen ist. Um mir Angst einzujagen. Weil dieser

Chase sich daran aufgeilt, mich festgeschnallt auf einer Trage liegen zu sehen.

Vielleicht hat auch die Krankenschwester sadistische Züge, die sie nur zu gern an ihren Patienten auslebt. Wer weiß das schon.

Schaudernd laufe ich weiter und trete Blair beinahe in die Fersen, als sie abrupt stehen bleibt und vorsichtig durch eine angelehnte Feuerschutztür zu unserer Rechten späht.

»Okay«, wispert sie, »die Luft ist rein.« Kurz wendet sie sich mir zu und schenkt mir ein aufmunterndes Lächeln. »Und nicht erschrecken. Um sich halbwegs finanzieren zu können, hat der Klinikvorstand einen weiteren Geschäftszweig aufgebaut.« Bedächtig stößt sie die Tür auf und tritt in den Raum, in dem es auffällig warm ist.

Als Erstes fällt mein Blick auf mehrere Metalltragen, auf denen unter weißen Tüchern ... »Ach du Scheiße!«, stoße ich atemlos aus und klatsche mir direkt die Hand vor den Mund, weil ich ein spontanes Würgen unterdrücken muss. »Sind das ...?!«

»Leichen«, bestätigt Blair mit einem Schulterzucken. »Das ist der Kreislauf des Lebens, Emilia. Selbst wir beide werden aller Wahrscheinlichkeit nach irgendwann einmal auf einer dieser Tragen liegen und entweder darauf warten, dass man uns zu Asche verbrennt ...«, sie weist nach rechts zu einem riesigen dunklen Konstrukt, in dessen Mitte eine Art verschlossene Durchreiche prangt. Das Konstrukt scheint die Ursache der Hitze in diesem Raum zu sein. »... oder wir werden einbalsamiert, gekühlt, aufgebahrt und in einem schicken Sarg beerdigt.« Sie zeigt zu ihrer Linken, wo sich in der Wand mehrere silberne quadratische Türen befinden. Kühlkammern.

Nicht, dass ich mich zuvor schon einmal in einer Leichenhalle aufgehalten habe, aber wer regelmäßig Filme guckt, die mit Mord und Totschlag zu tun haben, dürfte sich bildlich vorstellen können, wie solche Kühlkammern in der Realität aussehen.

»Oh Mann. Was ist das hier?«, hauche ich fassungslos. »Wieso hat diese Klinik so viele Tote, dass sie sogar ... ist das ein Krematorium?« Ich zeige zu dem Ding, dass die Hitze abstrahlt.

»Hatte sie früher vielleicht.« Sie zuckt mit den Achseln und steuert zielsicher auf eine zweiflügelige Tür zu, die sich am anderen Ende der Leichenhalle befindet. »Das Sacred Chamber hat einen ziemlich gruseligen Werdegang hinter sich. Lobotomien, Elektroschocks und Menschenversuche waren an der Tagesordnung. Dementsprechend hoch war hier der Patientendurchlauf.« Sie holt eine Karte aus ihrer Gesäßtasche und zieht sie durch einen Scanner an der Wand. Ein leises Summen ertönt und lässt sich problemlos von Blair öffnen. »Da hier inzwischen nur noch wenige Patienten versterben, war das Krematorium lange Jahre ungenutzt und die Leichenhalle auch. Hier werden bloß die Patienten verbrannt, deren Angehörige den ausdrücklichen Wunsch äußern, oder diejenigen, die halt niemanden haben, der über ihren Verbleib verfügen kann oder möchte. Die anderen Verstorbenen kommen von außerhalb. Ich sagte ja. Ein Geschäftszweig. Der Süden von NJ hat viele Tote. Verhungert. Hitzschlag. Und so weiter.«

Während ich das nächste Schaudern unterdrücke, folge ich Blair durch die Flügeltür und damit an die frische Luft.

Bin ich etwa frei?

Wir scheinen uns auf einer Art Hinterhof zu befinden, auf dem uns nun ein gigantischer Pick-up-Truck den Weg versperrt. Wie selbstverständlich öffnet Blair die Fahrertür und macht eine auffordernde Kopfbewegung in meine Richtung. »Steig ein.«

Okay. So viel zum Thema Freiheit.

Wie ein gut dressierter Hund befolge ich ihren Befehl und begebe mich auf die Beifahrerseite. Obwohl ich eigentlich gar nicht so klein bin – zumindest nicht so klein wie Blair –, habe ich so meine liebe Mühe, an den Türgriff zu gelangen, und noch mehr, meinen Leib in den Wagen zu hieven.

Vielleicht gibt Blair mir ja gleich eine Praxisanleitung, wie man möglichst elegant in so einen Pick-up zu klettern hat.

Ungeduldig startet Blair den Motor und schaut zu mir. »Du solltest mehr Krafttraining machen, wenn du dich künftig gegen Chase durchsetzen willst.«

Okay. Keine Praxisanleitung also.

Schnaufend lasse ich mich auf den Beifahrersitz fallen und greife gerade nach dem Sicherheitsgurt, als mir Blairs Worte erst so richtig bewusst werden. »Wenn ich mich künftig *was?!*«

Ruckartig legt sie den Rückwärtsgang ein und tritt aufs Gaspedal, ohne sich umzusehen. Rasant parkt sie aus, schaltet den Schaltknauf auf *D* und braust los. »Meinst du etwa, ich kann dich dauerhaft von ihm fernhalten? *Von Chase?!* Nein, ganz bestimmt nicht. Selbst wenn Vaughn dich in die hinterste Ecke von Neverland verschaffen würde, könnte Chase dich innerhalb von wenigen Tagen – oder sogar Stunden – ausfindig machen.«

Obwohl wir uns auf einem schmalen und vor allem uneinsichtigen Schotterweg befinden, der um das Klinikgebäude herumführt und den der riesige Pick-up in seiner Breite vollkommen einnimmt, verringert Blair das Tempo nicht.

Im Gegenteil. Sie tritt noch härter aufs Gas.

Wenn uns jemand entgegenkommt, wird sie niemals rechtzeitig bremsen können.

»Was hast du denn ... Boah, könntest du *bitte ...?!*« Panisch klammere ich mich am Haltegriff der Innentür fest, während wir eine scharfe Kurve nehmen und auf einer weitläufigen Auffahrt landen.

Achtlos brettert Blair über die spärlich besetzten Parkplätze, ein offen stehendes schmiedeeisernes Tor im Blick, das sich jetzt wie im Zeitlupentempo zu schließen beginnt. »Fuck! Ich wusste es! Wenn ich auch nur einen Kratzer in den Raptor fahre, bringt Adler mich um!«

»Ähm.« Noch immer kralle ich mich krampfhaft an den Haltegriff, komme aber trotzdem nicht umhin, irritiert festzustellen, dass Blair ihren Lover beim Nachnamen nennt. Ich würde sie echt gerne danach fragen, doch aktuell tut das wohl nichts zur Sache. »Ich dachte, der Chefarzt ... kann ganz gut mit ihm.« Ich zeige zum Tor, das unaufhaltsam zuklappt.

»Ja, das schon. Sofern wir hier jedoch gefangen sind, kann ich nichts mehr gegen Chase ausrichten. Adler wird sich nicht zwischen einen seiner Schatten und dessen Beute stellen. Erst recht nicht, wenn es sich dabei um eine Frau handelt.« Mit einem humorlosen Lachen tritt sie das Gaspedal vollends durch. Der Pick-up röhrt auf und macht einen Satz nach vorn. Wir nähern uns dem Tor in rasend schneller Geschwindigkeit und dennoch schwindet meine Hoffnung, dass wir es noch heil hindurch schaffen, mit jedem Meter, den wir hinter uns bringen.

Im Grunde schätze ich, dass die Eisenstäbe der geballten Kraft des Trucks niemals standhalten könnten, aber sicher bin ich mir nicht. »Blair …«, murmele ich. »Es ist okay. Lass mich hier. Was immer dieser Chase mit mir vorhat … ich werde es schon überleben.«

Es ist zu spät. »Nichts da!« Sie gibt ein leises Zischen von sich, bohrt alle zehn Finger in das weiche Leder des Lenkrads, steuert zielstrebig auf die winzige Öffnung zu, die das sich schließende Tor noch anzubieten hat … Und dann sind wir durch, ohne dass die Eisenstäbe uns auch nur ansatzweise gestreift haben.

Blair jauchzt erheitert auf, gibt dem Lenkrad einen anerkennenden Klaps und strahlt mich wie ein Honigkuchenpferd an. »Siehst du! Ich werde mich bestimmt nicht nochmal dem Willen eines dieser kranken Wichser unterwerfen! Da nehme ich lieber in Kauf, dass Adler mir wegen seines *Babys* die Ohren lang zieht – oder was immer ihm einfällt, um mich zu bestrafen!«

Ich erwidere ihr Lachen, wenn auch nur aus Höflichkeit. »Okayyy.«

»Guck mal.« Sie zeigt auf ihren linken Oberschenkel. Ich folge ihrem Fingerzeig und kann die Ausläufer einer markanten Narbe erkennen, die mir vorhin nur nebenbei aufgefallen ist und die ich leichthin als eine Art Hexenmal abgetan habe. »Es ist das Wappen der Adlers. Das hat Vaughn mir angetan. Gegen meinen Willen.«

Meine Augenbrauen schießen in die Höhe. »Hattest du nicht gesagt …?«

Will sie etwa mit mir durchbrennen?

»Das hört sich jetzt wahrscheinlich schlimmer an, als es ist. Ich liebe ihn. Ich bin mit ihm zusammen. Wir sind ein waschechtes Liebespaar.« Sie lächelt glücklich in sich hinein. »Allerdings hatten wir keinen guten Start. Absolut nicht.«

Ihre Offenheit zieht mir regelrecht die Schuhe aus. Die – zumindest hier in New Juarez – berühmte Blair Ramirez erzählt *mir*, wie es zwischen ihr und Vaughn Adler aussieht. Dabei bin ich diejenige, die am wenigsten mit solchen Infos umgehen kann. »Ich ... ich weiß echt nicht, was du von mir hören möchtest, Blair. Ehrlich gesagt, weiß ich bald gar nicht mehr, was ich sagen soll.«

»Kann ich verstehen.« Für einen Augenblick mustert sie mich prüfend, doch dann fixiert sie wieder die einsame Landstraße vor uns. »Was ich dir damit erklären will: Ich werde dafür sorgen, dass Chase nicht denselben Mist bei dir abzieht, wie Vaughn es bei mir getan hat.«

Super. Meine Verwirrung wächst und wächst.

»Das ist ja furchtbar lieb von dir, aber ich fürchte ... du hast einen falschen Eindruck von mir und diesem Chase. Ich bin ihm gestern ... War es gestern?« Fragend schaue ich zu Blair, die zu meiner Erleichterung nickt. Okay. Ganz so durcheinander bin ich wohl doch nicht. »Jedenfalls bin ich ihm gestern das erste Mal in meinem Leben begegnet. Ich kenne ihn gar nicht und ich habe keine Ahnung, was ich ihm getan haben soll.«

»Oh. Aha.« Wieder schaut sie für einen Moment zu mir und diesmal steht ihr die absolute Verwirrung ins Gesicht geschrieben. »Bist du dir sicher?«

Ich gebe ein humorloses Lachen von mir. »Ja?! Ich bin mir sowas von sicher.«

Wir erreichen eine Kreuzung, die Blair einfach überquert, ohne nach rechts oder links zu schauen. »Ich meine, vielleicht hast du ihn ja mal unbewusst irgendwo getroffen. In einem Café oder ... was weiß ich.«

Kurz überlege ich, ob ich sie darüber aufklären soll, dass ich, seitdem ich von meinem Vater verbannt wurde, nicht ein einziges Mal das Geld für ein Café oder andere Annehmlichkeiten übrighatte.

Allerdings verstehe ich ihre Andeutung natürlich. Könnte ja auch sein, dass ich Chase mal beim Einkaufen begegnet bin, oder so. Das würde zumindest erklären, warum er mir irgendwie bekannt vorkommt. »Möglich. Trotzdem gibt es keinen Grund, mich so offensichtlich zu verachten. Er *hasst* mich, Blair.«

»Jaja. Das tun sie immer.« Lachend schüttelt sie den Kopf. »Entschuldige. Du wirst noch früh genug von jemandem erfahren, was Sache ist, aber jetzt muss ich dich leider bitten, dich nach hinten in den Fußraum zu legen und unter der Decke zu verstecken, die auf den Sitzen liegt.«

»Was?«

Sie zeigt hinter sich zur Straßenkreuzung, die sich nur noch schwach am Horizont erkennen lässt. »Indem wir die Kreuzung passiert haben, ohne Chase' Range Rover weit und breit auszumachen, müssten wir eigentlich in Sicherheit sein.« Mit ernster Miene studiert sie die einsame Landstraße, die sich vor uns erstreckt. »Allerdings ist es noch immer im Rahmen des Möglichen, dass er eine andere Route fährt und uns direkt entgegenkommt. Sobald er dich auf dem Beifahrersitz sieht, ist die Kacke richtig am Dampfen, vermute ich. Es reicht schon, wenn ich ihm in Vaughns Raptor entgegenkomme, um ihn misstrauisch werden zu lassen. Ich bin neben Demon die Letzte, die in seine Pläne eingeweiht werden sollte.«

»Falsch«, murmele ich seufzend, während ich mich abschnalle, um mich zwischen Fahrer- und Beifahrersitz hindurchzuquetschen. »Ich schätze, ich bin die Letzte.«

CHASE

Ich kann dem Drang, dich sehen zu wollen, nicht widerstehen, Mia.

Ich versuche es mit allen Mitteln, aber es klappt nicht.

Du musst sterben.

Damit ich meine Ruhe finde und mich selbst nicht mehr austricksen kann.

Seit Stunden fahre ich ziellos umher und suche dabei immer wieder nach einem Grund, nicht zum El Paso zurückkehren zu müssen.

Mia liegt schon längst in dem extra für sie hergerichteten Patientenzimmer im Dachgeschoss und ahnt nichts.

Sie weiß nicht, wer ich bin und sie weiß nicht, was ich von ihr will.

Sie weiß nur, dass ich sie abgrundtief hasse.

Und sie versteht nicht, warum.

Ich setze den Blinker und fahre in rasender Geschwindigkeit auf ein dunkles Gehöft zu.

Erst im letzten Moment registriere ich, dass es sich

bei diesem Gehöft um die Psychiatrie handelt, in der ich Mia untergebracht habe.

Es ist drei Uhr morgens und mit Sicherheit hat sie mittlerweile zur Ruhe gefunden.

Der Tag war mehr als anstrengend für sie, deshalb habe ich der Pflege befohlen, Mia nur im äußersten Notfall ein Beruhigungsmittel zu verabreichen. Falls sie komplett ausrastet, beispielsweise.

Ich hoffe, es ist ein gutes Zeichen, dass ich seit Stunden keinen Statusbericht von dem für sie zuständigen Arzt erhalten habe.

Also ist Mia entweder auf ganzer Linie durchgedreht und hat jede verfluchte Seele in diesem Gebäude kaltgemacht, oder es gibt einfach nichts zu berichten.

Mit knirschenden Reifen komme ich vor dem geschlossenen schmiedeeisernen Tor zum Stehen. Es dauert eine Weile, bis der Nachtwächter mein Fahrzeug und das Kennzeichen über seinen Monitor gecheckt hat.

Ungewöhnlich lange sogar.

Rastlos lasse ich mein Augenmerk über die sicherlich fünf Meter hohe Mauer gleiten. Bei der spärlichen Beleuchtung der beiden Laternen, die das Tor flankieren, ist es kaum möglich, die Umgebung nach Stellen abzusuchen, an denen ich die Steinwand einigermaßen bequem überwinden kann.

Doch plötzlich, als ich bereits am Türgriff ziehe, um den Range Rover einfach stehen zu lassen, gibt das Tor einen scheppernden Ruck von sich und schwingt nervtötend langsam auf.

Das dringende Gefühl übermannt mich, dass irgendetwas nicht stimmt. Ich unterdrücke es unverzüglich mit einem leisen Schnauben. Die Leute in dieser Klinik haben mehr als genug Geld von mir bekommen, um mich über jede noch so winzige Ungereimtheit, die Mia betrifft, auf dem Laufenden zu halten.

Aller Voraussicht nach hat sie wie gewohnt den lieben langen Tag das Unschuldslamm gespielt und keiner Laus etwas zuleide getan.

Das Schlimmste, was also passiert sein könnte, ist, dass sie das Klinikpersonal um den Finger gewickelt hat – genauso wie Noyce. Das heißt, ab sofort sieht die gesamte Belegschaft in mir den Bösen und nicht in Mia.

Damit kann ich leben.

Endlich haben sich die beiden Torflügel so weit geöffnet, dass ich ungeduldig Gas geben kann und die staubige Unterfläche des halb überwucherten Parkplatzes überquere. Zwar schreibt das Sacred Chamber seit Jahren wieder schwarze Zahlen – schon allein, weil mehr als genug Tote für das Krematorium eingeliefert werden –, aber das Thema Grundstückspflege scheint für den ärztlichen Direktor nicht von Relevanz zu sein.

Keine Ahnung, was er mit der ganzen Kohle anstellt. Allerdings wird da wohl nichts Korruptes ablaufen, sonst hätte Adler, der seit Kurzem den vollständigen Klinikvorstand repräsentiert, ihn schon längst kaltgemacht. Das Bestehen des Sacred Chambers ist aus gewissen Gründen unerlässlich für ihn. Er steht beinahe täglich vor der Frage, ob er Demon und Sny hier einweisen lässt oder nicht.

Der Tag wird kommen, an dem er sie beide nicht mehr im Griff hat. Und vielleicht werde auch ich eines Tages die Nerven verlieren und mich hier wiederfinden. In demselben Raum, in dem Mia heute Nachmittag aufgewacht ist.

Nachlässig parke ich den Wagen direkt vor dem Haupteingang und steige noch im selben Atemzug aus.

Spontan fühle ich mich an den Schauplatz von vor ein paar Wochen erinnert, als Adler in eben derselben Manier aus seinem Raptor gesprungen ist, um sich Blair zurückzuholen.

Dabei war das eine ganz andere Situation. Adler ist seiner Blair verfallen – auch wenn er es niemals offen zugeben würde, liebt er sie abgöttisch.

Mein Verhältnis zu Mia ist … vielleicht nicht komplizierter, aber auf jeden Fall ein anderes.

Abrupt halte ich inne und starre zum Eingangsportal der Klinik. Im nächsten Atemzug drehe ich mich um, lege eine Hand auf dem Dach meines Wagens ab – wie um nach Halt zu suchen – und betrachte das Handschuhfach, in dem meine P99 darauf wartet, endlich dafür benutzt zu werden, wofür ich sie mir damals zugelegt habe.

Na ja. Ganz so stimmt das nicht. Ich habe die Waffe nicht angeschafft, um Mia damit zu erschießen. Ich habe sie angeschafft, weil ich entschieden habe, nicht mehr der Chase zu sein, der wie ein treudoofer Hund immer demselben Mädchen hinterherrennt, während er sie nicht ansatzweise beschützen kann.

Ja. Ursprünglich habe ich die P99 gekauft, um Mia den nötigen Schutz gewähren zu können. Jetzt bedeutet diese Waffe möglicherweise ihren Tod.

Nichtsdestotrotz hat die P99 mein Leben verändert. In dem Moment, als ich sie das erste Mal in der Hand hielt, schlug ich einen neuen Lebensweg ein und habe niemals wieder zurückgeschaut.

Im Prinzip ist die Waffe zu gut für Mia. Wenn ich sie damit abknalle, wird sie mich immer an Mia erinnern und demzufolge werde ich sie nicht mehr benutzen können, ohne dass meine Verachtung ihr gegenüber wieder hochkocht.

Flüchtig habe ich überlegt, ob ich Mia nicht mit der verfickten SIG abknallen soll, doch diese habe ich vorhin im Ruby's leer geballert und danach Gloria geschenkt.

Die Aktion in dem Bordell war absoluter Schwachsinn. Zwar haben wir ein paar korrupte Wichser plattgemacht, aber irgendetwas war seltsam.

Noyce war ungewöhnlich aufgedreht und blutrünstig. Zuerst hat er sich mit Demon angelegt und sich fast mit ihr geprügelt, nur um sich daraufhin seinen kleinen Bruder zu schnappen und ihn an den Ohren herauszuziehen.

Er war kurz davor, Thornes alberne Buddys kaltzumachen, aber dann hat Noyce sie doch noch ziehen lassen. Im Nachhinein wirkte die gesamte Geschichte auf mich, als hätten Demon, Thorne und Noyce ein überdrehtes Theaterstück vor mir abgezogen, um mich … *abzulenken.*

Fuck. Was, wenn das wirklich der Fall war?

Endlich öffnet sich die zweiflügelige Holztür und ein übermüdeter Nachtwächter blinzelt mich benommen an. »Hättste nicht bis morgen früh mit deinem Scheiß warten können? Wegen dir musste ich jetzt den Chef rausklingeln.« Ohne zu zögern, tritt er beiseite und lässt mich die Eingangshalle betreten.

»Nicht nötig«, brumme ich und ärgere mich über die saloppe Verhaltensweise, mit der mich der verfickte Nachtwächter adressiert. Ich kenne den Typen nicht – aber er sollte mich kennen. Er sollte wissen, wer ich bin und was ihm blüht, wenn er mir dumm kommt.

»Was is nich' nötig?«

Okay, anscheinend ist er wirklich einfach nur dumm. »Dass du den Chefarzt herzitierst. Ich will Emilia Stevens einen Besuch abstatten.« Entnervt zeige ich zu dem Fahrstuhl zu meiner Rechten. »Ich weiß, wo sich ihr Zimmer befindet.«

Der Nachtwächter zuckt mit den Schultern. »Mir kann's ja egal sein. Aber ich hab' direkte Anweisung von ganz oben, dass ich dir sagen soll, wenn du hier aufkreuzt, dass der Chef dich sprechen will.«

Ich stutze. »Ist Miss Stevens etwas passiert?« Okay, ich höre mich an, als sei ich um sie besorgt. Dabei ist eher meine größte Sorge, dass ich nicht derjenige bin, der sie kaltgemacht hat.

Wieder zuckt der Nachtwächter mit den Achseln. »Ich kenne keine Miss Stevens. Ich weiß nur, dass ich dich hier so lange aufhalten soll, bis der Chef kommt.«

»So? Aufhalten willst du mich?« Langsam geht mir der Kerl echt auf den Sack. Ich mache einen Schritt auf ihn zu und beuge mich zu ihm hinunter, sodass unsere Nasenspitzen sich fast berühren. Erst jetzt fällt mir auf, dass kleine Schweißperlen auf seiner Stirn glänzen und dass er stinkt. Nach Angstschweiß. »Und wie wirst du das anstellen?«

Tatsächlich fährt der Nachtwächter unter meinen Worten zusammen. »Gar nicht, denke ich. Ich weiß, wer du bist. Und deswegen habe ich dem Chef auch schon gesagt, dass ich Reisende nicht aufhalten werde.«

Ich nicke und trete einen Schritt zurück. »So ist es.«

Mein Gegenüber weicht ebenfalls zurück und zeigt nun selbst zum Fahrstuhl. »Bitte sehr. Statte deiner Miss Stevens einen Besuch ab.« Er scheint der Typ Mensch zu sein, dem es nicht die Sprache verschlägt, sobald er es mit der Angst zu tun bekommt, sondern der im Gegenteil umso mehr redet.

»Alles klar.« Unverzüglich wende ich mich von ihm ab und eile mit ausgreifenden Schritten zum Fahrstuhl.

Das Gefühl, dass irgendetwas nicht stimmt, wird immer übermächtiger.

Ich betätige den Rufknopf und die Schiebetüren gleiten innerhalb von Sekunden auf. Fast rechne ich damit, dass der Chefarzt mich in der Kabine erwartet, doch sie ist leer.

Scheinbar gelassen trete ich ein und drücke auf die Fünf. Dieses Stockwerk ist das Letzte vor dem Dachgeschoss. Dort angekommen werde ich den Flur einmal durchqueren müssen, um zu der Treppe zu gelangen, die zu Mias Zimmer führt.

Ungeduldig ringe ich die Hände, bis der Fahrstuhl mich zu meinem gewünschten Ziel bringt. Wieder gleiten die Türen auseinander und offenbaren mir einen abgedunkelten Korridor, an dessen Leisten in einigen Abständen spärliche Nachtlichter leuchten.

Gruselig. Vor allem, wenn man sich darüber im Klaren ist, dass man sich in einer Psychiatrie aufhält.

Allerdings ist der Ruf dieser Einrichtung schlechter als das, was einen hier tatsächlich erwartet. Die richtig Schwergestörten befinden sich im Kellergeschoss und sind dort buchstäblich weggesperrt.

Hier im fünften Stock findet man eher gelangweilte Hausfrauen mit Angststörungen und einem leichten Suchtproblem. Eben diejenigen, die nicht selbstmordgefährdet sind und ruhigen Gewissens möglichst weit weg von der Zentrale abgestellt werden können.

Deshalb habe ich einen Teil des Dachgeschosses für Mia umbauen lassen. Damit niemand etwas von dem mitbekommt, was ich dort oben mit ihr abziehen werde.

Direkt unter ihren Räumlichkeiten befindet sich nämlich das Stationszimmer von Quinn. Die Krankenschwester, die mehr als genug Kohle erhalten hat, um ihr verdammtes Maul zu halten. Von daher dürften die Patientinnen aus dem fünften Stock so gut wie gar nichts aufschnappen. Falls Mia zwischendurch einmal ziemlich laut aufschreien sollte, zum Beispiel.

Rastlos durchquere ich den Korridor. In mir brodelt noch immer der Eindruck, dass etwas nicht so ist, wie es sein müsste.

Ich erreiche das Ende des Durchgangs und damit die Feuerschutztür, die den Flur von der schmalen Holztreppe abgrenzt. Hastig ziehe ich meine ID-Karte durch den dafür vorgesehenen Schlitz und die Tür gibt ein lautes Klacken von sich. Ich reiße sie auf und trete hindurch. Links neben dem Türrahmen befindet sich ein Lichtschalter.

Kein automatisches Licht, das durch einen Bewegungsmelder oder durch den Befehl einer Stimme anspringt. Dieser Bereich des Gebäudes ist absolut Old School. Nahezu archaisch.

Mit einem lauten Krachen fällt die Tür hinter mir ins Schloss. Es hört sich fast an wie ein Schuss. Nervös fahre ich zusammen, bevor ich mir darüber im Klaren werden kann, dass es völlig unbegründet ist. Schon allein, weil es mir scheißegal ist, ob irgendwelche Patientinnen meinetwegen wach werden oder nicht. Mir geht es schließlich nicht darum, ungesehen durch die Klinik zu streifen, sondern darum, dass niemand merkt, was ich im Begriff bin, Mia anzutun.

Im Moment ist es ohnehin absolut zweitrangig, wie der Schatten, der ich nun einmal bin, ungesehen und ungehört zu bleiben. Ich werde erst überprüfen müssen, ob mein verficktes Bauchgefühl mich die ganze Zeit verarscht hat und bei Mia alles in bester Ordnung ist.

Falls etwas nicht so sein sollte, wie ich es haben will, werde ich so oder so die komplette Bude abfackeln.

Nachdem ich jede einzelne Seele in diesem Gebäude in die ewigen Jagdgründe geschickt habe.

Augenblicklich wende ich mich der Treppe zu und nehme mehrere Stufen auf einmal. Wieder eine Feuerschutztür, die sich dieses Mal ohne irgendwelche Sicherheitsmaßnahmen öffnen lässt.

Ich reiße sie auf und trete in einen schmalen Durchgang.

Von ihm gehen drei Kammern ab. Im Prinzip hätte ich gleich alle von ihnen renovieren lassen können – beinahe hätte ich es auch getan. Beinahe war ich drauf und dran, Mia hier oben im Dachgeschoss eine geräumige Drei-Zimmer-Wohnung einzurichten.

Mia und mir.

Man glaubt es kaum, aber ich muss zugeben, dass es Momente gibt, in denen ich nostalgisch werde. Dann stelle ich mir vor, wie es wäre, Mia am Leben zu lassen. Selbstverständlich würde ich sie dafür bestrafen, was sie mir angetan hat, das steht außer Frage.

Bloß auf eine andere, subtilere Weise.

Ich würde sie hier oben einsperren. Ihr niemals die Gelegenheit geben, die Räumlichkeiten zu verlassen. Zumindest nicht ohne mein Einverständnis und schon gar nicht ohne meine Begleitung.

Ich würde sie hier wie meine persönliche kleine Hure halten. Ich würde sie vögeln, oh ja. Und ich würde sie abrichten wie eine treu ergebene Hündin. Ich würde sie so lange manipulieren und ihr verdammtes Gehirn ficken, bis sie wirklich glaubt, dass ich – und das Dachgeschoss des Sacred Chambers – das Beste sind, was ihr jemals passieren konnte.

Sie würde mir jederzeit zur Verfügung stehen. Ich würde sie besuchen, wann immer es mir passt. Vielleicht würde ich hier sogar einziehen ...

Nicht.

Ganz bestimmt nicht.

Von daher habe ich die Renovierung des gesamten Dachgeschosses sein lassen und mich lediglich auf die Kammer mit dem größten Fenster und der Aussicht auf die Einfahrt der Klinik konzentriert.

So kann sie sehen, wenn ich sie besuchen komme und sich schon einmal vor Sorge ins Höschen machen. Sie wird lernen, die Sekunden und Minuten zu zählen, bis ich hier oben angekommen bin und starr vor Angst sein, sobald ich sie erreiche.

Das wird es sein.

Allerdings habe ich keine Ahnung, wie lange ich sie überhaupt noch am Leben lasse. Möglicherweise bringe ich sie bereits morgen um. Oder heute.

In dem Fall hat sich der ganze Aufwand zwar absolut nicht gelohnt, doch dann ist wenigstens die Befriedigung auf meiner Seite.

Ruckartig reiße ich die Tür zu ihrer Kammer auf.

Es ist stockdunkel und für einen Moment macht es den Anschein, dass dort tatsächlich eine Person im Bett liegt und schläft. Das Licht aus dem Treppenhaus scheint genau aufs Bett und zuerst denke ich wirklich, dass mein Instinkt mich im Stich gelassen hat.

Doch dann fällt mein Blick auf die offen stehenden Vorhänge und mein Misstrauen kehrt zurück.

Wieso hat Mia die Gardinen nicht zugezogen? Das ergibt, verdammt nochmal, keinen Sinn.

»Licht.« Mein Befehl rauscht wie ein Peitschenknall durch die Stille.

Sofort springt die warme Beleuchtung in Mias Kammer an und ich ärgere mich für eine Millisekunde, dass ich hier nicht eiskaltes strahlend helles Licht installieren lassen habe.

Ich bin einfach zu verweichlicht.

Noch immer.

Im Prinzip hänge ich nach wie vor an ihr und kann es nicht abstellen.

Mein Blick fällt auf das weiße Flügelhemd, das am Boden liegt.

Sie ist weg.

Du bist weg, Mia.

Ich wusste es.

Jemand war hier, um dich aus meinen Klauen zu befreien.

Diese Runde geht an dich.

Doch jetzt werde ich dich jagen und keine Gnade walten lassen.

»Fuck!« Auf hundertachtzig ramme ich meine Faust in die Wand zu meiner Rechten. Blutbesprenkelter Putz bröckelt ab.

Kein Loch im Mauerwerk. Der Baustil dieses Gebäudes entspricht nicht der typischen amerikanischen Billigbauweise, sondern die Architekten haben massive Wände hochziehen lassen.

War wahrscheinlich auch nötig. Ich bin bestimmt nicht der erste Mensch in dieser Klinik, der sich mit einer der Wände anlegt.

»Ich habe dir gesagt, dass ich das nicht gutheißen kann, Chase.«

Aufgebracht wirbele ich herum.

Adler.

Mit verschränkten Armen steht er vor der Feuerschutztür, die zur Treppe führt, und macht dabei den Eindruck, als würde er sie bewachen wollen. Als könnte er nicht zulassen, dass ich dieses Dachgeschoss jemals wieder verlasse.

»Was willst du hier, verdammt?!«, schnauze ich ihn an, während ich wie beiläufig meine schmerzende Hand massiere.

Sein bohrender Blick scheint sich bis in meine Seele zu graben. »Dr. Goldberg. Du wusstest, dass er auf meiner Gehaltsliste steht. Meinst du, er zeigt sich mir gegenüber auf einmal illoyal, nur weil du mit ein paar Scheinchen gewunken hast?« Er gibt ein geringschätziges Zischen von sich. »Ich war über alles informiert, Chase. Darüber, dass du deiner Kleinen hier ein Zimmer herrichten lassen hast und darüber, dass du eine meiner Immobilien zu einem Hotel umfunktioniert hast. Du hast keine Kosten und Mühen gescheut, um die Kleine in die Irre zu führen und in den Wahnsinn zu treiben.« Er kommt einen Schritt auf mich zu. »Ich kann so einen Scheiß nicht gebrauchen. Nicht von dir.«

»Wo. Ist. Sie.« Meine Stimme ist nur noch ein düsteres Grollen.

»In Sicherheit. Blair hat sie hier weggeholt, während du abgelenkt warst.«

Ich glaube, ich höre nicht richtig! »Während ich *abgelenkt* war?!«

»Ja. Was meinst du, weshalb Noyce dich ins Ruby's verschleppt hat? Was meinst du, warum Thorne und Demon auch da waren? Um dich notfalls aufzuhalten, falls du misstrauisch wirst.«

Eine eiskalte Verachtung gegenüber meinem Boss steigt in mir auf und verätzt meine Innereien. Nicht nur Verachtung. Ich fühle mich verraten. Von den Menschen, denen ich mein Leben anvertraue.

»Fick dich, Adler. Du sagst mir jetzt, wo sie ist, oder ich jage deine verfickte Stadt in die Luft.« Vollkommen zügellos überbrücke ich den restlichen Abstand zu ihm, baue mich vor ihm auf, um ihn förmlich mit meinen Blicken aufzuspießen. »Ich werde alles vernichten, was dir lieb und teuer ist. Darauf kannst du das Leben deiner beschissenen kleinen Ramirez-Schlampe …«

Ich schaffe es nicht, meinen Satz zu beenden. Mit einem düsteren Knurren holt Adler aus und rammt mir mit Wucht die Faust ins Gesicht.

»Du wirst dich jetzt *sofort* am Riemen reißen oder ich werde dich gleich derart verprügeln, dass nichts mehr von deiner hübschen Fresse übrig bleibt, *Chase!*« Noch während ich zwei Schritte zurück torkele und mir wie automatisiert die Hand vors Gesicht halten will, holt er ein weiteres Mal aus und verpasst mir einen zweiten Kinnhaken, der sich gewaschen hat.

Ein eigenartiges Gefühl von Befriedigung überkommt mich.

Das Gefühl, dass diese Schläge längst überfällig waren.

Ich denke, deshalb komme ich auch gar nicht erst auf die Idee, mich gegen meinen Boss zu wehren.

»Was ist?!«, brüllt er mich wie auf Kommando an. »Wieso wehrst du dich nicht, Wichser?«

Kopfschüttelnd weiche ich mehrere Schritte zurück und halte mir beide Hände vor die Nase, die wie verrückt zu bluten begonnen hat. »Einen Scheiß werde ich.«

»*Was* ist mit dir los, verflucht nochmal?!« Adler brüllt

noch immer. »Hast du einen Burn-out, oder was? Brauchst du Urlaub? Eine Auszeit?«

Irritiert schaue ich zu Adler auf, der nun beginnt, mich quer durch Mias Kammer zu treiben. »Ich brauche keine verfickte Auszeit. Ich brauche nur …«

»Deine Kleine«, beendet er den Satz für mich.

»Sie ist nicht …« In diesem Moment trete ich auf etwas Weiches und gucke verwirrt hinunter zu meinen Füßen.

Es ist Mias Flügelhemd. Ich hebe es auf und drücke es mir an die Nase.

Ich will mir einreden, dass ich es nur tue, um die Blutung zu stoppen, doch eigentlich mache ich es, um ihren unverkennbaren Duft einzuatmen.

Er vernebelt meine Sinne. Mein Denken. Das war schon der Fall, als ich auf sie in der vermeintlichen Dienststelle gewartet habe.

Es ist wie damals in der Schule. Es ist der Duft ihres Lieblingsshampoos. Er macht süchtig.

»Okay. Sie ist also *nicht* deine Kleine. Dann sehe ich auch keinen Grund, dich zu ihr zu lassen. Ich werde sie vor dir beschützen, Chase. Wir alle werden es tun. Wir werden nicht zulassen, dass du ihr etwas antust.«

Wütend drücke ich die Schultern durch und lasse das Flügelhemd sinken, dass jetzt über und über mit meinem Blut besudelt ist. »Was soll das? Es ist doch meine Sache, wen ich umlege. Außerdem hat sie meine Familie auf dem Gewissen.«

Adler schüttelt den Kopf und lässt mir einen Blick angedeihen, der einem buchstäblichen Platzverweis gleichkommt. »Deine Leute sind tot, ja. Aber das hast du ganz allein zu verschulden, Chase. Mia ist bestenfalls der Tropfen, der das Fass zum Überlaufen gebracht hat.«

»Was?! Woher willst du das wissen? Sie hat mich verraten. Eine Person wie sie hat es nicht *verdient,* am Leben zu sein. Ich habe jedes Recht der Welt, sie zu erledigen. Ich verstehe nicht, was mit *dir* los ist, Adler. Gerade du müsstest meine Beweggründe nachvollziehen können.«

»Ja. Das tue ich auch. Aber ich werde nicht dabei zusehen, wie du die einzige Frau umlegst, die dich glücklich machen könnte. Ich dachte, du hättest aus meiner und Blairs Geschichte gelernt.«

Ich schnaube spöttisch. »Das zwischen dir und Blair ist etwas ganz anderes.«

»Inwiefern?«

»Ihr gehört zusammen.«

Überrascht lässt Adler die Brauen emporschnellen. »Und was ist mit dir und Mia?«

»Einer von uns muss sterben. Sonst ...«

»Sonst was?«

»Sonst drehe ich durch.«

MIA

»Hey. Guten Morgen, Miss Stevens.« Eine männliche Stimme, die mir wohl oder übel ziemlich bekannt vorkommt.

Ich bin so erschöpft und müde, dass ich dennoch einige Sekunden benötige, um mir darüber im Klaren zu werden, wer genau das ist, der da offenbar an meinem Bett steht und mit mir redet.

Es ist Mister ... Es ist Noyce.

Oh Mann. Der Typ verfolgt mich. Er wird mich wohl niemals wieder in Ruhe lassen.

Unwillig ziehe ich die Stirn kraus und gebe ein leises Murren von mir. Gerade will ich ihm den Rücken zudrehen, da steigt auf einmal der Duft von frisch aufgebrühtem Kaffee in meine Nase.

Kaffee. Eigentlich bin ich ja eher eine typisch britische Teetrinkerin, aber wenn der Kaffee mit ausreichend Milch und Zucker angereichert wurde, bin ich tatsächlich bereit, auch diesen zu trinken.

»Aufstehen, Stevie. Du hast genug geschlafen.«

Stevie? Dreht der jetzt total am Rad?

Ich öffne die Augen einen Spalt und beglücke Noyce,

der mich gehässig angrinst, mit einem vernichtenden Blick. »Geh weg. Und nimm dein blödes Gesöff mit. Von dir nehme ich keinen Kaffee.«

Überrascht legt er die Stirn in Falten. »Und warum nicht?«

Genervt schiebe ich seinen Arm beiseite, damit er endlich aufhört, mir den Scheißkaffee direkt vor die Nase zu halten, und drehe ihm wieder den Rücken zu. »Du kannst mich mal.«

»Hey. Nur zu gerne, Stevie. Aber ich habe ein ausdrückliches Verbot bekommen, dich anzurühren.«

Bitte was?!

Okay. Das kann ich nicht auf mir sitzen lassen.

Ich drehe mich zurück auf den Rücken und beäuge Noyce misstrauisch. »Sag das nochmal.«

»Mir wurde verboten, dich anzupacken.«

»Von wem?«

»Na, von Chase.« Sein Grinsen wird immer breiter.

»Was?«

»Du gehörst ihm.« Er zuckt mit den Achseln und stellt den Kaffeebecher auf dem kleinen Tischchen ab, das wohl als behelfsmäßiger Nachtschrank dienen soll. Ohne nachzufragen, platziert er sich auf der Bettkante. »Er hat mir erlaubt, dir meinen Schwanz in den Mund zu schieben, um dich damit ein bisschen zu demütigen, aber mehr nicht. Und am wenigsten darf ich dich – wie gesagt – anfassen.« Seinen Worten zum Trotz hebt er die Hand und schiebt eine Haarlocke hinter mein Ohr. »Leben am Limit.« Er lacht.

Viel zu spät zucke ich zurück und schenke ihm einen weiteren missbilligenden Blick. »Sagtest du gerade, dass ich *ihm* gehöre?«

Er nickt. »Japp.«

»Willst du mich verarschen?«

»Nein.«

Als nichts mehr von ihm kommt, boxe ich ihm unwirsch in den Oberarm. »Was soll der Scheiß?! Chase hasst mich! Blair hat mich gestern hierhergebracht, um ihn von mir fernzuhalten. Um mich … vor ihm zu retten, oder so ähnlich.«

Wieder gibt Noyce ein erheitertes Lachen von sich. »Chase hasst dich nicht. Er vergöttert dich.«

»Na klar.« Augenrollend schlage ich die Decke beiseite und rutsche bis zum Bettende, um möglichst weit entfernt von Noyce auf die Füße zu kommen. Ich habe das Gefühl, dass er sonst meint, mich aufhalten zu müssen, oder so.

Er räuspert sich und steht ebenfalls auf. Sein Blick schweift über das olivgrüne T-Shirt und die grauschwarz karierten Boxershorts, die mir gestern eine gruselige Frau namens Demon gegeben hat. Sie scheint eine der Schatten zu sein. Ich kenne die Namen aller Schatten – wer, in New Juarez, kennt sie nicht –, allerdings dachte ich immer, dass es sich bei ihnen ausschließlich um Männer handelt. *Demon* ist ja auch nicht zwangsläufig ein Frauenname.

»Er weiß es nur nicht«, führt Noyce ungezwungen fort. »Er faselt ständig was davon, dich umbringen zu wollen, aber ich bin mir ziemlich sicher, dass er, was dich betrifft, durchgehend das Gegenteil von dem sagt, was er wirklich meint.«

»Hör auf, mich abzuchecken!«, fahre ich ihn an, als sein Augenmerk nun schon seit mehreren Atemzügen von meinen Haarspitzen zu den Füßen und wieder zurück wandert und schließlich an meinen Möpsen kleben bleibt.

Mit verschränkten Armen laufe ich an ihm vorbei, um so schnell wie möglich Abstand von ihm und dem Schlafzimmer in ihrer pikanten Kombination zu bekommen.

Genau genommen hat Blair mich bloß aus dem Patientenzimmer in der Psychiatrie in die nächste abgeschiedene Bude verfrachtet. Nur, dass ich mich jetzt über einem Nachtclub mit dem Namen El Paso befinde. Meine Unterkunft darf ich trotzdem nicht auf eigene Faust verlassen.

»Außerdem kannst du mir gerne mal erklären, was das Gegenteil von *er will mich umbringen* ist!«, rufe ich über meine Schulter, weil ich keine Ahnung habe, was Noyce gerade treibt. Möglicherweise schnüffelt der perverse Vogel in dieser Sekunde an meinem Kopfkissen, oder so.

»Na, ficken.« Er kontert in derselben Lautstärke wie ich, nur dass er anscheinend direkt hinter mir ist.

Ich mache einen erschrockenen Satz vorwärts, frontal gegen die Arbeitsfläche der behelfsmäßig eingerichteten Küchenzeile. Um mich nicht schmerzhaft zu stoßen, greife ich gerade noch rechtzeitig nach der Kante und wirbele zu Noyce herum.

Schmunzelnd platziert er die Hände rechts und links von meinen Flanken und beugt sich zu mir hinunter.

Er ist wirklich groß. Nicht so hünenhaft wie Chase, aber groß genug, um mir eine ordentliche Portion Respekt einzuflößen.

Seine hellen Augen bohren sich in meinen Kopf. »Wie wär's, Stevie? Möchtest du noch ein letztes Mal meinen Schwanz lutschen, bevor ich Chase zu dir lasse?« Verlangen umnebelt seinen Blick und ich kann ihm richtiggehend ansehen, wie sehr er mit sich ringt, nicht seine Härte gegen meinen Bauch zu drücken.

Allerdings ist das, was er gerade gesagt hat, etwas, dass ich absolut nicht ignorieren kann: *Chase ist hier?!* »W-w-was? Ich dachte, ich bin hier in Sicherheit!«

Noyce gibt ein raues Lachen von sich. »Mein Gott, Stevie. Chase wohnt nur ein Zimmer weiter. Alles, was wir hier versuchen werden, ist eine friedliche Zusammenführung.«

»Eine was?!«

»Fried-li-che Zu... Ach, du hast mich schon verstanden.« Er richtet sich auf und mustert mich geringschätzig. »Du und Chase – ihr habt einiges zu besprechen, würde man meinen. Ich werde dafür sorgen, dass er dir nicht an die Gurgel geht, bevor er auch nur einen plausiblen Gedanken fassen kann. Ihr solltet zumindest eure Standpunkte klären, damit Adler entscheiden kann, was wir mit dir anfangen sollen.« Er redet mit mir, als wäre es vollkommen einleuchtend, dass sie so vorgehen werden.

»Was ... was hat das zu bedeuten? Meinst du etwa ...« Mein Herz beginnt wie wild zu pochen.

»Dass Adler entscheiden könnte, dass Chase mit dir anstellen darf, wonach ihm ist? Hmm.« Nachdenklich kratzt er sich am Kinn. »Vor ein paar Wochen hätte ich das definitiv bejaht, aber jetzt, wo er Blair hat ... ich denke, du musst dir nicht allzu große Sorgen machen, Stevie.«

»Du meinst ...« Ich verschränke die Arme vor der Brust, schon allein, um Noyce zu demonstrieren, dass er mir bloß nicht nochmal auf die Pelle rücken soll. »Blair ... mag mich?«

Erstaunt zieht er die Augenbrauen hoch. »Ähm. Wäre das so überraschend?«

»Oh ja.« Ich schnaube spöttisch.

»Wie meinst du das?« Er scheint ehrlich überrascht und weicht sogar einen weiteren Schritt zurück, wie um mir mehr Freiraum geben zu wollen.

Ich zucke mit den Schultern. »Niemand mag mich. Deswegen ist das eine ganz neue Erfahrung für mich.«

»Na ja, also ... Chase ist nicht niemand und ...« Noyce lacht kurz auf, doch an der Art und Weise, wie er es tut, erkenne ich, dass ich ihn mehr zu verblüffen scheine, als ihm lieb ist. »Und ich finde dich auch nicht gerade zum Kotzen. Außerdem glaube ich nicht, dass Demon dich bereits jetzt schon auf ihre Blacklist gesetzt hat. Sonst hätte sie dir niemals etwas zum Anziehen geliehen und genauso wenig einen Teil ihrer Essensvorräte an dich gespendet. Blair zuliebe hat sie es sicher nicht getan. Sie scheint dich leiden zu können. Woran es allerdings liegt, kann ich dir nicht sagen. Demon ist sehr eigen.«

Demon ist eigen. Ja, das habe ich mir schon gedacht.

»Okay.« Mein erster Eindruck von ihr war, dass ich mich möglichst von ihr fernhalten sollte. Aber vielleicht kann ich sie doch als potenzielle Verbündete ansehen.

»Allerdings«, nachdenklich fixiert er irgendeinen Punkt hinter mir, »bei Demon ist es wie bei mir. Es könnte sein, dass sie bloß nett zu dir ist, weil sie dich heiß findet.«

»Na, ganz toll.« Eingeschnappt schiebe ich mich an ihm vorbei und öffne den silberschimmernden Kühlschrank, obwohl ich nicht weiß, was ich will. Eigentlich habe ich gar keinen Hunger – schon allein, weil mir jeglicher Appetit spätestens seitdem vergangen ist, als Noyce mir verkündet hat, dass Chase nur ein Zimmer weiter wohnt. Außerdem würde Noyce bloß auf die Idee kommen, gemeinsam mit mir frühstücken zu wollen.

Was soll's. In den geöffneten Kühlschrank zu starren hatte schon immer eine meditative Wirkung auf mich. »Und Blair?«, spreche ich eine einsame Avocado an. »Wieso ist sie nett zu mir? Aus Mitleid? Weil Adler es ihr befohlen hat?«

Ich merke selbst, wie schwachsinnig meine Vermutung klingt, aber ich bin es dermaßen gewohnt, dass alle Welt mich ätzend findet, dass ich automatisch misstrauisch werde, sobald jemand nett zu mir ist.

»Ist gut möglich.«

Auch das noch. Langsam beschleicht mich das Gefühl, dass ich mich, egal, wo ich mich in New Juarez aufhalte, nicht unbedingt in Sicherheit befinde. Dass wirklich jeder mir etwas Böses will.

Gestern, als Blair mich aus der Psychiatrie befreit hat und mich hierher brachte, war ich emotional viel zu aufgewühlt, um darüber nachzudenken, aus welchen Beweggründen sie eventuell gehandelt haben könnte. Auch den restlichen Nachmittag bin ich nicht dazu gekommen, auf meine innere Stimme zu hören, die immer wieder angemerkt hat, dass ich achtgeben soll. Dass ich mich keinem anvertrauen darf. Dass ich mich auf niemanden verlassen kann.

Diese gruselige Demon. Was ist mit ihr?

Sie war wohl in Blairs – oder Adlers – Pläne eingeweiht und schien bereits auf uns zu warten, als wir das El Paso erreichten. Wir gabelten sie unten im Club auf, wo sie gelangweilt mit einem Messer auf eine Dartscheibe zielte.

Wie hypnotisiert haben Blair und ich ihr dabei zugesehen: Wurf. Ins Schwarze treffen. Hinlaufen. Messer herausziehen. Zehn Schritte von der Dartscheibe entfernen. Ignorieren, dass Angestellte den Weg kreuzen. Wurf. Dartscheibe treffen.

Hatte auch was Meditatives.

Nach dem fünften Wurf sprach Blair sie an und erklärte ihr, dass ich *die besagte* Emilia sei. Wortlos drehte Demon sich zu mir um, musterte mich kurz von oben bis unten und machte dann eine Kopfbewegung zu der *Staff-Only*-Tür, die interessanterweise zu diesen Unterkünften führt.

Demon hat insgesamt höchstens drei Sätze mit mir gesprochen. Aber wenigstens hat sie ihren halben Kühlschrank für mich geleert und mich mit Kleidung versorgt, die mir definitiv besser passt, als das Zeug von Blair – obwohl Demons Hosen etwas zu lang für mich sind und bei ihr wesentlich lockerer sitzen.

Sie hat das für mich getan, ohne zu murren. Begeistert geguckt hat sie aber auch nicht gerade. Sie ist nun einmal gruselig.

Ich weiß echt nicht, was ich von ihr halten soll. Ich weiß nicht, was ich von Blair halten soll. Einerseits habe ich das Gefühl, dass ich ihnen vertrauen kann. Andererseits ... ja, irgendwie ist sogar Blair gruselig.

Sie haben beide diese gewisse ... Ausstrahlung. Sie könnten mir definitiv gefährlich werden, wenn ich es zu bunt treibe.

Gerade Demon.

MIA

»Was ist, Stevie? Wo bist du mit deinen Gedanken?« Noyce' Stimme kommt wie von weit her. Er steht gerade einmal eine Armlänge von mir entfernt und scheint mich schon seit einer Weile zu betrachten.

Na toll. Ich bin gedanklich mal wieder total abgeschweift.

»Ich habe mich daran erinnert, dass es keinen Grund gibt, dir zu vertrauen.« Ich räuspere mich leise und sehe ihm dann direkt in die Augen. »Ich kann niemandem vertrauen.«

»Tja.« Mit einem schiefen Grinsen dreht er der Arbeitsplatte den Rücken zu, stützt sich mit beiden Händen ab und lässt sich auf ihr nieder. »Das ist das Erste, was du als Lehreinheit von hier mitnehmen darfst. Vertraue niemandem – auch nicht dir selbst.«

»Wie bitte?«

»Solange du dir nicht hundertprozentig sicher sein kannst, dass wir dir vertrauen, solltest du uns nicht vertrauen.« Er klopft sich mit der Handfläche auf die Brust. »Und da es absolut offensichtlich ist, dass du nicht unbedingt ein riesiges Ego hast, darfst du vor allem nicht dir selbst vertrauen. Erst recht nicht deinem Herzen, Stevie. Denn das macht für gewöhnlich, was es will.«

»Was möchtest du mir damit sagen?«

»Beispielsweise ...« Er zeigt zu der Zimmertür, die womöglich der einzige Schutz ist, der Chase von mir fernhält. »... dass Chase nicht mehr alle Tassen im Schrank hat. Ich kann seine Beweggründe nachvollziehen, ich bin jedoch davon überzeugt, dass er da ein paar Gefühlswallungen durcheinanderbringt. Besser gesagt, dass sein Herz ihn durcheinanderbringt. Er empfindet etwas für dich, will es aber aus Grund XY nicht wahrhaben. Oder er verurteilt sich dafür und projiziert die Wut, die er eigentlich auf sich selbst hat, auf dich.«

»Grund XY?«

»Natürlich weiß ich, weshalb er es derart auf dich abgesehen hat. Allerdings ist es nicht an mir, dich darüber aufzuklären. Das müsst ihr untereinander klären.«

»Und du willst den Schiedsrichter spielen? Meinst du echt, dass du der Richtige dafür bist, Noyce? *Du*, der seine Position als mein Vorgesetzter gnadenlos ausgenutzt hat?!« Empört stemme ich die Hände in die Seiten.

Er lacht erheitert auf. »Ach, Stevie. Ich war niemals dein Vorgesetzter. Es war alles inszeniert. Dieses Hotel hat es nie gegeben. Betsy und die anderen Mädels waren Schauspielerinnen, die dafür bezahlt wurden, dich mieszumachen. Die Hotelgäste waren Schauspieler. Das Hotel war ein leer stehendes Gebäude, das wir vor einigen Tagen räumen mussten, weil Adler es abreißen lassen hat. Deswegen habe ich mich dummerweise gezwungen gesehen, dich zu feuern.«

»W-was?!« Mit weit aufgerissenen Augen glotze ich ihn an und warte schlicht und ergreifend auf eine Erklärung, dass er nur Witze macht, um mich endgültig zu verwirren.

»Denk nach, Stevie.« Er lacht erneut. »Das Einzige, was echt war, waren die Blowjobs.« Sein Mundwinkel zuckt. »Na ja. Und mit Betsy – oder wie auch immer sie wirklich hieß – habe ich tatsächlich hin und wieder gevögelt.«

»Na toll. Herzlichen Glückwunsch. Meinst du, ich fühle mich jetzt besser? Meinst du, ich ... ich fühle mich weniger benutzt, weil mein Job als Zimmermädchen *gefaked* war?! Meinst du, jetzt ist es *in Ordnung*, dass du mir die Blowjobs aufgezwungen hast?«

»Nein, natürlich nicht.« Er zeigt echt den Nerv, mich nach wie vor anzugrinsen. »Aber ... ohne wie ein Arsch klingen zu wollen ... ich konnte dir nicht widerstehen.«

Ich schnaube empört. »Du klingst nicht nur wie ein Arsch, du *bist* einer! Wusstest du, dass Männer, die einer Frau so etwas angetan haben, vor fünfzig Jahren noch in den Knast gewandert sind?! Das hätte für immer in deiner Polizeiakte gestanden und du hättest niemals wieder einen annehmbaren Job gefunden – geschweige denn eine Frau, die es mit dir aushält!« Ich verziehe mein Gesicht zu einer angewiderten Grimasse, entferne mich endlich von ihm und stolziere zurück in Richtung Schlafzimmer.

»Hey! Willst du gar nichts essen? Du musst doch total ausgehungert sein!«, ruft Noyce hinter mir her. Es scheint ihn nicht ansatzweise zu kratzen, dass ich ihm gerade die Meinung gegeigt und ihm damit gleichzeitig mitgeteilt habe, dass er mir bloß fernbleiben soll.

Typisch Mann.

Dabei ist mir durchaus bewusst, dass ich versuchen könnte, Noyce als meinen Verbündeten gegen Chase zu verwenden. Er hat gerade gesagt, dass er mir nicht widerstehen konnte – das heißt doch, dass er ... ja. Dass er in meiner Gegenwart zumindest teilweise mit dem Schwanz denkt.

Und außerdem ... Klar, er hat seine Position als mein vermeintlicher Boss gnadenlos ausgenutzt. Aber es ist ja nicht so, dass ich mich tatsächlich absolut erniedrigt gefühlt habe, geschweige denn, mich vor ihm geekelt hätte.

Ich bin so erzogen worden. Meine Mutter hat mir, seitdem ich mit dreizehn den ersten Brustansatz bekam, ziemlich eindringlich erklärt, dass ich ab sofort lernen müsste, meine Weiblichkeit gegen die Männerwelt einzusetzen.

Wir Frauen kommen nicht mit Intelligenz und Fleiß weiter. Wir müssen unseren Ehrgeiz auf subtilere Weise einsetzen. Indem wir die Männer, von denen wir profitieren könnten, um den Finger wickeln und ihnen, wenn alle Stricke reißen, spezielle Dienste anbieten.

Während der Schulzeit war es für mich absolut selbstverständlich, dem einen oder anderen Lehrer zur Verfügung zu stehen und ab einem gewissen Alter habe ich für manche sogar die Beine breit gemacht.

Was eine Stevens nicht alles tut, um die Klassenbeste zu sein.

Ich bin mir verhältnismäßig sicher, dass ich meiner Mutter lediglich den Rang abgelaufen habe. Als ich noch zu jung war, hat sie bestimmt den einen oder anderen meiner Lehrer an meiner statt bezirzt. Schließlich war ich zwar nicht die Dümmste in meiner Klasse, aber auch nicht die Cleverste. Eine Stevens hat nun einmal Bestnoten zu bekommen.

Mit Schwung werfe ich die Schlafzimmertür hinter mir zu und erstarre mitten in der Bewegung. Auf der

Stelle schwirrt mir nur noch ein Gedanke durch den Kopf: Chase, der bloß ein Zimmer weiter wohnt, hat den Knall zweifelsohne gehört.

Ich hasse es, wenn ich mein Temperament nicht im Griff habe. Es ist eindeutig nicht von Vorteil, Noyce von mir abzugrenzen. Selbst wenn ich – so wie jetzt gerade – dringend Abstand zu ihm brauche.

Hoffentlich werde ich das nicht bereuen.

Nichtsdestotrotz werde ich mir erst einmal etwas Vernünftiges anziehen – vor allem einen BH – und das möglichst ohne Noyce, der mir dabei zusieht. Sobald ich die Tür offen gelassen hätte, wäre es ihm einer Einladung gleichgekommen, mir zu folgen. Und wenn ich ihn dann auch noch zusehen lassen hätte, wie ich mich umziehe ... Ich schätze ihn wirklich so ein, dass er mir nicht *widerstehen* kann. Egal, ob Chase ihm *erlaubt,* mich anzufassen oder nicht.

Im Grunde hätte ich das für mich ausnutzen können.

Noyce gegen ihn aufbringen, indem ich mich von ihm vögeln lasse. Ist ja nicht so, dass ich mir dafür zu schade wäre. Schließlich habe ich das schon oft genug in meinem Leben gemacht.

Warum bin ich nicht vorher darauf gekommen?

Ganz einfach: weil ich nicht die Cleverste bin.

Ich lausche angestrengt. Es ist nichts zu hören. Entweder hat es Noyce die Sprache verschlagen oder er wartet entspannt ab, bis ich wieder herauskomme ... oder er ist ebenfalls eingeschnappt und hat längst mein Zimmer verlassen, um Chase zu holen.

Keine Ahnung.

Jedenfalls muss ich mich wohl oder übel bei ihm entschuldigen, wie es aussieht. Vielleicht sollte ich auch mal ehrlich zu ihm sein. Beispielsweise, indem ich ihm einfach sage, wie es ist. Aber, dass es mich trotzdem irgendwie enttäuscht, dass er einer von *diesen* Männern ist.

Ja. So werde ich es machen.

In Windeseile ziehe ich Jeans und T-Shirt aus dem Schrank, Socken und Unterwäsche. Das heißt, ich muss mich wieder in Blairs Bustier und in einen ihrer Slips quetschen. Von Demon war es wohl doch zu viel verlangt, mir etwas von ihrer Unterwäsche abzugeben.

Ist ja auch irgendwie befremdlich. Darüber hinaus könnte es sein, dass mir ihr Zeug genauso wenig passt wie Blairs. Demon ist ebenfalls ganz schön dünn. Muskulös, aber dünn. Glaube ich zumindest. Sie trägt recht weite Kleidung. Tiefsitzende Jeans, T-Shirts und Holzfällerhemden. Schließlich durfte ich gestern einen Blick in ihren Kleiderschrank werfen.

Beim Messer-Dart trug sie jedenfalls bloß ein weißes Shirt, sodass ich ihre athletischen Oberarme betrachten durfte – und die waren nicht zu verachten. Also für eine Frau. Nicht übertrieben muskelbepackt, allerdings ließ sich kein Gramm Fett an ihnen erkennen.

Ist ja auch egal.

Vorsichtig öffne ich die Schlafzimmertür. Noyce steht mitten im Wohnraum und grinst provokativ vor sich hin. »Na!«

Ich unterdrücke ein entnervtes Stöhnen.

Konzentriere dich, Mia.

»Hör mal«, beginne ich und klappe die Tür hinter mir zu. »Es war ja irgendwie zu erwarten, dass du wie ein Arsch handelst. Ihr Männer könnt halt nicht anders. Allerdings ... ist es für mich im Nachhinein dennoch frustrierend, dass du mich so ausgenutzt hast.«

»Dass er *was?!*«, schaltet sich auf einmal eine männliche Stimme zu meiner Linken ein.

Chase steht direkt neben mir und lehnt mit der Schulter und verschränkten Armen an der Wand. Die Schlafzimmertür hatte ihn eben komplett verdeckt und jetzt habe ich ihn einfach nicht bemerkt, weil ich mich vollständig auf Noyce konzentriert habe.

»Was hast du gemacht, Noyce?!«, motzt er los, stößt sich von der Wand ab und geht auf ihn los. »*Was* habe ich dir gesagt, du Wichser?!«

»Nichts, Bro!« Sofort macht Noyce mehrere Schritte rückwärts und hält ergeben die Hände über den Kopf. »Wir hatten bloß einen kleinen Streit wegen der Blowjob-Geschichte.«

»*Welche Blowjob-Geschichte, verdammt?!*« Wie ein wahrer Hüne baut Chase sich vor ihm auf und drückt die Stirn gegen seine. »Ich habe dir, *verfickt nochmal*, gesagt, dass du die Finger von ihr lassen sollst!«

»Habe ich doch!« Erneut weicht Noyce einige Schritte zurück, scheint dabei allerdings jeglichen Respekt vor Chase zu verlieren. Im Gegenteil. Er muss sich offensichtlich richtig Mühe geben, nicht laut loszuprusten. »Es ging ihr um die Blowjobs im Hotel. Sie erwartet wohl eine Entschuldigung von mir.« Geschickt springt er beiseite, als Chase versucht, ihn an der Kehle zu packen. »Also nichts, was du nicht eh schon wusstest, Alter.« Nochmals weicht er Chase aus, der ihn quer durchs Zimmer verfolgt. »Und krieg dich wieder ein. Du machst dich gerade total zum Affen.«

Stocksteif bleibt Chase stehen und schenkt mir einen derart verachtungsvollen Blick, dass mein Blut innerhalb von Sekundenbruchteilen zu Eis gefriert. Eben habe ich die beiden noch vollkommen entspannt bei ihrem Katz-und-Maus-Spiel beobachtet, jetzt ist jedoch das Einzige, was ich zustande bekomme, Chase mit großen Augen anzuglotzen.

Scheiße, ich hätte die Gelegenheit nutzen sollen, um mich möglichst leise aus dem Staub zu machen!

»Und *du!*« Nun kommt er auf mich zu. Wobei er mich diesmal nicht an einen Stier erinnert, der den Matador anzugreifen versucht, sondern an eine Raubkatze, die sich mit bedächtigen Schritten an die verwundete Beute heranpirscht. »Was, zum Teufel, denkst du dir eigentlich?!«

»W-was i-ich m-mir d-denke?!« So gerne würde ich es Noyce gleichtun und nichts als Respektlosigkeit gegenüber Chase an den Tag legen, doch es klappt nicht. Ganz und gar nicht. Noyce' unbesonnene Art hat leider keinerlei ansteckende Wirkung auf mich. Im Gegenteil. Er scheint sämtlichen Wagemut aus mir herausgesaugt und für sich beansprucht zu haben, um Chase entgegentreten zu können.

Von daher bleibt von mir bloß ein kleines Häufchen Elend zurück, dass sich mit aller Macht in die weiße Wand hinter sich zu drücken versucht, während es immer mehr vor der Raubkatze zurückweicht.

»Was du dir bei der Aktion hier denkst«, bestätigt Chase mit einem Nicken, ohne dass sein eiskalter Blick für eine Millisekunde nachlässt. »Glaubst du, du wärst hier im El Paso in Sicherheit? Glaubst du, nur weil mein Boss, sein Anhang und alle anderen Schatten um mich herum es nicht gutheißen, was ich seit Monaten mit dir anstelle und auch in Zukunft mit dir anstellen *werde*, dass ich mich davon beirren lasse? Dass ich es mir anders überlege und dir gegenüber Gnade walten lasse? Glaubst, du ich gebe einen Penny auf Noyce' Behauptung, dass ich einen Narren an dir gefressen habe und meine Gefühle nicht richtig deuten kann?!« Mit einem abfälligen Lachen schüttelt er den Kopf.

In dieser Sekunde erreicht er mich. Während ich noch immer versuche, mit der Wand in meinem Rücken zu verschmelzen, lehnt er sich vor und stützt beide Hände rechts und links neben meinem Kopf ab.

»Indem du dich von Blair hierherbringen lassen hast, war dein Schicksal besiegelt, Mia. Doch es ist egal – und das wusste sie auch. Sie hätte dich auf die andere Seite des Globus bringen können. Du wärst nirgendwo vor mir sicher gewesen.«

»A-aber was habe ich dir überhaupt getan?« Tränen steigen in meine Augen, als mir nun endlich eine Sache so richtig bewusst wird: Ich bekomme es erst jetzt mit der Angst zu tun. Erst jetzt wird mir klar, dass ich in der Falle sitze.

Bis eben, bis Chase hier aufgekreuzt ist, wusste ich zwar, dass ich der Gefahr mehr denn je ausgesetzt bin, doch … ich habe es verdrängt. Noch schlimmer. Ich habe keine Gefahr gesehen. Ich war völlig entspannt.

Ich habe nicht einmal an Flucht gedacht.

»Du kapierst es nicht, oder? Du denkst echt, dass deine Seele vollkommen unbefleckt ist, oder?« Seine Stimme ist so dunkel, dass sich mir buchstäblich die Nackenhaare aufstellen und ich wie unkontrolliert zu zittern beginne.

»Ähm … i-ich weiß nicht?« Langsam geht es mir wirklich auf den Senkel, dass ich so heftig am Stottern bin. Ich möchte stark sein. Ich möchte Chase selbstbewusst begegnen. Doch ich kann es nicht.

Er beugt sich immer tiefer zu mir herunter, während ich ihn mit großen Augen anstarre und immer mehr in mich zusammensacke.

»Du weißt es nicht?! Du denkst, dass das, was du getan hast, absolut in Ordnung war?!« Mit jedem Wort scheint er wütender zu werden, obwohl ich nach wie vor keinen blassen Schimmer habe, wovon er redet.

Mein Mut fällt immer mehr in sich zusammen. Zu gerne würde ich mich gegen ihn verteidigen, aber ich habe keine verfluchte Ahnung, wo ich ansetzen soll. Ich weiß ja nicht einmal, was genau er mir eigentlich vorwirft. Ich scheine seiner Meinung nach etwas derart Schreckliches getan zu haben, doch ... Oh Mann. Jetzt wird es mir klar.

»Chase, du verwechselst mich mit jemandem.« Etwas anderes kann es gar nicht sein. »Hat möglicherweise eine Verwandte von mir ...? Was ist denn überhaupt los?« Im selben Moment, in dem mir bewusst wird, dass ich laut seiner Aussage schon seit Monaten von ihm gestalked werde – und das völlig unbegründet –, nehme ich die letzten Funken Wagemut zusammen und flutsche unter Chase' Arm hindurch.

Ohne zu überlegen, eile ich zu Noyce, der wie versteinert in der Mitte des Raums steht und die Augen zwischen mir und Chase hin und her huschen lässt und jetzt wie ferngesteuert nach meinem ausgestreckten Handgelenk greift.

Mit einem groben Ruck zieht er mich hinter sich, während er die Schultern durchdrückt und sich darauf vorzubereiten scheint, Chase' erbarmungslosen Zorn an sich abprallen zu lassen. »Siehst du, Bro. Sie hat keine verdammte Ahnung, was du eigentlich von ihr willst«, beginnt er nun und deutet mit dem Daumen zu mir. »Ich sage es dir ja schon die ganze Zeit, dass mir an der Sache irgendetwas Spanisch vorkommt.«

Wie in Zeitlupe dreht Chase sich zu uns herum und

lässt Noyce einen derart mörderischen Ausdruck zukommen, dass es mich fast wundert, warum er nicht auf der Stelle tot umfällt. »Aus dem Weg, *Bro.* Es ist zu spät für Helden. Nicht hier. Nicht bei uns in New Juarez.«

»Du spinnst doch.« Stur verschränkt Noyce die Arme vor der Brust. »Wie wäre es, wenn du sie endlich einmal aufklären würdest, welche explizite Laus dir über die Leber gelaufen ist, bevor du hier weiterhin den Terminator spielst. Langsam kann dir nämlich keiner mehr das Getue abnehmen.«

»Ach ja?« Chase macht zwei schwere Schritte auf uns zu. »Wenn du nicht gleich zur Seite trittst, werde ich euch Wichsern beweisen, wozu ihr mich getrieben habt, indem ihr mir alle gestern in den Rücken gefallen seid.«

»Wir sind dir nicht in den Rücken gefallen, Alter. Wir glauben nur, dass du dich da in etwas verrennst, das dich vollkommen überschnappen lässt. Adler hat dich gewarnt. So einen durchgeknallten Vogel wie dich kann er nicht auch noch gebrauchen.«

»Weißt du eigentlich, wie egal mir das inzwischen ist? Ich will sie tot sehen. Jetzt.« Er zeigt mit dem Finger auf mich, als ich tapfer hinter Noyce hervor schiele.

»Nein.« Er schüttelt den Kopf. »Ich bin fest davon überzeugt, dass du ihr etwas vorwirfst, das sie nicht getan hat. Oder zumindest nicht mit Absicht.«

Mit einem Mal zieht Chase eine Waffe aus seinem Hosenbund und richtet sie auf Noyce' Schädel. Er steht keine zwei Meter von uns entfernt und wird definitiv nicht danebenschießen, sobald er abdrückt. »Ich warne dich, Noyce. Du hast mir gestern bewiesen, dass ich kein bisschen auf dich zählen kann. Du hast dich nicht nur mit Adler abgesprochen, sondern auch mit Thorne, Demon und Blair. Zusammen habt ihr Pläne geschmiedet, wie ihr mich ablenken und letztlich hintergehen könnt.« Erbittert verengt er die Augen zu Schlitzen. »Du denkst doch nicht im Ernst, dass ich dir jemals wieder vertrauen kann. Keinem von euch. Die Schatten und das verfickte Adler-Kartell sind für mich Geschichte.«

Ich spüre richtiggehend, wie Noyce sich versteift. »Sag das nicht, Bro. Wir haben das nur gemacht, weil du einer von uns bist. Wir sind davon überzeugt, dass es das Beste für dich ist, wenn du ihr nichts antust.«

Mit *ihr* bin vermutlich ich gemeint.

»Woher wollt *ihr* wissen, was das Beste für mich ist?!«, donnert Chase ihm entgegen.

»Woher? *Seit wann* meinst du wohl eher.« Noyce gibt ein humorloses Lachen von sich. »Spätestens, seitdem du deinen Verstand abgeschaltet hast und sämtliche Zeichen, die wie Neonlichter vor dir aufblinken, zu ignorieren scheinst!« Wieder deutet er mit dem Daumen zu mir. »Guck sie dir doch an. Sie ist die Unschuld in Person. Selbst wenn sie es irgendwann einmal faustdick hinter den Ohren hatte, ist das schon lange vorbei. Sie ist ein Schatten ihrer selbst. Und ich würde sagen, dass du deinen eigenen Anteil dazu beigetragen hast.«

Scheiße. Was meint Noyce damit?

»Fick dich.« Chase entsichert die Waffe und macht einen weiteren Schritt auf uns zu.

»Okay, das reicht.« Ohne, dass ich mir überhaupt dessen bewusst bin, was ich da eigentlich tue, trete ich mit erhobenen Händen hinter Noyce hervor und stelle mich vor ihn. »Offensichtlich willst du mich töten. Alles klar. Nicht, weil du Spaß dran hast, sondern weil du mich hasst. Wenn ich das richtig verstehe, scheine ich dir in der Vergangenheit irgendetwas angetan zu haben, woran ich mich nicht erinnern kann. Oder du verwechselst mich wirklich mit jemandem.«

»Nein, Emilia.« Lachend schüttelt Chase den Kopf. »*Dich* verwechsele ich bestimmt mit niemandem. Das könnte mir niemals passieren.«

»Und warum nicht?« Ich weiß, dass meine Stimme bebt. Ich weiß, dass ich am ganzen Leib zittere und dass ich kurz davor bin, mir vor Angst in die Hosen zu machen. Und trotzdem recke ich mein Kinn in die Luft, verschränke die Arme vor der Brust und schaue Chase herausfordernd an. »Ich kenne dich nicht.«

»Oh doch, du kennst mich. Vielleicht hast du mich vergessen, aber sobald ich dir meinen Namen nenne, *wirst* du dich erinnern.« Er mustert mich von oben bis unten, seufzt, sichert urplötzlich seine Waffe und steckt sie zurück in den Hosenbund.

»Chase? Egal, ob das dein Vor- oder Nachname ist; ich kenne keinen *Chase.*«

»Natürlich nicht.« Auf einmal wirkt er vollkommen gelassen. Er versenkt sogar die Hände in den Hosentaschen und macht eine Kopfbewegung zur Tür. »Verpiss dich, Noyce. Mia hat gerade dein verschissenes Leben gerettet und das solltest du ausnutzen.«

»Ich werde nicht gehen, solange ich nicht sicher sein kann, dass du sie am Leben lässt.« Erneut umfasst er mein Handgelenk und will mich offenbar nochmals hinter sich ziehen.

»Fass sie nicht an!« In Sekundenschnelle hat Chase wieder die Waffe in der Hand, entsichert sie und drückt ab.

Erschrocken wirbele ich zu Noyce herum und rechne bereits mit dem Schlimmsten – doch die Kugel ist zum

Glück eine halbe Armlänge neben seinem Kopf in einen der Küchenschränke eingeschlagen.

Noyce scheint vollkommen unbeeindruckt. Er taxiert Chase sogar mit einem regelrecht emotionslosen Blick. »Ich bleibe. Und du wirst ihr jetzt sagen, wer du bist, denn sonst beweise ich dir, dass du mich noch nicht richtig kennengelernt hast, *Bro.*«

Ich glaube Noyce aufs Wort. Seine Stimme ist so trocken, dass ich mir absolut sicher bin, dass er mindestens genauso gefährlich ist wie Chase. Auf eine andere Art zwar, aber womöglich eine Art, die keinem von uns gefallen wird.

Chase macht ein anerkennendes Geräusch und steckt tatsächlich die Waffe weg. Sein Blick fällt auf mich. »Ich bin Aton Hunter.«

»Was?« Ich kann gar nicht anders, als nachzuhaken. In diesem Moment wünsche ich mir einfach so sehr, dass ich mich verhört habe.

Doch das würde keinen Unterschied mehr machen. Erinnerungen prasseln auf mich ein. Erinnerungen, die ich in der dunkelsten Ecke meines Gehirns versteckt habe.

Er hat recht. Ich glaube, ich habe ihm wirklich etwas Schlimmes angetan. Etwas, worüber niemand jemals mit mir gesprochen hat, weil mein Vater es mir verboten hat. Weil ... ich eine Stevens bin und eine Stevens hat niemals Schuld.

CHASE

»Aton? Aton Hunter?« Sie ist die Erste und Einzige seit Jahren, die mich mit meinem richtigen Namen anspricht.

Ein eigenartiges Gefühl.

Sogar meine Gran ist dazu übergegangen, mich Chase zu nennen. Aus Sicherheitsgründen. Oder weil sie den Namen Aton noch nie leiden konnte. Und meinen Vater, der mir den Nachnamen Hunter vererbt hat, erst recht nicht.

»Live und in Farbe.«

»Du bist so ...«

»Heiß?«

Skeptisch runzelt sie die Stirn. »Groß.«

»Eigentlich bin ich seit meinem achtzehnten Lebensjahr nicht mehr nennenswert gewachsen, Mia.«

»Aber du ... hast dich verändert.«

»Wundert dich das?« Mein Tonfall ist gleichzeitig genervt und vorwurfsvoll, was nicht ansatzweise seine Wirkung verfehlt: Verschämt schlägt sie die Augen nieder.

»Nein. Entschuldige.«

Mit einem geringschätzigen Schnauben schüttele ich

den Kopf. »Und du meinst tatsächlich, dass *alles*, was in der Vergangenheit vorgefallen ist, mit einer Entschuldigung abgetan ist?!«

»Nein, aber ... ich kann mich an kaum etwas erinnern, Aton.«

»Chase.«

Sie schaut zu mir auf. In ihren Augen schimmern schon wieder Tränen.

Na ganz toll. Jetzt fängt sie auch noch an zu heulen.

Die Wut, die ich eben vor Noyce und ihr ausgelebt habe, waren all die Gefühle, die sich in den vergangenen Stunden in mir aufgestaut haben: Enttäuschung, dass mich diejenigen, denen ich neben meiner Gran das größte Vertrauen schenke, derart hinters Licht geführt haben.

Noyce hat mich nicht wegen Thorne dazu gedrängt, mit ihm ins Ruby's zu fahren und auch nicht, um *Schießübungen* zu machen. Es war alles ein abgekartetes Spiel. Von ganz oben geplant.

Bereits vor Wochen hatte er sich mit Adler abgesprochen, wie sie vorgehen werden, wenn sich die Situation mit Mia nicht von allein klärt, sondern – so wie jetzt – eskaliert.

»Ich kann mich wirklich kaum erinnern, Chase«, wiederholt sie sich nun. »Ich ... ich ...« Sie stockt und scheint das, was sie sagen will, nicht über ihre Lippen bringen zu können.

Meine Hand fährt vor und packt sie an der Kehle. Nicht wie vorgestern – da hätte ich sie fast umgebracht. Und der Beweis dafür lässt sich sehr gut in Form von blauen Flecken an ihrem Hals erkennen.

Aus irgendeinem Grund macht mich das an. Es ist wie ein verficktes Brandzeichen, das allen anderen Männern – vor allem Noyce – zeigen soll, dass sie mir gehört. Mein Eigentum ist.

Obwohl ich ihr nicht ansatzweise die Kehle zudrücke, schnappt Mia angestrengt nach Luft. »Nicht!«

Ich beuge mich zu ihr vor, so dicht, dass sich unsere Münder fast berühren. »Dann hör endlich auf, so ein Theater zu machen, und sag mir, weshalb ich dich nicht auf der Stelle kaltmachen sollte, Mia.« Wie ein perverser Bastard lasse ich meine Nase über ihre Wange gleiten und atme ihren Duft ein. »Du hast meine Familie auf dem Gewissen«, wispere ich ihr auf die Haut. »Du hast sie verraten. Warum hast du das getan? Sag es mir.«

Ich spüre unter meiner Hand, wie sie schwer schluckt. »Ich ... ich glaube ...« Sie scheint ernsthaft zu überlegen, wie sie es in Worte fassen soll.

»Chase. Du machst sie ganz irre. Meinst du wirklich, dass du auf diese Weise die nötigen Infos aus ihr herausgepresst bekommst? Selbst wenn sie unschuldig ist – wovon ich übrigens nach wie vor ausgehe – würde sie dir jetzt gerade alles sagen, was du hören willst. Nur, damit du sie endlich in Frieden lässt.« Noyce. Den habe ich in den vergangenen Augenblicken komplett vergessen. Für mich haben nur noch Mia und ich existiert.

»Das sagt der Folterspezialist«, kommentiere ich entnervt. »Gibst du Sny und Adler auch diese Art von Ratschlägen? Das bezweifle ich nämlich.«

»Das tue ich tatsächlich.« Auf einmal steht Noyce neben mir und packt mit der einen Hand nach meinem Handgelenk, während er mit der anderen versucht, meine Finger von Mias Hals zu lösen.

»Sagte ich nicht, dass du dich verpissen sollst?!«, fahre ich ihn ungehalten an, lasse Mias Hals aber tatsächlich los. Ich rede mir ein, es nur zu tun, weil Noyce mir mit seinem Gefummel viel zu sehr auf den Sack geht.

Der ignoriert mich wiederum, schnappt sich Mias Unterarm, führt sie zu der Polstergarnitur, die wie bei meiner Unterkunft mitten im Raum steht, und drückt sie auf einen der beiden Sessel. »Ich kenne den Unterschied zwischen denjenigen, denen man in der Tat ein Geständnis unter Folter herauspressen muss und solchen, die derartige Angst haben, dass sie wie blockiert sind und nur noch wollen, dass es vorbei ist.«

»Ach ja?« Wütend funkele ich ihn an. Zum hundertsten Mal bin ich versucht, ihn darauf hinzuweisen, Mia nicht anzupacken, aber genauso gut könnte ich ihm auch das Atmen verbieten. Hat den gleichen Effekt.

Das ist ein weiteres der Gefühle, die mich beherrschen: meine Eifersucht auf Noyce. Ich werde den Eindruck nicht los, ich treibe Mia mit jeder zusätzlichen Minute, in der sie lebt, immer energischer in seine Arme. Und indem ich es zu verhindern versuche, mache ich es nur schlimmer. Wenn ich Noyce also verbiete, sie anzufassen, tut er es erst recht und sie fühlt sich in seiner Anwesenheit umso mehr in Sicherheit.

Und ja, es ist Eifersucht. Mia gehört mir. Sie ist, verdammt noch mal, mein Eigentum. Ich kann mit ihr tun und lassen, was ich will. Und ein Noyce hat in dieser Beziehung nichts zu suchen.

»Versuche, ein normales Gespräch mit ihr zu führen, und dann versuche vor allem mal ganz rational darüber nachzudenken, ob du wirklich Gründe hast, sie derart zu verachten.«

Schweigend platziere ich mich direkt gegenüber von Mia und beschließe, Noyce einfach nur noch zu ignorieren. Die Garnitur besteht ausschließlich aus zwei Sesseln, deshalb wird er wohl oder übel stehen müssen.

Falsch gedacht. Der Sack zeigt tatsächlich den Nerv und pflanzt sich auf die Armlehne zu meiner Rechten. »Verpiss dich, Alter!«, raunze ich ihn an und gebe ihm einen heftigen Stoß. Doch wie immer lässt Noyce sich nicht beirren und bleibt einfach sitzen.

Mit einem resignierten Seufzen wende ich mich Mia zu und habe auf einmal Schwierigkeiten, ruhig sitzen zu bleiben. Irgendetwas will ich tun. Aufstehen und ... keine Ahnung. Mia über die Schulter werfen und mit ihr dahin gehen, wo ich sie ungestört bedrohen kann.

In den Kühlraum vielleicht.

»Ich ...«, beginnt sie wieder und ich rolle wie automatisiert mit den Augen.

»Ehrlich jetzt, Mia? Mein Geduldsfaden ist schon bis zum Zerreißen gespannt und du hast nichts Besseres zu tun, als vor dich hinzustottern? Immer nur *du!* Ja. Wir haben es verstanden. In deinem Leben hat sich alles ständig nur um dich gedreht. Das ist nichts Neues und wird sich so schnell nicht ändern lassen. Du solltest jedoch langsam echt einmal anfangen, dich vor mir zu verteidigen.« Ich ziehe die P99 aus meinem Hosenbund, die meine Sitzposition ohnehin nicht gerade bequemer gemacht hat, und lege sie vor mir auf dem Couchtisch ab. Dabei schaut die Mündung direkt zu Mia.

Ja. Noyce hat mir empfohlen, Mia nicht weiter unter Druck zu setzen. Allerdings kann ich es nicht komplett sein lassen. Sie sollte zumindest wissen, dass ich noch immer bereit bin, sie jederzeit abzuknallen.

»Ich werde dich auch umbringen, ohne erfahren zu haben, was dich dazu getrieben hat, meine gesamte Familie in den Tod zu schicken. Unter ihnen waren Kleinkinder, Mia. Ich hoffe, du bist dir dessen bewusst.«

Erschrocken reißt sie die Augen auf. »Oh mein Gott, Aton! Das tut mir so leid!« Zwei Sekunden später rollt die erste Träne über ihre Wange.

Ich hasse es, sie weinen zu sehen. Das war schon immer so. Selbst, als wir noch Kinder waren und Mia sich während ihrer beknackten Radfahrversuche auf die Backen gelegt hat.

»Chase«, knurre ich.

»Sie haben mich gezwungen«, presst sie mit einem Mal hervor. »Sie haben mich gefoltert. Sie haben mir jeden einzelnen Finger gebrochen. Mir die Nägel ausgerissen. Sie haben mich ausgezogen und begrabscht. Und dann haben sie mir Drogen verabreicht und mich vergewaltigt. Ich kann mich nicht daran erinnern, irgendwann auch nur ein Wort über dich verloren zu haben. Aber ich muss es getan haben. Ich weiß nicht, ob es der Drogeneinfluss war, der es mich vergessen lassen hat oder ...« Sie schluckt hart und senkt die Lider, als sie meinem regungslosen Blick nicht mehr standhalten kann. Ich bin wie zu Eis erstarrt.

Sie hat mich nicht freiwillig verraten. Sie hat mehr durchgestanden, als ich ihr jemals zugetraut hätte.

»Als sie anscheinend alles von mir wussten, haben sie mich wohl wieder vergewaltigt und dann haben sie mich zusammengeschlagen. Jemand hat mehrfach gegen meinen Schädel getreten. Ich war mehr tot als lebendig, als man mich fand. Es grenzt an ein Wunder, dass ich kein Pflegefall bin. Ich hatte schlimme Gehirnschäden und seitdem habe ich ... na ja. Bewusstseinsstörungen. Ich muss eigentlich Medikamente dagegen nehmen, aber momentan kann ich sie mir nicht leisten.« Sie seufzt und schaut wieder zu mir auf. »Ich bin nicht mehr die, die ich einmal war. Ich bin dumm und … Ich kann mich kaum auf etwas konzentrieren und bekomme Kopfschmerzen, wenn ich zu intensiv versuche, mich auf eine Aufgabe zu fokussieren. Ich habe Gedächtnislücken. Anscheinend tue ich Dinge, an die ich mich später nicht mehr erinnern kann.«

Fuck.

Du bist krank.

Du bist krank und ich habe es mir unbewusst zunutze gemacht.

Du hast so viel durchstehen müssen und ich habe dich gehasst.

Ich habe dich für etwas gehasst, wofür du dich womöglich noch mehr hasst.

Anstatt dir zu helfen, habe ich dir das Leben bloß noch schwerer gemacht.

Scheiße, Mia.

Ich bin so ein verdammter Wichser.

»Es tut mir so leid, Aton … Chase. Ich … ich kann mich ehrlich kaum noch an etwas erinnern. Mir fehlen ganze Monate aus dem Zeitraum. Und auch andere Erinnerungen sind nur lückenhaft.« Sie seufzt und starrt auf ihre Hände, die sie in ihrem Schoß zusammengefaltet hat. »Ich kann dir nicht einmal genau sagen, was da vorgefallen ist, weil mein Vater … du kennst ihn. Er hat es vertuscht, dass ich mit dem Tod gerungen habe. Er hat nicht darüber gesprochen, was mir widerfahren ist. Es wurde einfach totgeschwiegen.« Sie seufzt erneut. »Du weißt ja. Eine Stevens hat keine Schwächen. Und deshalb war ich für ihn bereits gestorben, als man mich fand. Eine Stevens ringt nicht mit dem Tod. Er meinte, ich hätte ehrenvoll sterben sollen. Bevor ich deine Familie verraten konnte. Eine Stevens hat zwar auch niemals Schuld, aber … eine Stevens ist auch keine Verräterin.«

Abrupt springe ich auf die Füße. Ich kann das nicht. Nie hat ihr verfickter Vater sich für mich oder meine Familie interessiert. Ich durfte nicht einmal ihr Haus betreten, wenn ich Mia zur Schule abholen wollte. Aber als seine Tochter beinahe zu Tode gequält wurde, hat er es ihr zum Vorwurf gemacht.

Ich weiß nicht, was ich tun soll.

So viele Jahre habe ich Mia dafür gehasst. Mir war scheißegal, was sie dazu getrieben hat, meine Familie in den sicheren Tod zu bringen. Es war mir egal, dass ihr eigener Vater sie auf einmal wie eine Aussätzige behandelt hat. Es war ihm peinlich, dass seine Tochter *beschädigt* wurde.

Meine Familie war ihm egal. Ihm ging es nur darum, dass seine einzige Tochter seinen Namen in den Dreck gezogen hat.

Ich sehe und ich höre nichts mehr …

Ich komme erst wieder zu mir, als mir klar wird, dass ich in meinem Range Rover sitze und auf dem Highway stadtauswärts in Richtung Flughafen fahre, wo Adlers Privatjet steht. Ich habe keine Ahnung, wie viel Zeit vergangen ist, seitdem ich aufgestanden und einfach gegangen bin.

Ich habe keine Ahnung, was mich zum Flughafen treibt. Es könnte sein, dass ich in die Hamptons will, um Mias Vater umzulegen.

Ja. Vielleicht sollte ich das tun, Mia.

Ich sollte nun endlich meine Familie rächen.

Und ich sollte dich rächen.

Ich werde in die Hamptons fliegen und deine gesamte Bagage ausrotten.

Danach werde ich die verfickte Regierung stürzen und jeden Einzelnen, der etwas mit dem Tod meiner Familie zu tun hatte, kaltmachen.

Und dann werde ich die Wichser finden, die dir das angetan haben und ihnen genau das Gleiche antun.

Ich werde sie zwingen, sich gegenseitig in den Arsch zu ficken und danach werde ich ihnen die Schwänze abtrennen.

Anschließend komme ich zurück zu dir und werde dich niemals wieder gehen lassen, Mia.

MIA

»Wo ist er hin?« Mehrere Minuten lang haben Noyce und ich uns angeschwiegen. Keine Ahnung, was er solange gemacht hat, aber ich habe auf den leeren Sessel gestarrt, von dem Aton wie vom Blitz getroffen aufgesprungen ist, um wortlos das Weite zu suchen.

»Soll ich ihm nachlaufen?«

Wieso fragt er mich das? Seit wann treffe ich hier irgendwelche Entscheidungen?!

Ich schüttele den Kopf.

Aton.

Aton Hunter.

Mein Schwarm aus Kindertagen.

Ich war bereits Hals über Kopf in dich verknallt, als ich dich das erste Mal gesehen habe.

Blondes, leicht welliges Haar. Strahlend blaue Augen.

Und immer dieses feiste Grinsen auf den Lippen.

Du wohntest mit deinen Eltern und deiner Schwester ein paar Straßen weiter.

Das Haus hattet ihr von irgendeiner Tante vererbt bekommen, die einen Großteil ihres Vermögens verloren hatte – aber das Haus blieb ihr.

Als ich meinem Vater von dir erzählte, war das Erste, wonach er sich erkundigte, ob du aus Nazi-Deutschland kommen würdest.

Statt dem Namen Aton hatte er Anton verstanden.

Ich fragte dich danach und du erklärtest mir, dass du nach einem altägyptischen Gott benannt wurdest.

Es sei Tradition in der Familie deines Vaters, den Erstgeborenen so zu nennen.

»Mein Vater hatte von Anfang an was gegen ihn einzuwenden«, murmele ich und vergesse dabei komplett, dass Noyce mir zuhört. »Es war nicht, weil er ihn für einen Deutschen hielt, selbst, nachdem ich ihm mehrmals erklärt habe, dass er nicht Anton heißt. Er konnte ihn schlicht und ergreifend nicht leiden, weil seine Familie *nicht in die Gegend* gehörte. Der Mittelstand hatte seiner Meinung nach nichts in Eastshire zu suchen.«

»Anton. Das muss ich mir merken.«

»Oh.« Erschrocken schaue ich zu Noyce auf, der mich hämisch angrinst.

»Keine Sorge. Der kommt wieder zurück. Und bis dahin solltest du vielleicht mal was essen.« Er weist mit einer Hand zum Kühlschrank. »Ich lasse dich jetzt auch in Ruhe Selbstgespräche führen.« Gelassen zuckt er mit den Schultern und schaut zur Tür. »Ich schätze, ich muss dich nicht mehr länger vor Anton beschützen.«

Ich nicke. »Danke.«

»Wofür denn? Dass ich ihn nur unnötig durch meine Anwesenheit provoziert habe?« Er stößt ein nervöses Lachen aus und fährt sich durchs Haar. »Ich schätze, das kann ich gut. Dummerweise wird das nicht unbedingt dazu führen, den Haussegen geradezurücken. Ich fürchte, er hat ganz schön das Vertrauen in uns alle verloren.«

»Meinst du wirklich?« Ich blinzele verblüfft. »Meinetwegen?«

Wieder lacht Noyce, aber dieses Mal scheint er mich auszulachen. »Natürlich deinetwegen. Es ist offensichtlich, dass Chase an dir hängt. Nur hat er da offenbar ein paar Gefühle durcheinandergebracht und sich eingeredet, er würde dich hassen. Er war drauf und dran, dich um die Ecke zu bringen, und uns allen war klar, dass es ihn zerstören würde. Chase hat einen verdammten Sockenschuss – den haben wir alle. Doch wenn er dich umgebracht hätte, hätte er obendrein auch noch seine Seele verloren. Und das konnte selbst Adler nicht zulassen – frisch verliebt, wie er ist.«

Ich nicke. »Ich hätte ihn niemals wiedererkannt. Er hat sich so verändert.«

»Tja.« Schulterzuckend kratzt Noyce sich am Kopf und hält mir schließlich die Hand hin, um mich aus dem Sessel zu ziehen. »Er hat nun einmal einen Weg eingeschlagen, bei dem es kein Zurück mehr gibt. Und der Tod seiner Familie hat ihm den Rest gegeben. Die britische Regierung hat ja nicht nur seine Eltern und seine Schwester umgelegt. Sie haben seine komplette Blutlinie ausgelöscht. Anton ist der Letzte seiner Art.« Mit Schwung zieht er mich auf die Füße, sodass ich nach vorne kippe und ungewollt an seiner Brust lande.

Ich atme ein und ich atme wieder aus.

Noyce riecht genau so, wie ich es von ihm kenne. Ein angenehmes Aftershave, vermischt mit Zigarettenrauch.

Verdammt. Warum fühle ich mich in seiner Gegenwart auf einmal so geborgen?

Ich lache verschämt und weiche einen Schritt zurück. »Du redest ja von ihm, als sei er eine vom Aussterben bedrohte Tierart«, murmele ich und schaue zu Noyce auf. Erst jetzt wird mir klar, dass er drauf und dran war, seine Arme um mich zu legen und mich fest an sich zu drücken.

»Ist er ja auch.« Seine Stimme ist um einige Nuancen dunkler geworden, was mich auf einer niederen Ebene total anspricht.

Shit. Ich muss ...

Doch bevor ich mich dazu entschließen kann, irgendetwas zu tun, was mich weit, weit weg von Noyce bringt, spüre ich auf einmal seinen Zeigefinger unter meinem Kinn, der meinen Kopf in den Nacken drückt. Im nächsten Moment treffen seine Lippen auf meinen Mund.

Mein Körper schaltet auf Autopilot.

Ich habe keine verdammte Ahnung, wann ich das letzte Mal Sex hatte – das muss ewig her sein, denn mit einem Mal spüre ich, wie ausgehungert ich bin.

Ich brauche das Gefühl, vollkommen ausgefüllt zu werden, und vor allem brauche ich körperliche Nähe.

Ich brauche jemanden, der mir Sicherheit gibt.

Jetzt.

Mit einem leisen Keuchen öffne ich den Mund und lasse zu, dass Noyce mich richtig küsst. Seine Hand wandert zu meinem Hinterkopf und gräbt die Finger in meinen Schopf. Die andere Hand wandert zu meinem Rücken und drückt meinen Oberkörper noch fester an sich heran, als ich es sowieso schon bin. Denn irgendwann in den letzten Sekunden muss ich mich an ihn geschmiegt und meine Arme um seinen Hals gelegt haben. Ich kann mich nicht daran erinnern, aber ich scheine es getan zu haben.

Wir küssen uns. Wir küssen uns so sehnsüchtig, wie es nur Menschen tun, die sich schon seit Ewigkeiten nacheinander gesehnt haben.

Dabei ist es nicht Noyce, nach dem ich mich sehne. Es ist der Mann, der einfach weggelaufen ist, nachdem ich mich ihm anvertraut habe. Nachdem ich die Worte ausgesprochen habe, die mir jahrelang auf der Seele gelegen haben, weil ich dachte, ich dürfe darüber nicht sprechen.

Noyce ist für mich da. Noyce hält mich. Noyce gibt mir den Trost, den ich schon so lange suche.

Aber er ist nicht Aton.

Seine Finger gleiten meinen Rücken hinab, platzieren sich unter meinem Hintern und heben mich an. Automatisch schlinge ich die Beine um Noyce' Hüfte.

Ich halte sein Gesicht in meinen Händen und küsse ihn.

Ich stelle mir vor, dass es nicht Noyce ist, dem ich all meine Sehnsucht schenke.

Ich stelle mir vor, dass der Mann, den ich eigentlich küssen möchte, nicht davongelaufen ist, als ich ihn am meisten gebraucht habe.

Energisch halte ich die Augen geschlossen, während ich spüre, wie Noyce sich in Bewegung setzt. Eine Hand löst sich von mir und scheint eine Tür zu öffnen.

Moment. Er trägt mich nicht in mein Schlafzimmer?

Egal.

Er läuft nur wenige Schritte, dann öffnet er die nächste Tür, durchquert sie mit mir und tritt sie mit dem Fuß wieder zu.

Ich rieche eine lederne Note, gemischt mit Zigarettenrauch und … Noyce. Hier riecht es nach Noyce.

Er hat mich in seine Unterkunft gebracht.

Neugierig öffne ich die Augen und möchte mir einen Eindruck von seinen Wohnräumen machen, doch in diesem Moment biegt er scharf ab und bringt mich in sein Schlafzimmer. Die Tür fällt zu und ich werde auf schwarze, duftende Bettwäsche geworfen.

Verwirrt schaue ich zu Noyce auf, der sich mit einer einzigen Bewegung das schwarze Shirt über den Kopf zieht und mir seinen tätowierten und mit Piercings übersäten Oberkörper offenbart. Er trägt die silbernen Stäbe nicht nur in beiden Brustwarzen, sondern auch über seinem Herzen, wo ihre Kombination ein eigenartiges Muster ergeben.

»Willst du das wirklich, Stevie?«, brummt er leise, öffnet seine Hose und beugt sich zu mir hinunter. »Ich bin nicht Chase, weißt du?«

»Ich …« Seinen Worten zum Trotz küsst er mich, bevor ich ihm antworten kann.

Seine Lippen wandern zu meinem Ohr. »Und ehe du mir weismachen möchtest, dass du nichts außer Angst vor Chase empfindest … ich habe gesehen, wie du ihn anguckst. Obwohl er dich so schlecht behandelt hat, findest du ihn heiß. Und seitdem er dir verraten hat, wer er ist, wurde mir klar, dass euch etwas viel Tieferes als jahrelange Freundschaft verbindet.« Er beißt in mein Ohr. »Ihr solltet schon lange ein Paar sein.«

Eine seiner Hände wandert über meine Brust, streichelt die Stelle, an der sich mein Nippel seinen Fingern lustvoll entgegenstreckt und gleitet dann weiter hinunter bis zu meinem Hosenbund. Ohne zu zögern, knöpft er die Jeans auf.

»Die Sache ist«, raunt er, hebt den Kopf an und fixiert mich mit ernstem Blick, »ich will dich ficken, seitdem ich das erste Mal in deinem Mund kommen durfte.« Er schiebt seine Hand unter meinen Slip und zerteilt mit zwei Fingern meine Schamlippen. »Und ich kann es nicht leiden, wenn ich etwas nicht bekomme, das ich haben will. Erst recht, wenn es sich dabei um eine Frau handelt.«

Ich quittiere seine Berührung mit einem leisen Stöhnen und strecke ihm mein Becken entgegen, ohne den Blick von ihm abzuwenden. Das scheint er als Einverständnis meinerseits zu sehen, um weiterzumachen.

Ich weiß, dass ich ihm sagen sollte, dass er die Finger von mir zu lassen hat. Ich weiß, dass da sehr viel Klärungsbedarf zwischen uns ist und vor allem weiß ich, dass ich mir vielleicht erst einmal darüber im Klaren sein sollte, was ich ihm gegenüber und was ich dagegen für Chase empfinde.

Ich bin durcheinander. Und das allein sollte Grund genug sein, um Noyce dazu zu bringen, endlich aufzuhören.

Doch stattdessen lasse ich es zu, dass er meine Klit immer fordernder reibt, während er rau in mein Ohr stöhnt und mich meinem Höhepunkt immer näher bringt.

Noyce küsst mich erneut und wieder fühlt es sich so verdammt gut an. Ich bin bei ihm in Sicherheit. Das verspricht mir dieser Kuss. Er wird mich beschützen – selbst vor Chase.

Seufzend löst er sich von mir, greift links neben sich, öffnet die Schublade seines Nachtschranks und holt ein Kondom hervor. Doch mit einem Mal hält er inne und sieht mich noch ernster an als zuvor. »Also, Mia. Zwar scheinst du deine Zunge verschluckt zu haben, aber ich brauche jetzt ein absolutes Go von dir.« Er räuspert sich. »Schließlich wurdest du ... missbraucht und ... ich bin mir nicht sicher, was ... das hier ist.«

»Es ist okay«, bringe ich endlich über meine Lippen. Und als ich die Worte ausgesprochen habe, fühlt es sich an, als würde ich einen Betrug begehen. Nicht nur an Chase, sondern genauso an Noyce wie auch an mir selbst.

Es wäre nicht richtig, mit ihm zu schlafen – und das hat nichts mit den Typen zu tun, die mich während der Folter vor einigen Jahren vergewaltigt haben. Vielleicht habe ich das nicht überwunden, aber ich komme damit zurecht. Als das passiert ist, war es dank der Drogen, als würden die Männer das nicht mir antun, sondern einer leblosen Puppe, die zufällig genauso aussah wie ich. Es war so, als würde ich über allem schweben, eingepackt in Watte und einer Art Schutzschicht, die mich vor allem abschirmte.

Bis heute hilft mir dieser Gedanke, die Bilder und Erinnerungen auf Abstand zu halten. Ich rede mir ein, dass das nur dieser leblosen Puppe passiert ist und nicht mir. Zumindest das, woran ich mich tatsächlich erinnern kann. In diesem Fall ist es wie ein Segen, dass mein Gedächtnis extrem lückenhaft ist, und manchmal habe ich das Gefühl, dass meine Erinnerungen teilweise sogar falsch sind.

Diese Vergewaltigungen haben allerdings wirklich stattgefunden. Meine Mutter hat mir im volltrunkenen Zustand erzählt, dass man Sperma von fünf verschiedenen Männern auf meinem Leib und zwischen meinen Schenkeln vorgefunden hat.

»Nein, ist es nicht«, höre ich mit einem Mal Noyce' Stimme über mir. Er richtet sich auf und sieht mich bedeutungsschwer an. »Ich denke, wir sollten das hier nicht tun.«

Verdammt. Ich bin gedanklich abgeschweift und er hat das absolut fehlinterpretiert.

»Doch, ich … ich möchte das wirklich, Noyce.«

»Nein, möchtest du nicht.« Er wirft das Kondom beiseite und knöpft sich die Hose zu.

Er hat recht. Indem ich über meine Vergangenheit nachgedacht habe, ist das Verlangen erloschen. »Tut mir leid.«

Auf einmal fängt er an zu lachen. »Ach, Stevie. Ich bin doch einfach nur ein schwanzgesteuerter Wichser, bei dem du dich als Letztes entschuldigen solltest. Ich glaube vielmehr, dass uns jetzt nichts anderes übrig bleibt, als mit Chase hierüber zu reden.«

»Spart euch den Scheiß«, ertönt schlagartig Chase' wutgeschwängerte Stimme aus Richtung Schlafzimmertür.

Erschrocken setze ich mich auf und ramme dabei fast meine Stirn an Noyce' Nase. »Aton!«

»Fick dich, Mia.« Seine blauen Iriden strahlen eine derartige Eiseskälte aus, dass sich unvermittelt eine prickelnde Gänsehaut von meinem Nacken ausgehend über meine Arme verteilt. »Bis eben dachte ich, ich wäre derjenige, der sich zu entschuldigen hat. Doch das hier ist …« Sein Blick wandert zu Noyce. »Das hier ist absolute Scheiße. Ich bin fertig mit dir. Mit allem hier. Ich habe die Schnauze voll!« Sein Blick huscht wieder zu mir. »Und du bekommst eine letzte Gnadenfrist, Mia. Dafür, dass du einfach nur eine arme Sau bist.« Er macht eine dramatische Pause, in der er tief einatmet. »Lauf. Lauf, so weit du kannst. Ich werde dich finden. Und das wirst du nicht überleben.«

MIA

Einige Wochen später

Du bist hier.
In diesem Haus.
Und ich kann nicht mehr vor dir weglaufen.

Falls ich jemals dachte, dass mein Leben bis dato ein Spießrutenlauf war, dann weiß ich nicht, was es jetzt ist.

Es ist nun schon wie viele Tage her? Ich weiß es nicht.

Hals über Kopf bin ich aus Noyce' Unterkunft geflohen und habe genauso kopflos an der nächstbesten Tür geklopft.

Es war Demons Zimmer.

Ich weiß nur noch, dass Noyce mir gefolgt ist, währenddessen versucht hat, Aton abzuschütteln, und mir dabei zugerufen hat, dass ich keine Angst zu haben brauche, weil er sich schon wieder einkriegen würde. Es würde sich alles bald einrenken.

In jenem Moment, in dem Noyce sich einen fiesen

Kinnhaken von Aton einfing, hat Demon stirnrunzelnd die Tür geöffnet, einen Blick zu den beiden Männern geworfen, mich wortlos in ihre Unterkunft gezogen und die Tür zugeworfen.

Sofort hat sie Adler angerufen und ihm mitgeteilt, dass Chase nun vollends am Abdrehen sei, und danach Noyce' Bruder Thorne herbestellt.

Mit vereinten Kräften haben sie es irgendwie geschafft, Aton ruhigzustellen, sodass sie mich aus dem El Paso verschwinden lassen konnten.

Demon hat mich an einen Ort gebracht, an dem – so sagte sie – Aton mich am wenigsten vermuten würde: Sie brachte mich zu seiner Grandma.

Bis heute war ich immer der Überzeugung, dass es nicht die beste Entscheidung war. Ich war mir sicher, Aton würde es früher oder später herausfinden. Ich ging davon aus, Grace würde sich eines Tages vor ihrem Enkel verquatschen.

Doch es ist alles anders gekommen.

Ich bin selbst schuld.

Die Sache ist, Grace wohnt im dritten Stock eines Mehrparteienhauses im Norden von New Juarez. Es ist eine ansprechende Gegend. Gepflegt. Wohlhabend. Hier leben fast ausschließlich betagte Leute, die zwar weitestgehend allein zurechtkommen, aber bei manchen Dingen dennoch etwas Unterstützung benötigen. Eine Art betreutes Wohnen also.

Aton hat seine Grandma hierher verfrachtet, weil er sie hier in Sicherheit wähnt. Das Viertel wird von einer gut ausgebildeten Security überwacht und hier kommt niemand rein, der nicht reinkommen darf.

Wahrscheinlich ist Aton schon allein deswegen davon

ausgegangen, dass ich mich niemals hier aufhalten würde.

Falsch gedacht.

Er mag ja ein superintelligenter Computer-Nerd sein, etwas, das ich wirklich an ihm bewundere und auch schon immer heiß fand, manchmal kann er jedoch nicht so richtig um die Ecke denken.

Natürlich bin ich nicht bei seiner Grandma selbst untergekommen, aber eine Wohnung über ihr. Mal wieder das Dachgeschoss. Ihre Freundin Molly hat für mich das Gästezimmer hergerichtet und umsorgt mich seitdem, als wäre ich ihre eigene heiß geliebte Enkeltochter, die sie nie hatte. Eine Art von Fürsorge, die ich mein ganzes Leben nicht kennenlernen durfte.

Grace scheint mich auch zu mögen. Sie kommt täglich zu Besuch, um nach mir zu sehen. Es fällt deswegen nicht auf, weil sie ohnehin ständig bei Molly vorbeischaut.

Seitdem ich nun hier bin, versuchen die beiden mir Skat beizubringen und scheitern natürlich an meiner mangelnden Intelligenz und Konzentrationsfähigkeit. Nichtsdestotrotz haben sie eine Engelsgeduld mit mir und rollen meinetwegen nicht einmal mit den Augen.

Tatsächlich habe ich mich mein Leben lang niemals so sicher und geborgen gefühlt wie jetzt. Obwohl ich weiß, dass weder Molly noch Grace einen wütenden Aton aufhalten könnten, wenn er von meinem Verbleib erfahren würde.

Das Problem ist, dieses Leben ist nicht das, was ich führen möchte.

Ich hatte genug Zeit, nachzudenken.

Genug Zeit, um mir im Klaren darüber zu werden, was mein Leben überhaupt wert ist.

Ich weiß, dass ich Aton niemals entkommen kann. Genauso wenig dem Adler-Kartell.

Irgendwie bin ich eine von ihnen, obwohl ich nicht weiter davon entfernt sein könnte, ein Mitglied dieser Sippe zu sein. Seit dem Vorfall mit Noyce hat nicht einer von ihnen Kontakt zu mir aufgenommen. Sie scheinen mich schlicht und ergreifend vergessen zu haben – und trotzdem fühle ich mich ihnen zugehörig.

Ich gehöre dir, obwohl ich nicht die deine bin.

Ich habe immer dir gehört.

Du wusstest es nur nicht.

Ich habe immer für dich geschwärmt, es dir aber nie zeigen können, weil mein Vater es mir verboten hat.

Für mich war damals Gesetz, was mein Vater von mir verlangt hat.

Deswegen stand für mich nie zur Debatte, Atons Gefühle mir gegenüber in irgendeiner Weise zu erwidern.

Meinem Vater passte es nicht einmal, dass Aton und ich befreundet waren. Deshalb fühlte ich mich dazu verpflichtet, als unsere Freundschaft immer enger wurde und ich merkte, dass er auffällig oft meine Nähe suchte, ihn von mir zu stoßen.

Ich tat das, was mein Vater von mir verlangt hat. Ich benahm mich wie eine Stevens. Ich redete mir ein, zu gut für Aton zu sein.

Ich ließ ihn links liegen. Doch als er es einfach nicht verstehen wollte, habe ich begonnen, ihn nach Strich und Faden zu schikanieren. Und da ich eine Stevens war, die Tochter des einflussreichsten Mannes in Eastshire, hat die ganze Schule gemacht, was ich gemacht habe: Aton gemobbt. Ihn fertiggemacht. Weil ich mich für etwas Besseres hielt.

Ich bekam die Quittung – und jetzt ist Aton derjenige, der etwas Besseres ist.

So viel besser als ich.

Er ist derjenige, der am längeren Hebel sitzt und ich bin gezwungen, zu reagieren.

Ich möchte zu ihm und mich ihm erklären. Ich möchte ihm erklären, warum ich beinahe mit Noyce geschlafen habe. Ich möchte ihm erklären, warum ich mich damals in Eastshire so verhalten habe, wie ich mich verhalten habe.

Ich möchte zu ihm.

Ich möchte, dass er mir verzeiht.

Ich möchte ihm sagen, dass ich ihn immer geliebt habe.

Selbst, als ich ihn für tot hielt.

Dass ich ihn nie vergessen habe, aber dass er immer mein Geheimnis war.

Heute habe ich entschieden, dir entgegenzutreten.

Ich wusste, dass du heute Nachmittag deine Grandma besuchen kommst.

Das tust du fast jeden Sonntag.

Und das wollte ich ausnutzen.

Ich habe Atons dunklen Bariton sogar durch die Wohnungstür vibrieren gespürt. Ich stand auf dem Treppenflur und habe mein Ohr gegen das kühle Holz gedrückt.

Ich hätte bloß klingeln brauchen, aber irgendetwas hat mich davon abgehalten.

So ein komisches Bauchgefühl.

Doch plötzlich, als ich mich dazu entschied, wieder umzukehren und unser Aufeinandertreffen auf einen anderen Tag zu verschieben, hat Aton die Tür aufgerissen.

In seinen Augen stand der reine Irrsinn.

Ich habe keine Ahnung, was ich getan habe, dass er auf mich aufmerksam wurde.

Aber in dem Moment wusste ich, dass er mich umbringen wird, sobald er mich hat.

Ich bin gerannt.

Und er hinter mir her.

Natürlich habe ich ihn nicht abschütteln können. Er hat mein Haar zu fassen bekommen und mich ruckartig zurückgezogen.

Und dann war seine Hand mit einem Mal weg und ich bin wieder gerannt.

Aus dem Augenwinkel habe ich ein Handgemenge zwischen ihm und einem anderen Hünen wahrgenommen – ich schätze, es war Vaughn Adler.

Ich bin so schnell gerannt, wie ich konnte.

Ich hätte nach draußen laufen und verschwinden sollen, doch aus irgendeinem Grund bin ich ins Untergeschoss gelaufen.

Die Gebäude in diesem Viertel sind untertunnelt. Eine Sicherheitsmaßnahme für die Anwohner, die Vaughn Adler einrichten ließ, falls ... na ja. Falls der Norden von New Juarez irgendwann einmal von Kartellfeinden eingenommen wird, die nicht zögern, die wohlhabenden Bürger zu liquidieren.

Vor allem hat in dieser Siedlung so gut wie jede Familie, die was auf sich hält und die mit dem Kartell *be-*

freundet ist, ältere Verwandte hier untergebracht. Von daher ein lohnenswertes Ziel für diejenigen, die Adlers Sympathisanten dort treffen wollen, wo es wehtut.

Das heißt also, hier handelt es sich in der Tat um Kellergewölbe. Die Gebäude sind miteinander verbunden – und es gibt bloß einen einzigen Gang, der aus der Siedlung hinausführt.

Das hat Molly mir erzählt. Nur kenne ich den Weg nicht. Außerdem muss ich wohl oder übel davon ausgehen, dass Aton ihn kennt. Deshalb sollte ich mich gar nicht erst auf die Suche nach diesem Gang machen.

Tatsächlich bin ich eine Weile ziellos in den Kellergewölben umhergeirrt, musste vor einigen vergitterten Durchgängen haltmachen, die mit Sicherheitsschlössern verrammelt waren, und sah mich gezwungen, wieder umzukehren.

Natürlich habe ich vollkommen die Orientierung verloren. Es ist möglich, dass ich mich auf der anderen Seite der Siedlung befinde, und genauso gut könnte es sein, dass ich mich lediglich ein Haus weiter aufhalte.

Mittlerweile bin ich einfach nur noch erschöpft. Ich habe mich für einen unverschlossenen Raum entschieden, wo ich mich hinter diversen Sitzmöbeln verstecken kann. In Windeseile habe ich diese Ecke mit einer Handvoll Sitzkissen ausgepolstert und warte nun.

Immer wieder fallen mir die Augen zu, bis ich erschrocken feststelle, dass die vereinzelten Sonnenstrahlen, die bis vor einiger Zeit durch die winzigen Oberlichter fielen und den Kellerraum in staubig glitzernde Schwaden getaucht haben, verschwunden sind.

Es dürfte also nach neun Uhr abends sein. Die Sonne ist untergegangen und ich bin hier gefangen.

Nicht nur das.

Es ist nun schon das dritte Mal, dass ich Schritte höre.

Schritte von schweren Stiefeln.

So wie Aton sie vorhin getragen hat.

Er trug dasselbe wie in der vermeintlichen Polizeidienststelle. Eigenartig, dass er in diesem Aufzug seine Grandma besucht.

Aber das ist gerade egal.

Zweimal sind diese Schritte wieder verklungen und ich habe erleichtert durchgeatmet.

Nun ist dieser Mann jedoch ein drittes Mal aufgetaucht und dieses Mal habe ich das Gefühl, dass er eine Fährte aufgenommen hat. Anfangs schien er ziellos hin und her zu laufen, doch nun werden die Schritte langsamer. Zielstrebiger.

Ich habe keine Ahnung, ob es etwas geben könnte, das mich verrät.

Vielleicht ein GPS-Sender, den Aton mir eingepflanzt hat, bevor er mich in die Psychiatrie verfrachten ließ.

Das würde allerdings nicht erklären, dass er mich nun schon wochenlang in Ruhe gelassen hat, obwohl er gewusst haben muss, dass ich in dem Wohnhaus seiner Grandma untergekommen bin.

Eine Kellertür knallt auf und ich zucke zusammen. Ängstlich ziehe ich die Beine noch fester an meinen Leib und mache mich so klein wie möglich.

Eigentlich sollte Aton mich nicht erkennen. Erst, wenn er direkt vor mir steht.

Sekunden später kann ich jedoch fürs Erste erleichtert ausatmen. Er scheint ein oder zwei Räume weiter zu sein.

Das ändert allerdings nichts daran, dass er mir auf den Fersen ist. Und mich davonstehlen kann ich nicht.

Dafür ist er mir zu nah. Ich kann nur hoffen, dass er nicht auf die Idee kommt, diesen Raum gründlich abzusuchen.

Vorausgesetzt, es ist überhaupt Aton, der hier auf und ab läuft, und nicht irgendein anderer kranker Typ.

Dass er es ist, ist meiner Meinung nach so sicher, wie das Amen in der Kirche.

Wären es Noyce oder Vaughn Adler, die mich suchen, um mich in Sicherheit zu bringen, hätten sie wahrscheinlich längst meinen Namen gerufen.

Dieser Mann jedoch, der mit schweren Schritten in einer Kellernische zu meiner Linken auf und ab schreitet, schweigt wie ein Grab.

Ein Kratzen an der Wand.

Verdammt. Er ist genau neben mir. Nur diese Backsteine trennen uns voneinander.

»Hallo, Mia«, vernehme ich auf einmal gedämpft durch die Wand. Es ist definitiv Atons dunkle Stimme. Allerdings mit einem irren Unterton. »Ich weiß, dass du dich hier versteckst. Und ich weiß, dass du mich hören kannst. Du bist auf der anderen Seite dieser Wand, richtig?«

Ich schlucke schwer und unterdrücke dabei den bescheuerten Drang, ihm zu antworten und zu beteuern, dass da eine Verwechslung vorliegen muss.

Es kann gar nicht sein, dass er weiß, dass ich mich hier befinde. Er hat ganz sicher keine übernatürlichen Fähigkeiten und ich kann nur hoffen, dass er mir keinen GPS-Sender eingepflanzt hat, denn dann ist das Spiel, das er mit mir treibt, umso irrsinniger und widersprüchlicher.

»Ich kann dein Shampoo riechen, Mia.« Er lacht leise. »Durch die Lüftungsgitter über dir. Es ist dein beschissener Fehler, dass du nun schon seit Jahren ein und dasselbe Shampoo benutzt. Diesen unverkennbaren Duft werde ich niemals vergessen.«

Oh nein. Ich weiß, was mich verraten hat.

MIA

»Es war ein verdammt dummer Fehler von dir und meiner Gran. Warum leihst du ihr auch dein Shampoo, Mia? Womöglich hätte es sonst Monate gedauert, bis ich auf euer kleines Geheimnis gekommen wäre.« Das Scharren an der Wand wandert von mir ab und schließlich hört es dort auf, wo ich die Tür des benachbarten Kellerraums vermute.

Im nächsten Moment springt die Tür zu dieser Nische auf und ein helles Licht taucht den Raum in gruselige Schatten. »Vielleicht hätte ich es sogar niemals herausgefunden. Da waren Adler und Konsorten wirklich clever.«

Adler und Konsorten? Er scheint nach wie vor mit ihnen im Clinch zu liegen.

»Jetzt werden sie dich jedoch nicht mehr vor mir schützen, Mia. Wir haben eine Abmachung getroffen.« Erneut vernehme ich ein Scharren. Doch diesmal hört es sich an, als würde etwas über die Polster der Sitzmöbel kratzen und nicht an der Wand entlang. »Ich bleibe bei den Schatten und begrabe mein Kriegsbeil mit Adler, Demon und Noyce. Dafür darf ich dich kaltmachen.«

Wieder lacht er leise. »Ich musste Noyce allerdings versprechen, dass ich es kurz und schmerzlos mache.«

Oh Gott.

»Nur ging er davon aus, dass du für mich nicht so leicht zu finden bist.« Das grelle Licht huscht über mich hinweg in die gegenüberliegende Ecke des Raumes. »Weißt du, was durchaus amüsant ist, Mia?«

Der dunkle Schatten hinter dem grellen Licht, der kein anderer als Aton selbst ist, bückt sich und rammt ein Messer, mit dessen Klinge er bestimmt das Scharren an der Wand verursacht hat, in eines der Sitzmöbel der hier gestapelten Möbel. Unter der Wucht, mit der die Schneide in den Stoff dringt, fahre ich zusammen und kneife für einen Moment die Augen zu, als wäre das Sitzkissen ein wehrloses Tier, das Aton gnadenlos aufschlitzt.

Ein helles Pulver rieselt aus dem Schlitz zu Boden, als würde das Kissen es ausbluten. »Das gesamte Gebäude, in dem wir uns gerade befinden, Mia, ist eines von Adlers geheimen Lagerhäusern. Die Wohnräume sind vollständig möbliert, als würde in ihnen wirklich jemand wohnen. Hinter den Wandverkleidungen wirst du allerdings nicht nur stapelweise Dollarnoten finden. Sondern auch feinstes, kolumbianisches Kokain. So wie hier in diesen Kellerräumen. Dieser hier ist Snys persönliche Vorratskammer.«

Na toll. Von all den Häusern in diesem Viertel musste ich unbedingt in Adlers versteckter Lagerhalle landen. Ironie des Schicksals ist da noch untertrieben.

»Anscheinend hat er letztes Mal vergessen, abzuschließen. War wohl mit den Gedanken woanders.« Er taucht einen Finger in das Pulver, schnieft es sich in die Nase und verteilt den Rest davon unter seiner Oberlippe.

Ein schlechtes Gewissen überkommt mich. Ist es meine Schuld, dass Aton sich die Drogen reinpfeift?

Das ist nicht von Belang, Mia! Sieh zu, dass du hier wegkommst!

Als Aton seinen Finger erneut in das weiße Pulver taucht, um noch eine Nase voll zu inhalieren, sehe ich meine Chance: Ich springe auf die Füße, um mich in Windeseile an Aton und einem Stapel Stühlen vorbeizudrücken, bleibe in meiner Hektik jedoch an einem Stuhlbein hängen und komme ins Straucheln. Kostbare Zeit, die mir fehlt, um einige Meter gutzumachen.

Was hätte ich sonst tun sollen? Die Augen schließen und hoffen, dass Aton mich nicht sieht, wenn ich ihn schon nicht sehen kann?

Er hätte sich doch bloß umzudrehen brauchen und mich entdeckt.

Ohne mich umzusehen, spurte ich weiter. Zu prüfen, wie nah Aton mir auf den Fersen heftet, wäre der größte Fehler, den ich machen könnte. Ich erreiche die Kellertür, passiere sie und werfe sie hinter mir zu. Sie fällt nicht ins Schloss, sondern gibt ein gedämpftes Geräusch von sich, als würde sie gegen Stoff prallen. Oder gegen einen menschlichen Körper.

Augenblicklich vernehme ich einen verhaltenen Fluch und versuche daraufhin, meine Geschwindigkeit zu erhöhen. Mein Herz überschlägt sich. Nicht, weil ich diese spontanen Sprints nicht gewöhnt bin, sondern weil mich die Panik übermannt: Aton ist schon wieder direkt hinter mir. Wir sind allein auf weiter Flur. Was passiert, wenn er mich zu fassen bekommt? Was wird er mir antun?

Ich schaffe kaum zehn Schritte, da zwingt mich eine

scharfe Kurve dazu, abzubremsen, damit ich nicht an die Wand vor mir klatsche.

Das besiegelt allerdings mein Schicksal. Zwei starke Oberarme legen sich um meinen Oberkörper und ziehen mich rückwärts.

»Nein! Lass mich los!«, schreie ich auf und beginne unmittelbar, mit den Beinen zu strampeln, als meine Arme seitlich gegen meine Seiten gedrückt werden und ich in die Höhe gehoben werde.

Aton gibt ein arrogantes Lachen von sich, dessen Vibration durch meinen Körper dringt. »Ja, Mia. Schrei dir die Seele aus dem Leib. Es wird dir nichts nützen.« Er drückt meinen Oberkörper noch energischer zusammen, sodass meine Rippen bereits zu protestieren beginnen, und schüttelt mich heftig, als ich noch hysterischer zu zappeln anfange.

»Lass mich!«

Verzweifelt versuche ich, meine Arme unter seiner festen Umklammerung hervorzuziehen, doch natürlich schaffe ich es nicht. »Aton, bitte!« Meine Stimme spiegelt meine Verzweiflung längst wider, bloß verringert sich mit der ansteigenden Verzweiflung die Lautstärke, mit der ich rufe. »Lass mich los.«

Vielleicht hilft ein wenig Vernunft.

Unvermittelt wirbelt Aton mit mir herum und drückt mich frontal gegen eine Backsteinwand. Meine Wange reibt an der rauen Oberfläche und ich keuche schmerzerfüllt auf, während ich von allen Seiten zusammengedrückt werde.

»Gib auf, Mia«, zischt er mir ins Ohr. »Du hast verloren. Du wirst jetzt sterben.«

Tod durch an die Wand gequetscht werden. Super.

Mit einem Mal lässt Aton locker und ich falle beinahe

in mich zusammen, als der Druck um meinen Leib schlagartig verschwunden ist.

Erleichtert atme ich durch – doch da packt er mich bereits an der Schulter und dreht mich grob herum.

Bedrohlich beugt er sich über mich und hält mir das Messer vors Gesicht. Obwohl das Licht in diesem Gewölbe nur gedämpft ist, kann ich in Atons Miene erkennen, wie übernächtigt er ist. Er scheint sich seit Tagen nicht rasiert zu haben und sein ungepflegtes Haar wirkt wie eine Löwenmähne, die eigentlich sein kantiges Gesicht umschmeicheln sollte. Mir gegenüber sieht er einfach gefährlicher aus denn je.

Sein Blick ist genauso irre wie vorhin, als ich ihm auf dem Hausflur begegnet bin – doch nun wird der Wahnsinn von dem Drogenrausch verstärkt.

»Hab dich«, wispert er und grinst mich überheblich an.

Ich schlucke schwer. »Aton, es tut mir so leid«, antworte ich mit erstickter Stimme. »Es tut mir leid, was ich dir – deiner Familie – angetan habe. Es tut mir leid, dass ich mit Noyce …«

»Es ist mir scheißegal, Mia!«, fährt er mich ungehalten an. Sein Atem riecht nach Alkohol und erst jetzt wird mir bewusst, wie weit ich ihn getrieben habe. Ich habe ihn in den Wahnsinn getrieben.

Ich habe den Tod verdient.

Der Aton, den ich einmal kannte, war ein verdammt guter Kerl. Er konnte keiner Fliege etwas zuleide tun.

Ich habe ihn zerstört. Ihn vernichtet.

Alles, was ich getan habe, war, ihn auf einen Pfad zu treiben, den er niemals hätte einschlagen dürfen. Von diesem Aton ist spätestens jetzt nichts mehr übrig.

Er nennt sich nicht nur Chase, weil er eine neue Identität annehmen musste. Er nennt sich Chase, weil aus ihm ein komplett anderer Mensch geworden ist.

Ein Mann, den ich wirklich nicht kenne.

Ich habe ihn nicht erkannt, weil es für mich nichts mehr zu erkennen gab.

»Es tut mir so leid, Aton«, flüstere ich und spüre, wie mir die ersten Tränen über die Wangen rinnen. »Ich habe den Menschen, der du einmal warst, abgöttisch geliebt.« Ich schluchze ungehemmt. »Ich hätte es dir sagen sollen. Vielleicht wäre dann alles anders gekommen. Aber ich habe es nicht getan, weil ich ein schlechter Mensch bin.« Ich senke die Lider, weil ich seinem starren Blick nicht mehr standhalten kann. »Wenigstens weißt du es jetzt.«

»Was soll das, Mia?«, faucht er mir ins Gesicht, packt grob mein Kinn und zwingt mich, ihn wieder anzusehen. »Meinst du, das nehme ich dir ab? Du hast mich nie geliebt. Noch heute habe ich vor Augen, wie abfällig du mich immer angesehen hast.« Die eiskalte Messerklinge trifft auf meinen Hals. Ich schätze, dort, wo meine Halsschlagader pulsiert.

»Du glaubst mir nicht. Das ist okay«, gebe ich zurück. »Es ist nicht mehr von Belang.«

»Richtig.« Die flache Klinge fährt über meine Haut und ich kneife angsterfüllt die Augen zusammen. Doch es ist nur die stumpfe Seite, die meinen Hals entlanggleitet. Nichts passiert. »Wusstest du, dass ich dich seit Jahren beobachte? Wusstest du, dass ich es war, der deinen Vater in die Hamptons gelockt hat? Ich war derjenige, der dafür gesorgt hat, dass er sich endgültig von dir abwendet. Ich war derjenige, der dich nach NJ geholt hat. Ich habe deine Nachbarin dafür bezahlt, damit sie behauptet, du hättest sie bestohlen. Ich habe mir Zutritt zu deiner Wohnung verschafft, alles verwanzt, mit Webcams ausgestattet und die Porzellanfigur deiner Nachbarin in deiner Unterwäsche versteckt. Du hast niemals etwas gestohlen. Du dachtest die ganze Zeit, du würdest verrückt, doch dabei war ich es, der dich langsam aber sicher in den Wahnsinn treiben wollte. Dein Job im Hotel war nur Show. Seitdem du nach NJ gezogen bist, war alles Fake, Mia.« Er lächelt. »Ich habe dich nach und nach zerstört.«

Wow. Okay. »Dann haben wir uns gegenseitig zerstört«, wispere ich.

Verächtlich lacht Aton auf. »Oh nein, Mia. Du hast mich nicht zerstört. Durch dich habe ich bloß gemerkt, dass ich niemanden brauche. Ich bin allein – und das ist auch gut so.«

»Aber ...«

»Kein Aber. Durch dich habe ich herausgefunden, dass es wirklich keinen Menschen gibt, dem ich vertrauen kann. Danke dafür.« Das Messer verschwindet von meiner Haut.

»Aton, das ... das darfst du nicht glauben.« Soll er mich doch umbringen. Vielleicht ist es sogar das Beste. Er darf sich jedoch um Gottes willen nicht von denjenigen abwenden, denen er wichtig ist!

»Und warum nicht?! Meine verfluchte Grandma, die Einzige von meinen Angehörigen, die ich noch rechtzeitig vor den Killern retten konnte, hat mich wochenlang angelogen, ohne mit der Wimper zu zucken. Sie hat die Person ihrem letzten lebenden Verwandten vorgezogen, die ihre eigene Tochter auf dem Gewissen hat.« Er zieht seine Waffe aus dem Hosenbund. »Mein verfickter Boss hat den Schatten befohlen, mich abzulenken und zu hintergehen, um meine Beute vor mir in Sicherheit zu bringen. Das hätte er bei einem der anderen Schatten *niemals* gewagt. Das Schicksal, wenn man Chase heißt.«

Wutschnaubend hält er die Mündung der Waffe an meine Schläfe. Eine Berührung, unter der ich heftig zusammenfahre. »Noyce. Derjenige, dem ich mich vollständig anvertraut habe, hat nicht nur mit meinem Boss zusammen eigene Sache gemacht, um mich zu verarschen, er hat sich sogar an die Frau rangemacht, die schlicht und ergreifend mir gehört!« Er gibt ein erbittertes Seufzen von sich, als habe er wirklich äußerste Schwierigkeiten, um Fassung zu ringen. »Und *du!*« Mit Nachdruck presst er die Waffe gegen meine Schläfe, während ich einfach nur noch die Augen zusammenkneife und die Luft anhalte. »*Du* hast nichts Besseres zu tun, als mit ihm zu vögeln, nachdem ich Hals über Kopf Richtung Flughafen bin, um deinen Vater zu killen, weil er …«

Überrascht reiße ich die Augen auf. »Was?«

Für einen Moment löst er die Waffe von mir, tritt einen Schritt zurück und weicht meinem Blick aus, indem er hart schluckend zur Seite sieht und einen entfernten Punkt zu betrachten scheint. »Es ist egal, Mia.« Er atmet schwer ein und spießt mich wieder mit seinem eiskalten Blick auf. »Du bist es nicht wert.«

Ich bin so baff, dass ich wie vom Donner gerührt an den kalten Backsteinen kleben bleibe. Ich werde nicht mehr vor ihm weglaufen. Es hätte ohnehin keinen Sinn und würde ihn noch wütender machen. Außerdem befindet er sich wohl mittlerweile in einem Zustand, in dem er mir gar nicht mehr folgen würde. Er würde mir einfach in den Rücken schießen.

»Du wolltest quer durch die Staaten jetten, um meinen Vater zu töten? Warum das denn?«

Aton schnaubt gereizt. »Das tut nichts mehr zur Sache.«

»Doch, das tut es.« Ungläubig schüttele ich den Kopf. »Meinetwegen? Du wolltest ihn *meinetwegen* töten?«

»Unsretwegen.«

»Inwiefern?«

»Er … ist schuld, dass nie etwas aus uns geworden ist.« Aton seufzt erschöpft.

Verblüfft starre ich ihn an. Ich habe vollkommen vergessen, dass er mich eben noch mit seiner Waffe bedroht hat und dass wir beide hier sind, weil er vorhat, mich umzulegen.

Ein wenig von Aton Hunter steckt nach wie vor in ihm. Ein letzter Überrest.

»Und warum bist du wieder umgekehrt?«, hauche ich so leise, wie ich kann, da ich mir nicht sicher bin, ob ich die Antwort hören möchte.

»Weil mir klar wurde, dass es nicht der Tod deines Vaters ist, den du brauchst. Du brauchst jemanden, der dir Sicherheit gibt. Und du brauchst Erklärungen und Antworten.« Für einen Moment schaut er auf den Boden. »Ich wollte mich mit dir aussprechen, doch dann …« Der unbändige Ausdruck kehrt in seine Miene zurück und er macht den einen Schritt, der uns voneinander getrennt hat, wieder auf mich zu. »Dann wurde mir klar, dass du nach wie vor dieselbe hinterhältige Fotze bist, die du schon immer warst!«, presst er zwischen zusammengebissenen Zähnen hervor und drückt mir im selben Moment wieder den Lauf der Waffe an die Schläfe.

Oh Gott. Das Einzige, was ich hätte tun müssen, wäre, der Versuchung zu widerstehen, mit Noyce herumzumachen. Es hätte sich alles eingerenkt.

Doch stattdessen wurde sein Vertrauen ein weiteres Mal durch den Dreck gezogen. Durch mich.

»Weißt du eigentlich, wie es sich anfühlt, wenn du

von jeder einzelnen Person, die dir wichtig ist, von vorne bis hinten verarscht wirst? Weißt du, wie es ist, wenn dein Vertrauen von den wenigen Menschen, die einem im Leben noch übrig bleiben, missbraucht wird?«

Ja, das weiß ich. Aber es fühlt sich nicht richtig an, es ihm auf die Nase zu binden. Weil er mich gerade zu diesem Personenkreis gezählt hat. Obwohl mir diese Ehre nur für kurze Zeit gebührte.

Wieder rinnen mir die Tränen über die Wangen. Mir ist klar, dass es nun endgültig vorbei ist. Ich habe mein Glück mit Aton verspielt, weil ich den einen Fehler gemacht habe, den ich nicht hätte machen sollen.

Ich könnte einen letzten Versuch starten, ihm zu erklären, was es eigentlich war, das mich in Noyce' Arme getrieben hat. Aber es ist sinnlos. Das weiß ich jetzt. »Es tut mir so leid, Aton«, wispere ich. »Ich bin so ein verdammt schlechter Mensch. Ich habe dich nicht verdient. Und ich verstehe, dass du das hier tun musst. Für dich. Für deinen Seelenfrieden.«

»Ja.« Er nickt und beugt sich zu mir. »Ich finde es gut, dass du nicht um dein Leben bettelst, Mia. Das zeigt, dass du es wirklich verstanden hast.«

Aus irgendeinem Grund huscht ein Lächeln über mein Gesicht. »Am Ende schließt sich der Kreis, oder? Irgendwie ist es immer so.«

MIA

»Ja, Mia. Der Kreis schließt sich. Und ich glaube dir, dass es dir leidtut«, haucht er in mein Ohr und küsst mein Haar. »Ich glaube dir, dass du mich damals nicht willentlich verraten hast.« Diesen versöhnlichen Worten zum Trotz lässt er den Lauf der Waffe zu meiner Stirn gleiten, während seine Lippen meine Schläfe berühren. »Aber ich kann dir nicht verzeihen.«

Schluchzend schließe ich wieder die Augen, spüre, wie mir eine letzte Träne über die Wange rinnt, und nicke schließlich. »Ich verstehe.«

»Gut.« Ich vernehme das charakteristische Klicken, das ich schon viel zu oft gehört habe, wenn jemand seine Waffe entsichert, und warte nur noch darauf, dass mit einem Mal alles vorbei ist.

Mein Kopf ist wie leer gefegt. Keine Bildfolge, die vor meinem geistigen Auge vorbeizieht und mir von dem Versagerleben der Emilia Stevens erzählt. Nur das Gefühl von Resignation.

Aton hat recht. Alles, was ich getan habe, ist unverzeihlich. Ich habe den Tod verdient.

»Chase!« Eine weibliche Stimme lässt uns beide aufschrecken.

»Demon!«, knurrt er wütend, zieht die Waffe von meiner Stirn und schießt blind in die Richtung, aus der wir ihren Ruf vernommen haben.

»Sag mal, spinnst du, oder was?!«, faucht sie zurück und im nächsten Moment wird Aton von mir weggerissen.

Ich habe keine Ahnung, wie es dazu kommt, dass Demon die übermenschlichen Kräfte aufwenden kann, um Aton mit sich zu ziehen, denn seine strahlend blauen Augen sind das Einzige, was ich wahrnehme.

Unsere Blicke haben sich ineinander verankert. Obwohl Aton ungezügelt um sich schlägt, um die Hände, die ihn fixieren, von sich zu lösen, sieht er nur mich an.

Wie aus der Ferne vernehme ich Stimmen wild durcheinander rufen, jemand packt mich am Unterarm, jedoch schüttele ich die Hand ab. Ich höre meinen Namen, doch da nicht Aton derjenige ist, der ihn ausspricht, ist es mir egal.

Erneut muss ich jemanden abschütteln, der mich von der anderen Seite anzufassen versucht, aber auch das registriere ich nur nebenbei.

Ich bin frei.

Doch ich will es nicht sein. Das habe ich nicht verdient.

Ich nehme einen tiefen Atemzug, der laut in meinen Ohren widerhallt, und mache einen Schritt auf Aton zu, der unaufhaltsam von mir weggezogen wird.

Einen zweiten Schritt.

Jemand versucht, mich an der Schulter zurückzureißen, aber ich stemme mich dagegen. Ich gerate ins Wanken, doch ich schaffe es, zwei weitere Schritte auf Aton zuzumachen, der mir noch immer in die Augen sieht, nun allerdings verwirrt die Stirn runzelt.

Und dann, mit einem letzten Schritt erreiche ich ihn, obwohl schon wieder jemand an meiner Schulter zieht.

Ohne zu zögern, stelle ich mich auf die Zehenspitzen, nehme sein Gesicht in beide Hände und küsse ihn behutsam.

Es ist, als würde die Zeit stehen bleiben. Ich kann förmlich spüren, wie alle um uns herum die Luft anhalten. Die Stimmen verstummen und in der nächsten Sekunde löst sich zögerlich die Hand von meiner Schulter.

Und dann sind da Atons Finger, die sich in mein Haar graben und meinen Kopf noch näher zu sich heranziehen. Ich spüre seinen Atem in meinem Gesicht, als er sehnsüchtig aufseufzt, seinen Mund fest auf meinen presst und seine Lippen einladend öffnet.

Wie automatisiert schmiege ich mich an ihn, lasse zu, wie er nach und nach die Kontrolle über den Kuss übernimmt und meinen Mund mit seiner Zunge zu beherrschen beginnt.

Es gibt nur noch uns. Nur noch diesen Kuss.

Nur noch dieses stumme Einverständnis zwischen uns beiden, dass er mir nichts antut, solange ich für immer auf meine Freiheit verzichte und mich ihm mit Herz und Seele hingebe.

Mit Wucht werde ich gegen die Wand in meinem Rücken gedonnert, doch Aton unterbricht den Kuss nicht. Er wird immer stürmischer, immer verlangender.

Seine Hände rutschen meinen Hals hinunter, über meine Schultern, bis zu meiner Hüfte. Mit einem Ruck zieht er meinen Unterleib an sich und lässt mich seine wachsende Erektion spüren.

Wieder stelle ich mich auf die Zehenspitzen und drücke mich mit ganzem Leib an ihn.

Behutsam gleitet seine andere Hand unter mein Oberteil und streichelt die nackte Haut an meiner Flanke – aber mit einem Mal löst Aton sich von mir und streicht mit seiner Nasenspitze über meine Wange. »Wir haben einiges zu klären, Mia«, raunt er und küsst meinen Mundwinkel.

»Ich weiß.« Ich erwidere seinen sanften Kuss und für ein paar Atemzüge verlieren wir uns wieder darin.

»Weißt du auch, dass du ganz und gar meiner Gnade ausgeliefert bist?«, hakt er mit einem drohenden Unterton nach.

Ich nicke.

»Wenn du nur einmal etwas tust, das mir nicht passt, lege ich dich um, Mia.«

»Okay, das reicht jetzt.« Das ist Demon. Direkt neben uns.

Verwirrt schaue ich auf. Sie steht keine Armlänge von uns entfernt und beäugt uns kritisch. »Du hast echt nicht mehr alle. Willst du mir den Rang ablaufen, oder was?!« Sie macht eine wegwerfende Handbewegung. »Vergiss es.«

»Fürs Erste bist du suspendiert, Chase«, schaltet sich eine tiefe, dröhnende Stimme von der anderen Seite ein. »Ich habe gerade genug mit Demon und Sny zu tun.«

»Hey. Ich bin anwesend, Arschloch!«, schimpft Demon mit Adler, der jetzt mit tadelndem Blick um uns herum streift. Etwas weiter entfernt stehen Noyce und jemand, der ihm vergleichsweise ähnlich sieht – wahrscheinlich sein Bruder Thorne.

Noyce' Miene ist wie zu Eis erstarrt. Er hat die Arme vor der Brust verschränkt, schaut mich direkt an und wirkt, als … na ja, als würde ihm nicht gefallen, was gerade zwischen mir und Aton passiert ist.

Aton dagegen wendet nicht eine Sekunde den Blick von mir ab, während er nur ein knappes Nicken für seinen Boss übrig hat. »Wohin soll ich mit ihr gehen?«

Er benimmt sich so eigenartig. Einerseits habe ich nach wie vor das Gefühl, dass er mir misstraut und andererseits ist es, als könnte er schier den Blick nicht von mir abwenden.

Ich kann nur hoffen, dass es an dem Alkohol-Kokain-Gemisch liegt, das er sich reingezogen hat.

»Du fährst zur Ranch und beziehst bis auf Weiteres deinen Bungalow. Noyce wird tägliche Kontrollbesuche machen.«

»Muss das sein?« Leben kommt in Noyce, als er sich protestierend an Adler wendet. »Ich glaube nicht, dass das derzeit die beste Entscheidung ist.«

Abrupt bleibt Adler stehen und sieht mit seinem bohrenden Blick abwechselnd von Aton zu Noyce. »*Deshalb* sollst du ja auch nach den beiden gucken. Damit du und Chase euch wieder zusammenrauft. Vielleicht einigt ihr euch einfach darauf, die Kleine unter euch aufzuteilen, oder was auch immer. Keine Ahnung, was da helfen würde. Zumindest solange Noyce sie anhimmelt, solltest du ihn mal ranlassen. Sonst rennt er nur noch mit dicken Eiern herum – und du weißt, wie er drauf ist, wenn die Frau, die er ficken will, ihn nicht ranlässt.«

»Vergiss es!« Aufgebracht wirbelt Aton zu Adler und damit auch gleichzeitig zu Noyce herum. »Sie gehört mir!«

»Das streite ich ja gar nicht ab.« Adler zuckt mit den Schultern. »Noyce steht nun einmal auf Dreier und da ich ihn nicht an Blair heranlasse, ist er unzufrieden.«

»Ich bin überhaupt nicht …!«

»Ach!«, würgt Aton ihn einfach ab. »Nur weil *du* nicht willst, dass Noyce dein Mädchen vögelt, muss Mia herhalten, oder was?«

»Nein.« Adler schnaubt spöttisch. »Die Sache ist nur, dass Blair kein bisschen auf Noyce steht und er auch nicht hundertprozentig von ihr angetan ist. Bei Emilia ist das allerdings … etwas anderes.« Er schenkt mir einen vielsagenden Blick, den ich so neutral wie es geht zu erwidern versuche.

»Ich glaube, jetzt ist nicht unbedingt der beste Zeitpunkt, um das zu besprechen«, beginne ich möglichst diplomatisch.

»Ach ja?! Und wann dann?!« Ungewollt fahre ich unter Adlers Antwort zusammen. Sein Tonfall fühlt sich an wie ein brennender Schlag ins Gesicht.

»Nicht. Jetzt.« Aton scheint langsam aber sicher wieder zum Berserker zu werden. Es könnte sein, dass es daran liegt, weil Adler mich angegangen hat.

Ein eigenartiges Gefühl, dass er auf einmal für mich einsteht und mich womöglich sogar zu beschützen versucht.

Das ändert nicht, dass er mich noch vor wenigen Minuten umbringen wollte. Er steht unter Drogen- und Alkoholeinfluss. Wer weiß, wie er sich verhält, wenn er seinen Rausch ausgeschlafen hat.

Vielleicht zeigt Aton sich auch gerade nur so kooperativ, weil er Adler und seine Schatten so schnell wie möglich loswerden will, damit er mich in Ruhe …

Ich schaue zu ihm auf.

Sein Blick ruht wieder auf mir. Er analysiert mich. Er versucht, jede meiner Gefühlsregungen aufzufangen, um sie deuten zu können.

Er glaubt mir nicht, dass ich ihn schon damals geliebt habe.

Vielleicht war ich immer ein Mysterium für ihn. Vielleicht daher der Drang, mich zu überwachen – weil er aus meinem Verhalten nicht schlau wird.

Tja. Da kann ich ihm nicht helfen. Ich werde ja selbst nicht aus mir schlau.

Jedenfalls würde das erklären, warum er nie *gemerkt* hat, was ich für ihn empfinde. Vermutlich hat er in der Regel eine ziemlich gute Menschenkenntnis – oder er dachte es zumindest – und da er an mir versagt hat, hat es ihn … verwirrt.

Ein Teil von mir möchte nicht, dass er mich so intensiv mustert. Ein Teil von mir findet es absolut nicht in Ordnung, was er mir die vergangenen Monate zugemutet hat. Ein Teil von mir möchte ihm niemals hilflos ausgesetzt sein – und vor allem möchte dieser Teil von mir verhindern, dass Aton jemals wieder die Gelegenheit bekommt, mich zu stalken und zu kontrollieren.

Doch dieser Teil ist nur sehr winzig im Vergleich zu dem, der in dieser Sekunde alles dafür tun würde, endlich mit ihm allein zu sein. Ich möchte mit ihm reden. Ich möchte ihm beweisen, dass ich immer ihm gehört habe. Ich möchte ihm zeigen, dass er mir vertrauen kann.

Ich möchte, dass er mich so nimmt, wie ich bin und dass er mit mir zusammen sein will.

Seit mehreren Atemzügen sehen Aton und ich uns an. Seine Miene zeigt keinerlei Gefühlsregung. Er scheint abzuwarten. Oder er weiß nicht, wie er sich mir gegenüber verhalten soll, weil er absolut keine Ahnung hat, was in mir vorgeht.

»Ich werde mit dir über alles sprechen, Aton. Auch

über meine Gefühle«, flüstere ich, in der Hoffnung, dass nur er meine Worte vernimmt.

»Das ist ja mal was ganz Neues. Ist ja nicht so, dass du ohnehin schon ständig Selbstgespräche führst«, brummt er und zieht die Stirn kraus. Er ist noch immer so misstrauisch.

Etwas, das mich wieder zurückrudern lässt. Möglicherweise verstehe ich ihn genauso wenig, wie er mich versteht.

Okay. Uns fehlt jegliches Grundvertrauen. Ich schätze, wir brauchen tatsächlich jemanden wie Noyce, um auf uns aufzupassen. Adler sieht das richtig.

Zu gerne würde ich es Aton genau so sagen, aber seine Reaktion wird dann wohl entsprechend ausfallen.

»Entscheide du«, murmele ich schließlich, immer noch ohne den Blick von ihm abzuwenden. »Du entscheidest, was mit mir passieren wird, Aton.«

»Ach ja?« Er richtet sich auf und verschränkt die Arme vor der Brust. »Warum sagst du das? Ich möchte eine Erklärung, warum du die Kontrolle über dein Leben so ohne Weiteres abgibst.«

»Oh Mann«, schaltet sich Demon plötzlich ein und zum ersten Mal wende ich den Blick von Aton ab, um sie verwirrt zu betrachten. »Ihr beide seid schlimmer als Adler und Blair. Auf diese Weise rauft ihr euch niemals zusammen.«

»Vielleicht liegt es ja daran, weil wir hier tausend Zuhörer haben«, motzt Aton sie an und dreht mir auf einmal den Rücken zu. Seine Aufmerksamkeit scheint sich Adler zuzuwenden, der sich ebenfalls mit verschränkten Armen vor ihm aufbaut. »Ihr vertraut mir nicht? Fein. Ich vertraue euch noch weniger. Aber solange ihr Mia und mich nicht allein lasst, werde ich euch auch nicht das Gegenteil beweisen.«

»Das Problem ist, dass jeder Einzelne von uns sich nicht sicher ist, ob du sie wirklich unversehrt lässt, sobald wir euch allein lassen«, antwortet Noyce für seinen Boss.

»Mein Leben gehört ihm.« Ich räuspere mich, weil ich selbst nicht damit gerechnet habe, dass meine Worte so laut aus mir herauskommen, wie sie es getan haben. Alle Augen richten sich auf mich und ich spüre, wie meine Wangen erröten. »Er darf darüber entscheiden.« Nervös fahre ich mir durchs Haar. »Es fühlt sich ohnehin gerade so an, als sei ich bereits gestorben. Also braucht ihr keine Angst mehr um meine Unversehrtheit zu haben. Ich komme zurecht.«

Ich weiß selbst, dass ich Bullshit rede, aber das spiegelt einfach genau das Gefühl wider, das mich dominiert, spätestens seitdem Aton seine Waffe an meine Schläfe gehalten hat. Es fühlt sich an, als habe er mich tatsächlich erschossen und mein jetziges Bewusstsein stellt eine vollkommen neue Mia dar. Mein Leib liegt erschlafft an der Wand hinter mir und ich bestehe nur noch aus meiner strahlenden Seele, die von ihren Altlasten befreit wurde und frei sein kann, wenn ihr danach ist.

»Ich darf eigenständig entscheiden, was mit mir passiert, und ich entscheide mich dafür, mein Leben in Atons Hände zu geben. Weil ich es ihm schuldig bin.«

»Okay.« Als habe er lediglich auf diese explizite Aussage gewartet, entspannt Adler sich zusehends und macht eine Kopfbewegung zu Demon. »Wir gehen. Thorne, du kommst mit. Noyce, du tust das, was ich dir gesagt habe. Du begleitest die zwei Nieten und kehrst erst ins El Paso zurück, wenn du davon überzeugt bist, dass die beiden sich vertragen.«

»Hey! Eben sagtest du noch, ich soll bloß tägliche Kontrollbesuche machen!« Offenbar fühlt Noyce sich wirklich nicht wohl bei dem Gedanken, Atons Verachtung völlig ausgeliefert zu sein.

»Ich habe mich umentschieden.« Adler lässt ihm einen missbilligenden Blick zukommen. »Hast du Angst, dass Thorne ohne dich nicht klarkommt, oder was?!«

»Zum Beispiel.«

»Schnauze, Noyce. Du weißt genau, dass du mir auf den Sack gehst. Auch ich brauche mal Urlaub von dir.« Der schwarzhaarige Schatten, den ich für nicht älter als fünfundzwanzig einschätze, funkelt seinen Bruder gereizt an und nimmt dann seine Headphones, die ihm um den Hals hängen, und setzt sie sich auf. Kopfschüttelnd hängt er sich an Demon, die anscheinend beschlossen hat, die Szene wortlos zu verlassen.

»Siehst du. Wir kommen alle ohne dich klar.« Adler zuckt mit den Schultern und wendet sich ebenfalls von uns ab. »Außerdem war mir so, dass du deinen eigenen Bungalow auf der Ranch häufiger besuchst, als ich dir erlaube.«

Schweigend, aber mit eiserner Miene, schaut Noyce seinem Boss hinterher. Als Adler um die nächste Ecke verschwunden ist, dreht er sich schließlich zu uns um. »Und jetzt?«

CHASE

Seit zehn Minuten befinden wir uns auf der Ranch. Seit zehn Minuten schweigen wir uns an.

Auf der Autofahrt hierher haben wir wenige Worte miteinander gewechselt, und diese auch nur, weil das Anschweigen Noyce nervös gemacht hat. Immer wieder hat er versucht, ein paar sinnbefreite Small-Talk-Themen anzuschneiden, die mich viel mehr provoziert haben, als alles andere.

Außerdem ist die Wirkung des Kokains, das ich mir reingezogen habe, ab einem gewissen Zeitpunkt ins Gegenteil umgeschlagen und in der Kombination mit dem Tequila, den ich mir hinter die Binde gekippt habe, wurde ich müde. Mir sind ständig die Augen zugefallen.

Die Fahrt von meiner Gran zur Ranch dauert in der Regel nur zwanzig Minuten. Im Grunde fahren wir keine fünfzehn Meilen südwestlich, von Mesquite Hills zum ehemaligen Militärgelände Fort Bliss, allerdings sind wir in den frühmorgendlichen Berufsverkehr geraten und haben dreimal so lange gebraucht.

Als der Range Rover ruckartig zum Stehen gekommen ist, habe ich mich alarmiert aufgesetzt und scheine damit gleichzeitig Mia eingeschüchtert zu haben, mit der ich mir die Rücksitzbank teile. Nur, dass sie sich wie ein überängstliches Tier in die linke Ecke hinter den Fahrersitz gedrängt hat, konsequent aus dem Fenster schaut und ich es mir auf dem Rest der Bank bequem gemacht habe. So, dass ich sowohl Noyce als auch Mia die ganze Zeit im Blick habe. Die Füße habe ich auf der Mittelkonsole abgelegt und meine Hand um das Messer geschlossen, dass sich nach wie vor in meiner Tasche befindet.

Ich traue dem Braten nicht. Noch immer nicht.

Ich weiß, dass Mia sich zu Noyce hingezogen fühlt und dass er sie ficken will.

Vielleicht sollte ich die beiden wirklich lassen. Schon allein, um herauszufinden, ob sich mehr zwischen ihnen entwickeln könnte, oder ob die Faszination füreinander verpufft, sobald ich ihnen nicht mehr im Weg stehe.

Mit der Wirkung des Kokains ist auch ein Teil meiner Aggressionen verschwunden. Aus keinem anderen Grund habe ich mir das Zeug reingepfiffen. Weil ich mein Vorhaben endlich durchziehen wollte.

Ich wollte Mia von der Bildfläche verschwinden lassen.

Nicht, weil ich sie nach wie vor abgrundtief verachte.

Sie ist meine verdammte Schwäche. Sie hat die Fähigkeit, mich zu verletzen. Allein der Gedanke, dass sie es ohne mein Einverständnis mit Noyce treiben könnte, macht mich wahnsinnig.

Ich weiß, wie es ist, wenn man jemanden begehrt, den man nicht haben kann. Es lässt dich durchdrehen. Manchmal allerdings, sofern man diese Jagd am Ende doch gewonnen hat, ist der Reiz vollkommen verloren gegangen.

Vielleicht ist es mit mir und Mia dasselbe. Vielleicht verliert sie jeglichen Reiz für mich, sobald ich sie endlich gevögelt habe.

Doch ich fürchte, darüber sind wir längst hinaus.

Wenn es einfach nur mein Verlangen wäre, dass mich zu ihr treibt, besäße sie nicht die Fähigkeit, mich so gnadenlos zu enttäuschen.

Und das hat sie getan.

Nicht nur sie. Auch Noyce hat mein Vertrauen missbraucht und er hat keine Ahnung, wie verdammt beschissen das für mich ist.

Damals habe ich ewig gebraucht, um mich für die Zusammenarbeit mit Adler zu entscheiden, und es hat Jahre gedauert, bis ich wirklich so weit war, mich ihm zu öffnen.

Ich habe es bereut.

Es wird nicht leicht. Für jeden von ihnen.

In erster Linie wird es nicht leicht für Mia und selbst meine Gran muss mein Vertrauen erst einmal wieder für sich gewinnen.

Erschöpft fahre ich mir mit der Hand durchs Gesicht.

Noyce ist direkt vor meinem Bungalow zum Stehen gekommen, welchen Mia nun skeptisch beäugt. Fragend schaut sie zu mir, als weder ich noch Noyce Anstalten machen, auszusteigen.

»Die Tür ist offen«, ertönt Noyce' Stimme in der ohrenbetäubenden Stille. »Geh schon mal rein. Chase kommt gleich nach.«

Ihr Blick bleibt auf mir haften und schließlich nicke ich. »Es ist okay, Mia. Geh rein.«

»Wirklich?«

Irritiert runzele ich die Stirn. »Ich werde Noyce schon nicht umbringen. Und er mich erst recht nicht.«

»Nein.« Nervös fährt sie sich durch ihr wirres Haar. »Ich meine ... du könntest befürchten, dass ich mich durch die Hintertür ...«

»Es gibt keine Hintertür«, merke ich achselzuckend an. »Nur eine Terrassentür. Und die ist diebstahlgesichert. Sofern du also den Sicherheitscode nicht kennst, wird das ein kurzer Lauf für dich. Und selbst wenn du nach wie vor den Drang empfindest, vor mir wegzulaufen, werde ich dich finden. Überall.«

Sie nickt. »Okay.« Dann schnallt sie sich ab und öffnet die Tür. Noch einmal sieht sie sich zu mir um und scheint etwas sagen zu wollen, doch es kommt kein Ton über ihre Lippen.

Sie lässt die Tür zufallen und schlendert zur Haustür des Bungalows. Dabei prägt sie sich unverhohlen die Umgebung ein, was mich wiederum gereizt den Kiefer anspannen lässt.

Vielleicht irre ich mich auch und sie sieht sich lediglich neugierig um.

Ich kann sie wirklich schlecht einschätzen, wenn sie nicht schon wieder gerade ihre bescheuerten Selbstgespräche führt.

»Okay, Mann«, beginnt Noyce auf einmal. »Ich weiß, dass ich dein Vertrauen missbraucht habe, und das ist verdammt scheiße. Du weißt, wie wichtig mir Loyalität ist, und demzufolge war ich wahrscheinlich der Letzte, dem du das zugetraut hättest.« Er schnallt sich ebenfalls ab und dreht sich vollends zu mir herum. »Deswegen solltest du dich daran erinnern, dass meine Loyalität Adler gilt und nicht dir. Es war für mich eine Selbstverständlichkeit, ihn über jeden deiner Schritte aufzuklären. Schon lange, bevor du mich in deine bescheuerten Gedankengänge eingeweiht hast.«

Ich gebe vor, als würden mir Noyce' Worte vollkommen am Arsch vorbeigehen. »Wie dringend willst du sie ficken?«, erkundige ich mich stattdessen mit einem vergleichsweise neutralen Tonfall.

»Was?«

»Beantworte meine Frage, Unicorn.« Ich lehne mich zu ihm vor. »Und ich will keine dämlichen Ausflüchte hören, falls du denkst, dass ich sonst einen erneuten Wutausbruch bekomme. Sag mir, wie dringend du sie ficken möchtest.«

Nervös ringt Noyce die Hände. »Ich weiß nicht, was du hören willst, Alter.«

»Wenn ich dir erlaube, sie in meinem Beisein zu ficken, willst du sie dann erst recht oder kann es sein, dass du danach das Interesse an ihr verlierst?«

Mit einer viel zu ernsten Miene sieht er mich an. »Ich kann es dir nicht sagen.«

»Mir war so, als hättest du etwas für Heaven übrig.«

»Na und?« Gleichgültig zuckt er mit den Schultern. »Das heißt nicht, dass ich keine anderen Frauen mehr vögeln will.«

»Also ist es für dich nichts Ernstes mit ihr?«

»Bisher nicht.« Er räuspert sich und weicht für eine Sekunde meinem Blick aus. »Sie hat irgendetwas zu verbergen. Adler hat mich auf sie angesetzt.«

»Okay.« Das ist etwas ganz Neues für mich. Etwas, das Noyce mir anvertraut, weil ... wahrscheinlich, ist es seine Art, sich bei mir für sein bisheriges Verhalten zu entschuldigen. »Ich weiß es zu schätzen, dass du mich darüber aufklärst.«

»Wieso? Du kannst sie weiterhin ficken, falls dir danach ist. Mir macht das nichts aus.«

»Mir ist klar, dass du kein Problem damit hast, deine

Frauen zu teilen. Mia ist allerdings ein ganz anderes Thema. Kapierst du das?«

»Natürlich kapiere ich das. Ich bin nicht blind.« Er lacht spöttisch auf. »Sie gehört dir, Alter. Aber sie lässt mich nicht kalt, wenn du es genau wissen willst. Also falls du dich doch noch dazu entscheiden solltest, sie um die Ecke zu bringen, bin ich derjenige, der sie dir gerne abnimmt.«

»Ich werde es mir merken«, knurre ich angepisst.

Noyce mustert mich neugierig. »Alles klar. Du wirst sie niemals gehen lassen. Du willst sie wirklich, kann das sein?«

Jetzt bin ich derjenige, der kurzzeitig den Blick senkt. »Ich wollte sie schon immer. Mehr als alles andere. Ich kann dir bloß nicht sagen, ob ich ihr jemals verzeihen kann.«

»Hmm.« Nachdenklich schaut er zum Bungalow, in dem Mia vor wenigen Sekunden verschwunden ist. »Indem du es nicht versuchst, wirst du es nicht herausfinden.«

»Ich weiß.« Seufzend nehme ich meine Füße von der Mittelkonsole. »Allerdings ist meine größere Befürchtung, dass ich sie mit meinem Misstrauen verjage. Oder sie in deine Arme treibe.« Ich bin selbst überrascht, dass ich Noyce gegenüber so ehrlich bin.

»Na, wenn es nur das ist, behältst du sie wenigstens in deiner Nähe. Ich bin immer bereit, mit dir zu teilen, Anton.« Es ist das erste Mal seit Wochen, dass er sich traut, mich genauso provozierend wie sonst anzugrinsen. »Und bei dem anderen Problem würde ich vorschlagen, dass du es Adler gleichtust und ihr so ein dämliches Fußkettchen andrehst. Dann bekommt sie wie Blair den Eindruck, selbst entscheiden zu können, es zu tragen. Du kannst sie jederzeit tracken, falls ihr nicht gerade aufeinander hockt. Und über die Vitalzeichenkontrolle erfährst du sofort, wenn sie das Kettchen abgelegt hat oder tot umgefallen ist. Ich würde sagen, indem sie es freiwillig trägt, beweist sie dir, dass sie damit einverstanden ist, pausenlos von dir kontrolliert zu werden. Auf der anderen Seite zeigst du ihr, dass du sie zwar kontrollieren willst, ihr aber ausreichend vertraust, um sie selbst bestimmen zu lassen, ob sie dir die Kontrolle vollständig überlässt. Das wäre möglicherweise genau das Richtige für euch.«

»Das stimmt.« In gewissem Maße würde ihr das Fußkettchen auch bedeuten, dass ich sie nicht verlieren will.

»Also könntest du mir nun endlich verraten, was verdammt dein exaktes Problem ist, Mann?!«

»*Ich* bin das Problem.«

»Das glaube ich allerdings auch.« Er seufzt. »Wir gehen jetzt beide da rein. Du überredest sie zum Vögeln und ich passe auf, dass du nicht die Fassung verlierst.«

Ich starre ihn an. »Ich meinte das ernst, Noyce. Ich will, dass du sie fickst, weil ich wissen muss, ob da mehr zwischen euch ist.«

»Und wenn es so ist? Knallst du mich dann ab? Und Mia auch?«

»Ich weiß es nicht.« Grimmig schürze ich die Lippen. »Ich habe keine Ahnung, wem ich vertrauen kann, Noyce. Nicht einmal mir selbst kann ich mehr vertrauen.«

»Doch. Du kannst Mia vertrauen.« Nachdenklich schaue ich auf. »Das Einzige, was dich an ihr stört, ist, dass ich sie beinahe gevögelt hätte. Und das war nur, weil sie in diesem Moment wohl jemanden gebraucht hat, der ihr Nähe gibt. Sie ist davon überzeugt, dass ich sie beschützen werde und dass sie bei mir in Sicherheit ist. Kapierst du es nicht? Das ist alles, was sie sich wünscht. Sie ist verdammt … kaputt. Was teilweise deine Schuld ist. Anstatt sie weiterhin fertigzumachen, solltest du ihr das Gefühl geben, für sie da zu sein und ihr helfen, sich besser zu fühlen.«

»Und wenn ich das nicht kann?«

»In dem Fall übernehme ich das für dich, Bro. Aber dann solltest du mich auch lassen.«

CHASE

Mia.

Ich weiß nicht, wohin das hier führen wird.

Da sind diese zwiegespaltenen Gefühle für dich.

Verlangen.

Und Argwohn.

Ich hasse dich nicht.

Das habe ich niemals getan.

Du bist das Einzige, was ich jemals wollte.

Doch die Angst, dass du mich erneut enttäuschst, ist zu groß.

Verzeih mir.

Denn wir haben einen weiten Weg vor uns.

Vorsichtig berühre ich ihre Wange. Noyce und ich haben gar nicht so lange auf uns warten lassen, aber trotzdem ist sie eingeschlafen.

Sie hat sich auf eines der Ledersofas im Wohnbereich gelegt, von dem sie durch die bodentiefe Fensterfront, die eine gesamte Hausseite einnimmt, einen weitläufigen

Blick über die Ländereien der Ranch hat. Ursprünglich wollte sie wohl die Aussicht genießen, doch dann hat sie die Müdigkeit übermannt.

Noyce steht in sicherem Abstand zu uns und beobachtet jeden meiner Schritte.

Mir ist klar, dass er nur darauf wartet, von mir dazu aufgefordert zu werden, mich mit Mia ins Schlafzimmer zu begleiten, doch diesen Gefallen werde ich ihm nicht tun.

Noch nicht.

Fürs Erste gehört sie mir. Und ich werde sie mir nehmen.

Jetzt.

Du gibst ein leises Murren von dir und schlägst die Augen auf.

Unwillkürlich muss ich dich angrinsen, als du erschrocken zusammenfährst.

Vorerst brauchst du keine Angst mehr vor mir zu haben, Mia.

Du brauchst nicht mehr wegzulaufen.

Ich werde dich überall finden.

Und dich zu mir zurückholen.

Denn du bist mein.

»Was ist?«, fragt sie erschrocken.

»Nichts ist.« Ich lege meine Arme um sie und hebe sie hoch.

Automatisch legt sie ihre Arme um meinen Hals. »W-wo bringst du mich hin, Aton?«

»Ins Bett.«

Sie schweigt verschüchtert. Ich wette, sie hat wieder Angst vor mir.

Ich küsse ihre Schläfe. »Du hast mir versprochen, mir immer zu erzählen, was in deinem bescheuerten Lockenkopf vorgeht, Mia.«

»Ja … aber … dir ist schon klar, dass Noyce da vorne steht, ja?«

»Ja.« Wieder muss ich grinsen. Aus irgendeinem Grund amüsiert es mich, Mia auf diese Weise zu verunsichern.

Als wir die Schlafzimmertür erreichen, beginnt sie, sich in meiner Umarmung zu winden. »Aton, wird er … wird er … hierbleiben?«

»Was genau meinst du damit?« Mit zwei ausgreifenden Schritten finden wir uns vor dem massiven Boxspringbett ein, dass beinahe den gesamten Raum ausfüllt. Behutsam setze ich Mia auf der Matratze ab, wo sie sich nervös aufsetzt und fast ängstlich durch die geöffnete Tür späht. Einen Atemzug später schaut sie zu mir auf und versucht offenbar, in meiner Miene zu lesen, was hier vorgeht.

Damit hat sie wohl die größten Schwierigkeiten. Das Schlafzimmer ist wie immer abgedunkelt und darüber hinaus habe ich nicht vor, mit ihr heute noch groß herumzudiskutieren. Das Gespräch mit Noyce hat mir bereits den letzten Nerv geraubt.

»Was passiert mit ihm?«, erkundigt sie sich nervös.

»Was soll mit ihm passieren?« Ich klinge genervter, als ich eigentlich bin. Im Grunde gefällt es mir sogar, dass Mia nicht gerade verzückt auf Noyce' Gegenwart reagiert.

»Hast du ihm etwa erlaubt … zuzugucken?« Sie scheint wirklich nicht sehr angetan von dieser Vorstellung zu sein.

»Wobei zugucken?« Ich kann es nicht lassen, sie vollkommen aus der Reserve zu locken. »Was denkst du denn, was wir hier tun, Mia? Ich bin hundemüde und will einfach nur noch schlafen.«

»Oh. Ach so.« Ich kann ihr regelrecht dabei zusehen, wie sie sich merklich entspannt.

Die Idee ist mir erst in dem Augenblick gekommen, wie ich sie ausgesprochen habe: Vorerst lasse ich Mia in dem Glauben, dass ich gar nicht vorhabe, ihr an die Wäsche zu gehen.

Die Vorstellung, dass wir endlich zur Sache kommen könnten – nach so vielen Jahren –, macht sie wirklich nervös. Was ich natürlich irgendwie nachvollziehen kann.

Vielleicht hat sie Angst, mich zu enttäuschen.

Das Gleiche könnte mir passieren – allerdings werde ich einen Teufel tun und mich von ihrer Nervosität anstecken lassen.

»Im Schrank findest du ausreichend T-Shirts und Shorts, von denen du welche für die Nacht überziehen kannst.« Ich zeige zu dem unauffälligen Wandschrank zu meiner Linken. »Ich gehe duschen.«

»Und was ist mit Noyce?«, erkundigt sie sich und beißt sich augenblicklich auf die Unterlippe. Sie befürchtet wohl, dass ich ihre Nachfrage falsch interpretiere und wieder argwöhnisch werde. »Ich meine, bleibt er hier? Er hat doch einen eigenen Bungalow, oder?«

»Möchtest du, dass er hierbleibt? Als unsere Anstandsdame?« Tatsächlich ist mein Tonfall etwas skeptisch geworden, obwohl ich es eigentlich gar nicht bin. Ich bin inzwischen so erschöpft, dass mir im Grunde gar keine Energie mehr bleibt, um mich in irgendeiner Weise aufzuregen.

»Benötigen wir denn eine Anstandsdame?«, stellt sie die Gegenfrage, die spätestens jetzt meine Skepsis weggewischt hat. Sie scheint absolut gar nicht mit dem Gedanken zu spielen, dass aus unserer ersten gemeinsamen Nacht ein Dreier mit Noyce werden könnte.

»Ich denke nicht.« Ich schenke ihr ein ehrliches, aufmunterndes Lächeln. »Wir zwei haben Waffenstillstand, Mia.«

»Du und Noyce?« Oh Mann. Sie ist meinetwegen echt verunsichert.

»Auch.« Ich grinse etwas breiter. »Aber eigentlich meinte ich dich und mich.«

»Oh.« Schüchtern erwidert sie mein Lächeln. »Wirklich?«

»Wirklich.«

Augenscheinlich erleichtert, rutscht sie von der Bettkante und tritt zur Tür, die sie hastig verschließt. »Ich möchte nicht von ihm beim Schlafen beobachtet werden. Und schon gar nicht beim Umziehen.«

»Finde ich gut.« Ich ziehe mir das Shirt über den Kopf. Mia hat mich nur einmal kurz in Privatkleidung gesehen. An dem Tag, an dem sie sich beinahe von Noyce hat vögeln lassen. Sie denkt möglicherweise, dass ich immer in Drillichhose, Kampfstiefeln und einfarbig schwarzen Shirts herumlaufe. Vielleicht wird sie sich in meiner Gegenwart eher entspannen, wenn sie herausfindet, dass ich eigentlich lieber in Jeans und nerdigen T-Shirts mein Dasein friste.

Genau wie damals.

»Du hast dich echt verändert«, murmelt sie in diesem Moment.

Verblüfft schaue ich zu ihr und registriere, dass sie

vollkommen baff auf meinen tätowierten Oberkörper starrt.

Wer sich dessen nicht bewusst ist, wird die Bilder auf meinen Armen, meinem Rücken und meinem Brustkorb für irgendwelche schwarz-roten Muster im Buena-Vista-Stil halten. Allerdings handelt es sich bei den Tattoos um Schattenbilder meiner verstorbenen Familienmitglieder. Es sind schon einige Tattoos zusammengekommen, die Sny mir gestochen hat.

Er ist jedoch bei Weitem noch nicht fertig. Ich brauche meine Zeit, um mich dem nächsten Schattenbild stellen zu können. Das bedeutet schließlich, dass ich eine Fotografie aus einem längst vergangenen Leben heraussuchen muss.

Eines Tages werde ich mit Mia über meine Tattoos sprechen – aber nicht heute.

Ich lehne mich zu ihr und küsse sie sanft auf den Mund. »Gib mir Zeit«, raune ich. Seit der vermeintlichen Vorladung ist es das erste Mal, dass Mia und ich vollkommen unter uns sind. Und zu meiner eigenen Verblüffung entspanne ich mich.

Ich kann mir selbst nicht erklären, woran es liegt, aber im Beisein anderer fühle ich mich wesentlich verkrampfter und habe ständig den Eindruck, die Situation nicht kontrollieren zu können.

Nun, da wir allein sind, *kann* ich die Situation kontrollieren und vor allem kann ich offen zu Mia sein.

»Du hast alle Zeit der Welt«, haucht sie zurück. »Ich warte. Und du kannst mir jede Frage stellen, die dir im Kopf herumschwirrt. Ich werde sie wahrheitsgemäß beantworten. Das verspreche ich dir.«

»Das ist das Problem.« Ich richte mich wieder auf.

»Ich kann nicht einschätzen, wann du ehrlich zu mir bist und wann nicht.«

»Aber mir geht es doch genauso. Woher soll ich wissen, dass du mich nicht anlügst und mich bei nächster Gelegenheit tötest?«

»Touché.« Ich nicke anerkennend.

»Im Prinzip muss ich ebenfalls lernen, dir zu glauben – und zu vertrauen –, wie du mir, Aton.« Ein schüchternes Lächeln huscht über ihr Gesicht. »Aber das macht eine ... Beziehung aus, oder nicht? Man lernt sich erst mit der Zeit kennen und man lernt auch erst mit der Zeit, sich bedingungslos zu vertrauen.«

Ich nicke. »Okay. Ich stelle dir eine Frage, von der ich *wirklich* hoffe, dass du sie mir ehrlich beantwortest, Mia.«

»Klar.«

»Stimmt es, was du sagtest – dass du mich immer geliebt hast?«

»Ja.« Für einen Moment presst sie die Lippen zusammen. »Als Kind war ich wohl eher ... verknallt. Ich mochte deine blauen Augen, dein blondes Haar – und vor allem dein Grinsen. Deine unbeschwerte Art.«

Tatsächlich überkommt mich bei dem Gedanken an unsere Kindheit ein spöttisches Lachen.

»Nur mein Vater ... Er hat von Anfang an was gegen dich gehabt und mir zwar nicht den Umgang mit dir verboten, aber er hat mir pausenlos eingetrichtert, dass du nicht gut genug für mich bist.« Sie seufzt und lässt den Kopf hängen. »Du weißt, wie sehr ich mich von meinem Vater beeinflussen lassen habe.«

»Ja, das weiß ich.« Ich strecke meine Hand nach ihr aus und vergrabe sie in ihrem Schopf. Dabei ignoriere ich, dass sie leicht unter meiner Berührung zusammenfährt. Ich ziehe sie zu mir und küsse sie auf die Stirn.

»Darf ich dich auch etwas fragen, Aton?« Sie benutzt nach wie vor meinen alten Vornamen. Irgendwie gefällt es mir – andererseits sind mit ihm einfach zu viele schmerzliche Erinnerungen verbunden.

»Ja«, brumme ich auf ihre Haut.

»Willst du mich denn gar nicht spüren?«

Fuck. »Natürlich will ich das.« Vor allen Dingen will ich ihr, verdammt nochmal, zeigen, dass sie mir gehört. Ich will sie wie so ein wollüstiges Tier als mein Eigentum markieren.

»Dann nimm mich doch endlich.«

Nimm mich endlich. Drei Wörter, die eine durchschlagende Wirkung bei mir haben.

MIA

Ohne Vorankündigung packt er meine Hüfte und wirft mich schwungvoll aufs Bett. Bevor ich überhaupt kapiere, was da vor sich geht, ist er über mir und stützt sich rechts und links von meinen Schultern ab.

Für einen Moment sieht er mich an. Wut und Verlangen toben in seinem Blick, was mich einerseits erschreckt und andererseits auch ... anmacht.

Aus irgendeinem Grund reizt mich sein Jähzorn. Natürlich macht es mir Angst und natürlich befürchte ich, dass er mich eines Tages so sehr hassen wird, dass er es nicht mehr erträgt, mich leben zu sehen.

Doch seine jetzige Wut ist eine ganz andere. Es ist eine besitzergreifende Wut. »Du ...«, hauche ich, »... du bist wütend, weil das alles nicht so gekommen ist, wie es vielleicht hätte kommen können, oder?«

Aton gibt ein tiefes Brummen von sich und schenkt mir einen genervten Blick. Anstatt zu antworten, senkt er den Kopf und küsst mich voller Begierde. Er gibt mir keine Zeit, mich auf diesen Kuss einzustellen. Seine Lippen pressen sich auf meine, seine Zunge schiebt sich grob in meinen Mund und beginnt, ihn hungrig zu erforschen.

Im ersten Moment habe ich den Drang, ihn von mir zu stoßen und eine Antwort auf meine Frage einzufordern, doch mein Widerstand schwindet dahin.

Dieser Kuss ... Früher habe ich mir andauernd vorgestellt, wie es wäre, wenn Aton mich küsst. Obwohl er ein verdammt lieber Kerl war – und dazu kam sein eher schlaksiges Auftreten –, hatte ich mir immer erhofft, dass er sich in meiner Gegenwart vollkommen anders zeigen würde.

Ich hatte mir erhofft, dass er mich genauso animalisch und verlangend küssen würde, wie er es jetzt tut.

Oh Gott. Es ist so, wie ich es mir immer ausgemalt habe.

Mit einem lauten Keuchen grabe ich meine Hände in seinen Schopf und ziehe ihn noch näher an mich heran. Sein Mund wandert hastig über mein Gesicht, meinen Hals, bis zu meinem Ausschnitt. »Zieh dich aus, Mia. Ich will dich sehen.«

Ich gehorche sofort. Während er sich über mir aufsetzt, reiße ich mir das Shirt über den Kopf, ohne auch nur eine Sekunde den Blickkontakt zu verlieren. Ich öffne den wirren Knoten an meinem Hinterkopf und lasse meine Mähne über die Schultern fallen.

Augenblicklich wird sein Blick weich. Er ist noch immer verlangend, doch bei Weitem nicht mehr so wütend. Langsam beugt er sich vor, legt seine Hand in meinen Nacken und küsst mich wieder. »Willst du mich wirklich, Mia?«

Ich nicke. »Du glaubst mir nicht, oder?«

»Nein.«

Ich küsse ihn. Ich stecke all meine Sehnsucht in diesen Kuss – und Aton erwidert ihn. Er reagiert auf mich. Zögerlich. Aber die Begierde ist noch immer da. Sie brodelt lediglich unter der Oberfläche.

Langsam lasse ich die Hände zu meinem Rücken gleiten und öffne meinen BH. Der Stoff gleitet an mir herunter und fällt auf die Matratze. Ohne zu zögern, greife ich Atons Hand und lege sie auf meiner linken Brust ab, damit er spüren kann, wie aufgewühlt mein Herz schlägt.

»Fuck.« Allein sein Blick reicht aus, um dieses flatternde Gefühl in meiner Magengegend auszulösen, das mir so verdammt bekannt vorkommt. Ich hatte es immer gespürt, sobald er mich mit seinen blitzenden Augen angegrinst hat. Damals habe ich versucht, es zu unterdrücken, es aber nie geschafft.

Jetzt lasse ich es einfach geschehen und lächele ihn an. »Spürst du das, Aton? Es ist keine Angst, die mein Herz so schnell schlagen lässt. Das bist du, der das auslöst.«

Ein flüchtiges Grinsen huscht über sein Gesicht. »Das sagst du nur, weil ich so ein heißer Typ geworden bin.«

Ich lache auf. »Wahrscheinlich eher, weil ich aus irgendeinem Grund auf arrogante Badasse abfahre.«

Sein Grinsen wird noch breiter. »Du weißt, dass ich dich niemals gehen lasse, oder?«

Im selben Moment, wie er seine Worte ausspricht, wird er wieder ernst – und der aufkeimende Zorn lässt seine Augen funkeln.

»Wohin soll ich denn auch gehen, Aton?«

»Nirgendwohin.« Er küsst mich.

Obwohl wegen dieser Unterhaltung die Schwere zwischen uns zurückgekehrt ist, geben wir uns wieder vollkommen hin: Gemächlich wandern seine Finger über meinen Bauch, bis zu meinem Unterleib. Er zögert nicht mehr. Nach und nach knöpft er meine Hose auf und legt schließlich seine Hand auf meinem Venushügel ab.

»Ich kann nicht mehr warten, Mia«, flüstert er auf meine Lippen und beginnt im selben Moment, meine Klit durch den Stoff meines Slips hindurch zu reiben.

Sehnsüchtig keuche ich auf und lasse meine Finger über seinen Rücken streichen, hinunter bis zu seinem Hintern und grabe sie in den rauen Stoff seiner Jeans.

Unmittelbar gibt Aton ein leises Stöhnen von sich und küsst meine nackte Schulter, lässt seine Unterlippe über meine empfindliche Halsbeuge gleiten und stöhnt nochmal, direkt in mein Ohr.

Seine Finger wandern unter meinen Slip, zu meinem Eingang.

Bereitwillig spreize ich die Beine, lasse ihn in mich eindringen und biege keuchend den Rücken durch, als er zwei Finger in mich drückt und mit dem Daumen unnachgiebig meine Klit reibt.

»Sag, dass du mich willst, Mia.«

»Ich will dich. So sehr!«

Meine fliegenden Finger wandern zu seiner Jeans, öffnen den Knopf und ziehen den Reißverschluss hinunter. Aton entzieht sich mir, aber nur, um mir behilflich zu sein. Trotzdem fühlt es sich für einen Moment so an, als würde ein Teil von mir fehlen, solange ich seine Wärme nicht spüre.

Doch dann ist dieser Moment verflogen und Aton beugt sich vollkommen nackt über mich.

»Fass mich an, Mia.«

Sofort gehorche ich und umschließe mit meiner kühlen Hand seine Erektion. Tatsächlich holt er zischend Luft, aber im nächsten Atemzug schließt er bereits genießerisch die Augen, als ich ihn sanft zu reiben beginne.

»Scheiße, ich will dich spüren, Mia.« Mit einem Ruck zieht er mir Hose und Slip hinunter, spreizt meine Beine schmerzhaft weit und dringt mit einem langen Stoß in mich ein.

Im gleichen Augenblick, wie ich ihn empfange, gibt er ein lautes, ungehaltenes Stöhnen von sich, entzieht sich mir und schiebt sich wieder hart in mich.

Entschlossen drücke ich ihm mein Becken entgegen und pariere willig jede seiner Bewegungen, die mich mühsam dehnen, sodass ich angespannt die Augen zusammenkneife.

Doch ich will es so.

Mit einer Hand stützt er sich über mir ab, während er mit der anderen meine Hüfte anhebt, damit er mich noch tiefer nehmen kann. Ich öffne wieder die Augen und unsere Blicke verankern sich ineinander. Zorniges Verlangen umnebelt seine Miene, aber es stört mich nicht.

Ich mag es sogar. Es macht mich an.

Er beugt sich zu mir und küsst meine Stirn. »Verzeih mir, Mia.«

Ich nicke und keuche schlagartig auf, als Aton minimal den Winkel ändert und mit seiner Härte einen Punkt in mir reibt, der es nur zu sehr begrüßt, wenn er mich immer unnachgiebiger nimmt.

Rücksichtslos pumpt er in mich, stöhnt unbeherrscht und scheint dabei genau zu wissen, dass er mich damit Schritt für Schritt zum Höhepunkt treibt. Warme Schauer wandern über meinen Rücken, meinen Nacken, meine Arme und erreichen schließlich mein Gehirn.

Ich werfe den Kopf zurück und kann meine Lust nur noch herausschreien.

In diesem Moment wirbelt Aton mich herum, sodass ich perplex und leicht orientierungslos auf ihm liege.

Ist er gekommen? Ich weiß es nicht.

Behutsam richte ich mich auf und beginne, mich zu bewegen, woraufhin er ein leises, genießerisches Stöhnen von sich gibt. »Warte.« Er schiebt mich von sich, dreht sich nach rechts zum Nachtschrank und holt eine Schachtel mit Kondomen hervor.

Eines wirft er neben meinen rechten Oberschenkel und das andere reißt er mit den Zähnen auf.

»Zwei Kondome? Du bist ziemlich von dir überzeugt, oder?«

Als Antwort schenkt er mir ein teuflisches Augenfunkeln.

Er rollt den Gummi über seiner prallen und zuckenden Härte ab und umfasst daraufhin mein Becken. Behutsam lässt er mich wieder auf sich sinken.

Er duldet es, dass ich ihn in meinem Rhythmus reite, obwohl er mich mit seinen Händen unterstützt. Er setzt sich unter mir auf, lässt sich von mir küssen und stöhnt schließlich bei jeder Bewegung, mit der ich uns immer weiter anheize, in meinen Mund.

Wir sind nicht mehr Emilia Stevens und Aton Hunter aus Eastshire in Großbritannien. Wir sind zwei erwachsene Menschen, die sich endlich gefunden haben und ihre Lust miteinander teilen.

Wir sind Mia und Chase aus New Juarez, Texas und …

»Ich liebe dich so sehr, Mia«, flüstert er mit einem Mal auf meinen Mund, stöhnt laut auf und drängt seine Härte fest in mich.

Verdammt. Das schubst mich erneut über die Schwelle. Mit einem verzweifelten Keuchen vergrabe ich meine Hand in seinem Haar, dränge mich ihm ebenfalls entgegen und spüre, wie mich der Höhepunkt ein weiteres Mal überrollt.

Für einen Moment bleiben wir reglos sitzen. Ich habe meinen Kopf auf Chase' Schulter gebettet, während er meinen Hals küsst und mit seinen Fingern mein Haar kämmt.

Auf einmal spüre ich, wie er grinst und schließlich leicht nickt.

Ich fürchte, wir sind nicht mehr allein.

Jemand greift nach dem Kondom an meinem rechten Oberschenkel.

»Oh nein!« Tadelnd schaue ich zuerst zu Chase und dann zu Noyce.

Chase schenkt mir sein teuflischstes Grinsen. »Oh doch.«

Aus heiterem Himmel ist da eine warme, muskulöse Wand in meinem Rücken. Zwei kräftige Hände packen meine Hüfte und reißen mich von Chase hinunter. »Keine Sorge, Miss Stevens. Es wir dir gefallen. Uns beiden. Und Chase auch, wenn ich es mir so angucke.«

»Was soll das?« Ziemlich nachgiebig versuche ich, mich Noyce zu entziehen, während ich Chase einen hilfesuchenden Blick zuwerfe. »Ist das ein Test?«

Allerdings muss ich vor mir selbst zugeben, dass mich diese Situation scharfmacht. Es ist ein völlig neues Gefühl für mich, von zwei Männern gleichzeitig begehrt zu werden.

»Es ist okay, Mia.« Chase räuspert sich leise. »Es ist so mit Noyce besprochen. Ich denke, es ist besser, wenn ich mich bereit zeige, dich mit ihm zu teilen.«

»Aber ...« In diesem Moment landet Noyce' Mund sanft an meiner Halsbeuge, sodass ich mich wider Willen zu ihm lehne, um die Berührung genießen zu können.

»Chase denkt, dass wir die Finger nicht voneinander

lassen könnten, falls er es uns verbieten würde«, raunt er in mein Ohr.

Verdammt. Das könnte tatsächlich sein. Die Anziehung, die ich neulich ihm gegenüber empfunden habe, war ja nicht von irgendwoher. Sie ist nach wie vor vorhanden.

Mein Blick haftet noch immer an Chase. »Aber ... ich will dich nicht verletzen. Wir haben es doch sowieso schon nicht leicht. Noyce ...« Erneut küsst dieser meinen Hals und zieht dabei meinen Unterleib zu sich, sodass ich seine stramme Erektion an meinem Po fühle. Angestrengt schließe ich für eine Sekunde die Augen, um mich wieder auf das Wesentliche konzentrieren zu können. »Noyce wird die Sache nur verschlimmern.«

Mit einem Mundwinkelzucken lehnt Chase sich vor. Aufflammendes Verlangen umnebelt seinen Blick. Seine Finger gleiten über meinen Bauch, meinen Venushügel und zwischen meine Schamlippen. Sanft beginnt er meine Klit zu reiben, während Noyce sich hinter mir in Position bringt und langsam in mich eindringt.

Genießerisch stöhne ich auf und falle im nächsten Moment haltlos nach vorn in Chase' Arme, als Noyce sich plötzlich mit einem harten Ruck vollends in mir versenkt. »Fuck!«, ertönt es in meinem Rücken. »Sie fühlt sich so gut an.«

Augenblicklich entzieht er sich mir und drückt sich nochmals in mich. Wieder quittiere ich es mit einem Stöhnen. Chase vor mir, der meine Klit reibt, und Noyce, der mich unaufhaltsam mit seiner Härte aufspießt.

Es ist so unglaublich gut.

»Lass dich fallen, Mia«, raunt Chase in mein Ohr und küsst meine Schläfe. »Du gehörst mir und das wird auch so bleiben.«

CHASE

Einige Wochen später – im El Paso

»Beruhig dich mal, Alter. Nur weil die scheiß Arschlöcher es fast geschafft haben, uns den Arsch aufzureißen, heißt es noch lange nicht, dass einer von ihnen ’nen verdammten Auftragskiller zu Ginger geschickt hat und sie sich nun in größter Gefahr befindet. Wahrscheinlich hat sie bloß keinen Bock, mit dir zu reden, und den Akku aus ihrem Handy rausgenommen.« Ich nehme einen Schluck aus meiner Wasserflasche. »Verständlicherweise würde ich meinen.«

Sny hat echt nicht mehr alle Latten am Zaun. Sein von Heroin zerschossenes Gehirn kann nur einen Gedanken fassen: Payton. Payton hier, Payton da.

Seit Wochen bin ich mit Mia zusammen und halte mich, genauso wie Noyce, kaum noch im Club auf, weil wir zurück in unsere Bungalows gezogen sind.

Sny checkt es nicht. Es ist ihm schlicht und ergreifend nicht aufgefallen.

Doch anstatt mir weiterhin zuzuhören, wie schwachsinnig er geworden ist, schlägt er mir mit Wucht die Wasserflasche aus der Hand.

Perplex schaue ich der Flasche nach, wie sie quer durch den Club fliegt und mit einem geräuschvollen Klatschen auf dem Boden landet.

»Es reicht jetzt mit deiner verdammten Wassertrinkerei, Chase! Hast du ’nen Tick, oder was?!«

Nein. Bevor Adler mich dazu genötigt hat, Demon zu ihrem Killerkommando zu begleiten, hatte ich ein exzessives Kardiotraining mit Mia und Noyce am Laufen und bin nach wie vor völlig dehydriert, Bro.

»Geht’s denn?!«, fahre ich ihn an und verpasse ihm einen harten Klaps auf den Hinterkopf, um die Arbeit seiner verbliebenen drei Gehirnzellen anzuregen.

Der Typ muss echt mit den Drogen aufhören.

Kopfschüttelnd rutsche ich vom Hocker und verschwinde hinter der Theke, um ein paar Lappen zu holen. »Zwei Liter Wasser am Tag, Sny. Ich will bloß auf meine Einfuhr kommen, nachdem ich die letzten Tage irgendwie ziemlich durchgesoffen habe.«

Das stimmt zwar nicht so ganz, aber womöglich sollte ich ihm zu dieser Gelegenheit nicht unbedingt von Mia erzählen. Und davon, dass Noyce und ich ihretwegen eine *Vereinbarung* getroffen haben. Eine relativ geile Vereinbarung, wie ich inzwischen finde.

»Ich bin, genau wie du, keine zwanzig mehr und habe nicht vor, mit Mitte vierzig an einem Herzinfarkt abzukratzen, wie du es offenbar anstrebst. Oder an einer Überdosis«, füge ich hinzu, um ihm einen weiteren Wink mit dem Zaunpfahl mitzugeben.

Gemächlich schlendere ich zu der Stelle, wo die Wasserflasche gelandet ist. Eigentlich sollte ich Sny verdammt nochmal dazu auffordern, den Scheiß selbst wegzuwischen, allerdings wartet er wohl nur auf den passenden Grund, mir einen Kinnhaken zu verpassen.

Von daher lasse ich es lieber. Ich werde Mia nachher bereits erklären dürfen, warum mein halbes Gesicht zerkratzt ist – sofern Noyce sich nicht längst deswegen bei ihr über mich lustig macht.

»Gib's doch zu. Du hast dir einen Tripper eingefangen und willst dir jetzt die Infektion rausspülen.« Sny ist mir zu der Stelle gefolgt und beobachtet mich mit verschränkten Armen bei der Arbeit.

»Das hättest du wohl gerne.« Ärger kocht in mir hoch und lässt meine Innereien zu glühendem Vulkangestein verkommen.

Vor einigen Wochen wäre ich ihm jetzt an die Gurgel gegangen. Allerdings haben Mia und ich uns zusammengerauft. Sie macht mich glücklich. Sie lässt sich vollständig von mir kontrollieren, weil sie weiß, dass es das ist, was ich momentan noch von ihr brauche.

Nicht mehr lange, dann werde ich ihr ein paar Freiheiten einräumen. Dann wird sie sich auch außerhalb meines Bungalows mit Blair treffen dürfen. Und, sofern Sny seinen Scheiß endlich geregelt bekommt, wird sie sich vielleicht sogar mit Payton anfreunden.

Kaum zu glauben, dass ich das vor mir selbst zugeben kann, aber Noyce hat eine therapeutische Wirkung auf uns. Er ist derjenige, der meine gelegentlichen, von Argwohn beseelten Wutausbrüche abfängt und Mia gibt er dafür das Maß an Sicherheit und Geborgenheit, das ich ihr nach wie vor nicht hundertprozentig geben kann.

Ja, es gibt immer noch die Momente, in denen mich der Jähzorn erfasst. Dann falle ich in den Zustand zurück, in dem ich Mia nichts als Vorwürfe machen kann und Noyce am liebsten erwürgen würde. Natürlich befällt mich auch die Eifersucht, wenn ich die zwei zusammen sehe – obwohl es keinen Grund dafür gibt. Noyce tut nichts mit ihr ohne mein Einverständnis; die Beweise liefern mir diverse Webcams, Wanzen und Mias Fußkettchen.

Sie betrügen mich nicht. Beide nicht. Schon allein, weil Noyce keine romantischen Gefühle gegenüber Mia empfindet. Er fickt sie bloß für sein Leben gern. Es ist eher eine sehr spezielle Freundschaft, die uns drei verbindet.

Eine Freundschaft, die Noyce genauso gebraucht hat, wie Mia und ich. Bisher hatte er nur Thorne an seiner Seite und der nabelt sich immer mehr von ihm ab.

»Tut mir leid, Mann«, kommt mit einem Mal von Sny. »Du bist der Einzige von uns, der noch halbwegs richtig im Kopf ist und es irgendwie hinkriegt, selbst in der beschissensten Situation seinen Humor zu bewahren. Deswegen mögen die Mädels dich auch so gern.«

Ich muss aufpassen, dass ich nicht laut auflache.

Wenn er wüsste.

Aber gut, Sny tue ich gerne den Gefallen und halte meine Maskerade noch eine Weile aufrecht. Irgendwann werde ich auch wieder zu dem Chase werden, den alle kennen und lieben – und als Sonnyboy bezeichnen.

Nur wird das etwas dauern.

Mit einem schiefen Grinsen komme ich auf die Füße. »Die Mädels mögen mich, weil ich heiß bin und auf Kaffeekränzchen stehe.«

»Bist du dir sicher? Dein Kuchentick ist ja schon grenzwertig, aber sobald du erst mal anfängst, über das English-Rose-Design auf dem Teegeschirr deiner Großmutter zu quasseln, verdrehe nicht nur ich die Augen.«

»Ja, weil du ein niveauloser Ignorant bist.« Schulterzuckend kehre ich zu der Theke zurück, um sowohl die leere Wasserflasche als auch die dreckigen Lappen im Müll zu versenken. »Außerdem ist es mir einerlei, was du dazu zu vermelden hast.«

»Einerlei also.« Sny folgt mir wie so ein treudoofer Köter. Er rückt mir regelrecht auf die Pelle. Langsam nervt es.

»Ja. Nichtsdestotrotz solltest du aufhören, an mir herumzukritisieren, und stattdessen mal in den Spiegel schauen. Zumindest, solange du in Betracht ziehst, die kleine Ginger um jeden Preis zurückzugewinnen.«

Ich weiß, wovon ich rede, Bro.

»Das weiß ich selbst.«

»Du hast Mist gebaut, Alter. Gigantischen Mist. Sogar ich bin bei dir am Ende meines Lateins angekommen. Ich ... wir alle predigen dir seit Jahren, dass die Drogen dich irgendwann so richtig in die Scheiße reiten werden.«

Shit. Ich merke, wie meine Maskerade bröckelt. Er ist auf dem besten Weg, dieselben Fehler wie ich zu machen.

Beinahe hätte ich es mit Mia verkackt. Obwohl ich sie abgöttisch liebe. Und auch, wenn Sny nicht der Typ ist, der so etwas offen ausspricht, gehe ich davon aus, dass er Payton absolut vergöttert.

»Na ja, was soll ich sagen: Gratulation! Du hast es geschafft, die einzige Person auf diesem Planeten zu vergraulen, die abgedreht genug ist, um dich zu wollen. Insgeheim habe ich ja damit gerechnet, dass du aus Versehen Demon abknallst und Adler dich daraufhin den Wölfen zum Fraß vorwirft, aber gut. In diesem Fall hast du wenigstens eine minimale Chance, es wiedergutzumachen. Ich habe zwar keinen blassen Schimmer, wie du das anstellen sollst, doch versuchen kann man es ja.«

»Es macht mich rasend, dass ich nicht weiß, ob bei ihr alles in Ordnung ist.«

Ich weiß, Alter.

»Dann leg dich auf die Lauer.«

»Sie will, dass ich sie in Ruhe lasse.«

Seufzend hole ich eine neue Wasserflasche aus dem Kühlschrank. »Soll ich zu ihr fahren und mit ihr reden? Belagerst du mich deswegen? Du bist doch sonst nicht so anhänglich.«

Er knurrt angepisst. »Willst du mich in den Wahnsinn treiben, Chase? Du hast heute bestimmt schon fünf Liter getrunken.«

»Halt die Fresse, Sny. Ich kann so viel Wasser trinken, wie ich will. Solltest du auch machen, nachdem du dir immerhin den arschteuren Rum hinter die Binde gekippt hast. Die Flasche stammte aus der Zeit der Freibeuter.« Womöglich hilft es ja, ihn immer wieder darauf hinzuweisen, wohin ihn sein Drogen- und Alkoholkonsum treibt. Sicherlich nicht in Gingers Arme.

Er reißt mir das Wasser aus der Hand und trinkt davon. »In deinen Träumen vielleicht. Rum hält sich nicht so lange – und selbst wenn, wäre die Flasche unbezahlbar gewesen. Das kannst du kleiner Pisser dir gar nicht leisten.«

Seine Sturheit geht mir langsam echt auf den Sack. »Sie war trotzdem arschteuer – und kam von Herzen.« Seufzend nehme ich mir die nächste Wasserflasche aus dem Kühlschrank.

»Du wolltest mich mit dieser Flasche bloß vorführen. Jetzt weiß jeder von Adlers beschissenen Angestellten, wann ich Geburtstag habe, wie alt ich bin und dass ich auf Rum stehe. Hast du eigentlich eine Vorstellung davon, wie viele Tafeln Rum-Trauben-Nuss-Schokolade ich oben herumfliegen habe? Nicht etwa, weil die Leute mich mögen, sondern weil sie mich damit provozieren wollen.«

Ich lasse ihm ein dreckiges Grinsen zukommen und klopfe ihm auf die Schulter. »Habe ich gern gemacht, mein Junge. Du solltest mal die Rumkugeln meiner Gran probieren. Die sind großartig.«

»Wenn du echt meinst, dass ich dich irgendwann mal zu deiner Großmutter begleite, musst du wirklich den Schuss nicht gehört haben.«

Mit einem spöttischen Schnauben lasse ich eine Augenbraue emporschnellen, als er mich zum wiederholten Mal mit seinem angepissten Blick aufzuspießen versucht. Grimmig gucken kann er. Ist sein Spezialgebiet.

»Ach, komm schon. Sie redet ständig davon, dass sie endlich all meine Freunde kennenlernen möchte. Seitdem ich ihr außerdem erzählt habe, dass du auf Rumkugeln stehst, kann sie es gar nicht abwarten, dir von ihrem geheimen Familienrezept zu berichten.«

Darüber hinaus ist sie verdammt glücklich, endlich Mia kennengelernt zu haben. Bereits zu Schulzeiten habe ich pausenlos von ihr geredet und nun betrachtet sie Mia gemeinsam mit ihrer Freundin Molly als ein längst verloren geglaubtes Familienmitglied. Sie redet sogar schon von Urenkeln.

Daran ist noch nicht zu denken. Vor allem, solange Noyce sie fast genauso oft vögelt wie ich. Ich werde sicher nicht Noyce' Blagen aufziehen.

»Dann kannst du ihr erst einmal erzählen, dass mir ihre verfickten Rumkugeln *einerlei* sind und ihr abgefucktes Familienrezept mir erst recht am Arsch vorbeigeht.«

»Soll ich auch genau diese Wortwahl verwenden?«

»Ich bitte darum.«

»Alles klar. Passt dir kommender Sonntagnachmittag?«

»Fick dich, Chase.«

»Okay. Ich sage ihr einfach, dass mit dir nicht gut Kirschen essen ist; dann wird sie dich ohnehin nicht in ihrer Bude haben wollen.«

»Besser ist es.« Zum wiederholten Mal zieht Sny sein Handy aus der Gesäßtasche und durchbohrt das kurz aufleuchtende Display mit einem gereizten Augenfunkeln.

»Und du gehst jetzt bitte zum Versöhnungsficken mit Ginger. Das kann ja keiner mitansehen, wie du ihretwegen leidest.«

»Ich leide nicht. Es macht mich nur nervös, dass sie ihre Nachrichten seit heute Morgen nicht mehr gecheckt hat.«

Ich seufze erschöpft. »Es ist vollkommen verständlich, dass du dir nach den heutigen Geschehnissen Sorgen um sie machst. Wenn du ihr ganz gelassen erklärst, was vorgefallen ist, und du dich lediglich vergewissern willst, dass es ihr gut geht, wird sie schon nicht abblocken.« Ich taxiere ihn regelrecht, indem ich versuche, ihm nonverbal mitzuteilen, dass ich wirklich weiß, wovon ich da rede. »Und damit meine ich *gelassen*. Kein Ausrasten. Kein Würgen. Keine Ohrfeigen. Keine Betäubungsmittel und kein Verschleppen auf die Adler-Ranch gegen ihren Willen.«

»Sie muss aber zur Ranch. Im Loft kann sie nicht bleiben.«

Fein. Dann kann sie sich mit Mia darüber austauschen, wie gestört Sny, Noyce und ich sind.

»Natürlich kann sie das nicht. Du darfst bei dem Ganzen jedoch nicht vergessen, dass es nur Adlers paranoide Gedankenfolgen sind, die dich verrückt machen. Es *könnte* sein, dass die falschen Leute von Payton erfahren haben und nun versuchen, sie in die Finger zu kriegen, um dir und Adler eins auszuwischen. Die Typen haben allerdings auch andere Baustellen, und ich möchte wetten, dass eine von Snypers Fickbeziehungen nicht ganz oben auf ihrer Blacklist steht. Etwas anderes ist sie nach außen hin nämlich nie für dich gewesen. Das darfst du nicht vergessen.«

Obwohl ich vor ihm das Gegenteil behauptet habe, macht mich die Sache, die vorhin mit Blair passiert ist, ebenfalls nervös. Glücklicherweise ist Noyce direkt zu Mia gefahren, um ihre Sicherheit zu gewährleisten, während ich hier noch einiges zu klären hatte. Beispielsweise mit Sny darüber zu sprechen, dass er in Payton mehr als eine Fickbeziehung sieht. Zwar besteht jetzt wieder das Risiko, dass er mir doch eine knallt, aber das war es dann zumindest wert.

»Ich muss trotzdem wissen, ob es ihr gut geht.«

»Alles klar.« Ohne es zu bemerken, habe ich mein Wasser beiseitegestellt, mir ein Geschirrhandtuch geschnappt und begonnen, ein paar Gläser zu polieren. Die Barkeeper scheinen sich offensichtlich nicht dazu imstande zu sehen und außerdem kann ich beim Gläser polieren gut nachdenken. »Ich fahre zu ihr und frage sie, was sie mit ihrem Handy angestellt hat.« Ich werfe das Handtuch auf die Spüle.

»Nein. Du hältst dich von ihr fern.«

»Das ist jetzt echt nicht der richtige Zeitpunkt für einen deiner Eifersuchtsanfälle, Sny.«

Oh Mann. Es wird Zeit, dass ich ihm von Mia erzähle.

»Vergiss es. Ich kann nicht einschätzen, was sie alles anstellen wird, um mir eins reinzuwürgen. Du weißt, dass sie nicht ganz richtig im Kopf ist, und du stehst auf durchgeknallte Frauen.«

Klar stehe ich auf durchgeknallte Frauen. Vor allem, wenn sie Mia heißen.

»Du machst mir also bereits im Voraus zum Vorwurf, dass es passieren könnte, dass ich Ginger nicht widerstehen kann, falls sie sich in den Kopf setzt, dir eins reinzuwürgen?«

Mir platzt wirklich gleich der Kragen. Sny hat echt den Nerv, eifersüchtig auf *mich* zu sein?! Die Zeitspanne, in der ich mir Ginger beim Ficken vorgestellt habe, hat ungefähr fünf Sekunden betragen – und das ist Wochen her. Allerdings findet sie mich bestimmt heiß und könnte mich nicht von der Bettkante stoßen, wenn ich es darauf anlegen würde.

Ein Schmunzeln huscht über mein Gesicht, während ich wieder nach dem Geschirrtuch greife. »Da hast du wohl recht.«

Erneut gibt Sny sein dämliches Knurren von sich. Ich frage mich, ob er es sich von Adler abgeguckt hat oder umgekehrt. Beide zusammen sind jedenfalls schwer zu ertragen. Da bekommt man das Gefühl, in einem Hundezwinger gelandet zu sein. »Und du denkst echt, dass ich als erstes Demon abknallen würde, falls ich irgendwann einmal eskaliere, Chase?«

»Klar.« Ich grinse ihn an. »Weil sie die Einzige ist, die darin eine unwiderstehliche Herausforderung sehen würde, sich mit dir anzulegen.«

»Sei dir da mal nicht so sicher.«

»Demon ist eine tickende Zeitbombe, das ist uns allen klar. Sie kämpft ohne Rücksicht auf Verluste.« Nochmals überlege ich, ob ich ihm nicht von Mia berichten soll. Dadurch würde er wenigstens aufhören, mir ständig diese idiotischen Vorwürfe zu machen. Doch augenblicklich verwerfe ich es wieder.

Gedankenverloren fahre ich mit den Fingerspitzen über die verkrusteten Kratzer an meiner Wange, die Demon mir vorhin verpasst hat. Allerdings hat sie es aus einem ganz anderen Grund getan, als Sny womöglich denkt: Sie meint, dass ich nicht gut genug für Mia bin. Sie kann nicht verstehen, was sie an mir findet und hasst mich dafür, was ich ihr angetan habe und ihr gerade antue.

Für Demon gibt es nichts Schlimmeres, als die Vorstellung, eingesperrt zu werden. Vor allem, wenn es sich hierbei um eine Psychiatrie handelt.

»Das tue ich auch«, schaltet Sny sich ein.

Er kämpft ohne Rücksicht auf Verluste. Und wie er das tut.

»Ja, und das ist das Problem an dem Ganzen. Das geht jetzt nicht mehr, solange du Payton in deinem Leben willst. Dein krankes Gehirn hat definitiv einen schlechten Einfluss auf sie – und wer weiß, wohin das führen wird –, aber du musst dir verdammt nochmal darüber im Klaren sein, dass du die Verantwortung dafür trägst, wenn ihr etwas passiert. Du hast sie in die Dunkelheit entführt, die uns alle ausmacht, und dadurch hast du ihr eine beschissene Zielscheibe auf den Rücken tätowiert. Solange es Menschen gibt, die dich tot sehen wollen, befindet sich Payton generell in Gefahr. *Du* bist der Grund. Nicht Adlers Feinde.« Eindringlich starre ich ihn an.

Kapiert er es nicht?! Ich. Weiß. Wovon. Ich. Rede.

»Mein krankes Gehirn hat keinen schlechten Einfluss auf Payton. Die hatte von Anfang an nicht alle Tassen im Schrank.«

Ich lache. »Nur hast du dieses Feuer mit deinen komischen Vorlieben auch noch geschürt. Wahrscheinlich war sie sich vorher nicht einmal darüber im Klaren, dass sie nicht ganz dicht ist, und durch dich lernt sie erst, diesen dunklen Abgrund in ihrer Seele zu erforschen.«

Genauso, wie es bei mir und Mia ist.

»Jetzt mach hier nicht den Moralapostel. Du stehst nicht grundlos auf durchgeknallte Frauen.«

Ja. Weil Mia nun einmal durchgeknallt ist.

»Ich zwinge ihnen aber nicht meinen Willen auf.« *Mehr oder weniger.*

»Nein, du verkaufst ihnen deinen Willen als ihren Willen. Das ist etwas ganz anderes.«

»Japp. Ist es.« *Weil Mia genau weiß, dass es besser für alle Beteiligten ist, wenn sie tut, was ich ihr sage.*

»Hinterfotzig.«

»Ein bisschen.« Sofern man es von außen betrachtet. Aber Mia und ich haben unsere eigenen Baustellen und wir müssen lernen, einander zu vertrauen. Für uns beide geht das nur auf diese Weise.

Kopfschüttelnd klopft Sny aufs Thekenholz und wendet sich von mir ab. »Ich gehe sie jetzt observieren. Wenn alles in Ordnung zu sein scheint, überlege ich mir was. Und du versuchst inzwischen weiterhin, dich in ihr Notebook zu hacken und mit ihr zu reden, klar?«

»Ich habe mich längst in ihr Notebook gehackt. Sie benutzt es nur nicht.«

»Dann kommst du jetzt mit, klemmst dich hinter deinen verfickten Bildschirm und wartest gefälligst darauf, dass sie es benutzt, während ich sie observiere.«

»Mann, Sny! Ich habe bereits eine Nachtschicht hinter mir.«

Fuck. Noyce ist längst bei Mia und ich wollte eigentlich bald nachkommen. Richtig geil. Und wenn Sny mir jetzt auch noch verbietet, über meine Webcams nach den beiden zu sehen, werde ich wahnsinnig.

»Nicht mein Problem. Ich habe genauso wenig gepennt wie du.«

Allerdings hat er sich nicht die Seele aus dem Leib gevögelt, bevor er genauso wenig gepennt hat wie ich.

»Aber hier geht es um deine Kleine, nicht um meine.« Okay. Das ist ein ziemlich kläglicher Versuch, Sny davon abzubringen, mich mit sich zu schleifen. Das merke ich selbst.

Wie erwartet wirbelt er zu mir herum und beglückt mich mit seinem angepissten Augenfunkeln. »Wenn du irgendwann einmal eine besonders durchgeknallte Frau triffst, werde ich dich auch unterstützen, wo ich nur kann. Selbst wenn das bedeutet, dass ich zu deiner Gran zum Rumkugelessen muss.«

»Ich nehme dich beim Wort, Alter.«

Alles klar. Ich erzähle ihm von Mia. Und dass er sich seine Unterstützung sonst wohin stecken kann, weil er die ganze Aufregung um sie längst verpasst hat.

Der Wichser.

»Jetzt gib her, das Scheißding.« Sny entreißt mir das Notebook und hackt wütend darauf ein.

»Krieg dich mal ein, du abgedrehter Junkie.« Seufzend schnappe ich mir den Feldstecher, den Sny hastig beiseitegelegt hat, und spähe durch das bodentiefe Fenster des verlassenen Fabrikgebäudes hinüber zu Gingers Loft. Sie sitzt noch immer am Fenster, ihren Laptop auf dem Schoß und geht davon aus, dass sie nach wie vor mit mir chattet.

»Mach die Webcam wieder an!«, motzt Sny auf einmal, schlägt mir den Feldstecher aus der Hand und hält mir das Notebook vor die Nase.

»Vergiss es.«

»Was?!«

»Wenn Ginger merkt, dass ich die Webcam reaktiviere, wird sie erst recht keinen Nerv mehr haben, sich auch nur mit einem von uns zu unterhalten, Bro.« Seufzend nehme ich ihm das Ding ab und beginne, zu tippen.

›okay, ginger. ich habe mir das notebook zurückgeholt. er macht sich bloß sorgen, weißt du?!

›um mein handy? das kann er gern sein lassen. ich habe es im wasserglas versenkt.

»Sie hat ihr Handy im Wasserglas versenkt«, kläre ich Sny auf, ohne den Blick vom Display abzuwenden, weil ich für einen Moment die Webcams in meinem Bungalow checke. »Deswegen hat sie all deine Nachrichten nicht bekommen.«

»Das ist echt nicht wahr, oder?!« Abrupt springt er auf die Füße. »Jetzt ist es vorbei. Jetzt lege ich sie übers Knie und prügele ihr die verfickten Flausen aus dem Kopf! Und danach ...«

Noch immer mit meinem Hauptaugenmerk auf den kleinen Videos, packe ich ihn am Hosenbund und ziehe ihn zurück auf den Boden. Noyce hat sich aufs Sofa gelegt und scheint ein Nickerchen zu machen, während Mia offensichtlich Kuchen backt. Die Küchenzeile sieht aus wie Sau. Kann ich sogar über den winzigen Bildausschnitt erkennen.

»Was machst du da eigentlich?!«, schnauzt Sny mich nun von der Seite an.

Augenrollend klicke ich die Videos weg und öffne wieder das Chatfenster.

›ich soll dir ein angepisstes brummeln von sny ausrichten. und außerdem soll ich dir sagen, dass du dich gefälligst vom fenster zu entfernen hast. er hat sein heiß geliebtes tac-50 aufgebaut – ich glaube, er nennt es dina, oder so – und dich direkt im fadenkreuz.

Ich schmunzele. »Gut?«

»Nee.« Er greift nach dem Feldstecher und späht hindurch. »Wen stalkst du da, du Psycho? War das Noyce?«

»Japp. Noyce und Mia.« Okay. Es ist raus.

»Wer ist Mia, verflucht?!« Stirnrunzelnd sieht er zu mir.

»Mein Mädchen.«

»Dein *was?!*«

»Du hast einiges verpasst, Alter.«

»Das glaube ich allerdings auch.« Kopfschüttelnd schaut er wieder durch den Feldstecher.

›damit habe ich schon gerechnet.

Payton hat geantwortet.

›dass er sein tac-50 dina nennt? passt eigentlich nicht zu ihm.

›dass er mich observiert.

›er will nur mit dir reden, ginger. mehr nicht.

›und dazu positioniert er sich mit seinem gewehr irgendwo im gegenüberliegenden gebäude? ich erkenne da keinerlei logik.

›er geht davon aus, dass du ihn abblockst.

›da hat er recht.

»Fuck. Sie hat ihr Notebook zugeklappt.« Ich kann nachvollziehen, weshalb er mich nicht weiter auf Mia anspricht. Das ist momentan einfach zu viel für seine drei Gehirnzellen, die schon genug damit zu tun haben, sich mit Payton zu beschäftigen. Von daher spreche ich es nicht wieder an.

»Geil. Jetzt zeigt sie mir auch noch den Mittelfinger.« Er lässt den Feldstecher sinken und sieht mich an. »Und du willst nicht, dass ich sie übers Knie lege. Wie machst du das denn mit deiner Mia?«

Vor lauter Überraschung verschwinden meine Augenbrauen in meinem Haaransatz. »Okay ... Ähm ... Mia und ich haben noch nicht den Beziehungsstatus erreicht, bei dem sie sich ... sich herausnehmen würde, mir den Mittelfinger zu zeigen.«

»Wie?« Sny gibt ein raues Lachen von sich und richtet sich auf. »Sie *traut* sich nicht *dir* frech zu kommen? In welcher Dimension lebt sie denn?«

Ich merke, wie mich der aufkeimende Ärger durchströmt. »Wie gesagt«, knurre ich angepisst, »du hast einiges nicht mitbekommen.«

Perplex starrt Sny mich an. »Was ...?«

In diesem Moment lässt uns beide ein charakteristisches Geräusch zusammenfahren. Der Knall eines Scharfschützengewehrs.

»Fuck!« Sny springt auf die Füße und späht in derselben Bewegung durch den Feldstecher. »Nein.« Er wirft ihn beiseite. »Du findest den Typen, der P gerade angeschossen hat.« Seine Augen funkeln bösartig, während ich mir den Feldstecher schnappe und selbst hindurchsehe. In diesem Moment löst sich erneut ein Schuss. »Und ich warne dich, Chase. Wenn du den verfluchten Wichser nicht kaltmachst, werde ich mich an deiner Mia dafür rächen.«

Ich ignoriere ihn und ziehe meine P99 aus dem Hosenbund. »Geh zu Payton. Ich kümmere mich um alles.« Ohne Sny auch nur eines weiteren Blickes zu würdigen, begebe ich mich zum Treppenhaus und hole dabei mit der freien Hand mein Smartphone aus der Hosentasche.

Wir befinden uns im obersten Stockwerk. Im Prinzip besteht die Möglichkeit, dass der Scharfschütze sich die ganze Zeit über uns auf dem Dach platziert hat – naheliegender ist, er befindet sich im Nachbargebäude. Letzteres wäre verdammt beschissen. Dann könnte ihn höchstens Sny mit seinem TAC-50 erledigen, das er allerdings nicht dabei hat.

»Das meine ich ernst, Chase!«, ruft Sny mir noch hinterher.

»Ich auch!«, gebe ich zurück und nehme die letzten Stufen zum Dach. Beim Laufen öffne ich die Kontaktliste und habe den Daumen schon auf Adlers Button, als ich mich umentscheide und hinunter scrolle, bis mir Noyce angezeigt wird.

»*Wo bleibst du, Mann?!*«, meldet er sich bereits nach dem ersten Freizeichen. »*Der Kuchen ist gleich fertig und ich sterbe vor Hunger.*«

»Sag Adler Bescheid, dass es nicht vorbei ist«, weise ich ihn knapp an. »Und dann schnappst du dir Mia, achtest darauf, dass sie den Backofen wirklich abstellt, und bringst sie ins El Paso. Ich will sie in Sicherheit wissen.« Ich lege auf, ohne Noyce' Reaktion abzuwarten.

Fuck. Irgendein Wichser hat gerade Payton angeschossen.

Die verdammte Sache scheint noch viel größer zu sein, als Adler dachte.

Wir haben einen unbekannten Feind, der es darauf abgesehen hat, uns dort zu treffen, wo es uns am meisten schmerzt. Möglicherweise ist sogar schon ein Killer auf dem Weg zu Mia.

Allein der Gedanke, dass Mia etwas passieren könnte, macht mich rasend. Und die Tatsache, dass ich mich nicht selbst um ihre Sicherheit kümmern kann, macht es nicht besser.

Ich stoße die Tür zum Dach auf, mache drei Schritte und drehe mich mit der entsicherten P99 im Anschlag einmal um meine eigene Achse.

Hier ist niemand.

Im Laufschritt eile ich zum Rand des Daches und nehme die Überdachung des benachbarten Gebäudes ins Visier.

Da hockt er und feuert in dieser Sekunde ein weiteres Mal auf Paytons Fenster, das nun schon mehrfach durchlöchert sein dürfte.

»Fuck«, flüstere ich, während ich ein Stoßgebet gen Himmel schicke. Aus dieser Entfernung ist es ein Ding der Unmöglichkeit, den Kerl mit einer P99 zu treffen. Geschweige denn zu töten.

Dennoch ziele ich auf seinen Schädel und drücke ab.

Der Widerhall des Schusses dröhnt in meinen Ohren.

Die Zeit dehnt sich bis in die Unendlichkeit, während ich darauf warte, dass die Kugel ihr Ziel findet.

Und dann spritzt Blut in sämtliche Richtungen und der Scharfschütze sackt leblos in sich zusammen.

»Shit. Das muss ich Sny erzählen.« Grinsend drehe ich mich auf dem Absatz um und eile zurück zur Tür. Natürlich werde ich überprüfen müssen, ob der Wichser wirklich tot ist. Aber direkt danach werde ich ins El Paso fahren und Mia zeigen, wie sehr ich sie vergöttere.

Ich zücke mein Telefon und wähle Snys Kontakt an. Er nimmt ab. »*Was?!*«

»Wie geht's ihr?«

»Sie lebt.« Er seufzt erleichtert. »Hast du den Wichser?«

»Japp. Und wenn du nicht bald mit den Drogen aufhörst, werde ich dir als Adlers persönlichen Scharfschützen den Rang ablaufen, Bro.«

PLAYLIST

The Sound Of Silence – Disturbed
King of the World – WAR*HALL
Bloodshot – Sam Tinnesz
Fight For My Survival – The Phantoms
Awkward – Shahrae
Basket Case – Bastille
Freaks Like Us – Sleeping Wolf
No Milk Today – Joshua James, The Forest Rangers
Can't Get Enough – JAXSON GAMBLE
Gangsta's Paradise – We Rabbitz, Chris Commisso
OUTLAW – Neoni
I Like The Way You Die – Black Honey
Somebody's Watching Me – Hidden Citizens
Dance in the Dark – Au/Ra
Play on – WAR*HALL
Watch me – The Phantoms
Somebody's Watching Me – Hidden Citizens
vicious – Tate McRae, Lil Mosey
DARKSIDE – Neoni
No Time To Die – We Rabbitz, WR GANG

Bullet With Butterfly Wings – Tommee Profitt, Sam Tinnesz
Yo Vivire – J2, Ilza
Dead To Me – Besomorph, Neoni
(I just) Died in Your Arms – Hidden Citizens
Welcome To The End Of The World – The Phantoms
Legends – Kerli
Stalker – J Swey, Azide, Lox Chatterbox
You And I – Reuben And The Dark
What Have I Done – Dermot Kennedy
Love You 'Till the End – The Pogues
Dead Man Walking – WAR*HALL

DANKSAGUNG

Heute möchte ich vor allem meinen lieben Lesern danken.

Ihr habt so lange, so geduldig auf Chase gewartet. Wir haben jetzt Mitte April und sein Release war ursprünglich ... Achtung ... für Anfang Januar (!) geplant.

So ist das mit den Plänen. Mann muss immer damit rechnen, improvisieren zu müssen.

Ihr habt geduldig gewartet, Chase' Eifersüchteleien wegen Asher mit mir gemeinsam ertragen und nun habt ihr ihn.

Ich hoffe, ich konnte euch den Noyce ein wenig schmackhaft machen ... meine Korrektorin Diana ist zumindest ganz schön angetan von ihm :)

Dir, Diana, danke ich natürlich auch von Herzen für die Nerven, Zeit und die Nachtschichten, die du für mich investiert hast, unsere Gespräche und dein tolles Korrektorat.

Lari, mein Herz. Ich danke dir für dein offenes Ohr und auch für deine Liebe, Zeit und Geduld (!), die du immer für mich bereithältst.

Natürlich danke ich auch von Herzen Bri und Cosi

für die alltägliche Schreib-, Überarbeitungs- und Korrektoratsbegleitung.

Meine lieben Crystalizer und Testleserinnen: Bianca, Carina, Deike, Ivonne, Klara, Lana, Leonie, Marie, Mery, Sabrina, Sanny, Sarah und Vanessa! Ich danke euch für eure Liebe und euer Engagement – ohne euch wäre ich echt aufgeschmissen!

Sarah Stankewitz aka Sara Rivers! Deine Nachrichten, Sprachnachrichten, Yoga-Updates und Hundebilder haben mir den einen oder anderen Tag gerettet. Booper says hi :)

Außerdem danke ich von Herzen meinen Angehörigen, allen Followern (auch den geduldigen Facebook-Followern, die so selten was von mir zu hören bekommen ... ich gelobe Besserung, ehrlich!), den lieben Bloggern und Bookstagramern, die mich alle tatkräftig unterstützen, den Musikdealern und den Rezensenten :)

Last but not least danke ich natürlich dem lieben Team vom Federherz Verlag, das mir all das hier ermöglicht.

Und ich danke dir.

Eure Crystal

Weitere Bücher von Crystal May

ADLER Kartell-Reihe
Snyper
Adler
Chase

Alle Bände unabhängig voneinander lesbar und mit in sich abgeschlossenem Happy End

ASHER-Reihe
Bad Valentine
Bad Seduce

Einzelband
Dark Summer Days

Spielt parallel zur Dark Summer Nights-Reihe von Cosima Kincaid

Sammle Herzpunkte und sichere dir

kostenlose Wunschbücher

Du hast Lust, Feedback zu den Verlagstiteln des Federherz Verlages zu geben? Du möchtest dabei Punkte sammeln, von denen du dir in regelmäßigen Abständen Wunschbücher aussuchen kannst?

Dann mach mit beim Herzlesen. Alles, was du dafür brauchst, ist ein Konto auf unserer Federherz-Homepage. Sobald du dieses hast, kannst du direkt damit loslegen, Herzpunkte zu sammeln.

Wir freuen uns, bald mehr von dir zu lesen!

Dein Federherz Verlag